U0128091

語言文字叢書

# 漢語動貌的歷史語法研究
## Historical Research on Aspect System in the Mandarin Chinese

張泰源　著

This work was supported by the National Research Foundation of Korea Grant funded by the Korean Government （NRF-2017S1A6A4A01020379）

# 自序

　　筆者於1983年赴台灣留學，1986年獲台灣大學中國文學碩士學位，1993年獲台灣大學中國文學博士學位。倘若當初沒有家人的全力支持和犧牲，根本是無法達成的任務。

　　回想起台灣求學時期，在身心及精神方面，親愛的母親和岳母給予很大的幫助與支持，實難以用言語表達內心對兩位的感激之情。即使30多年過去了，對於兩位母親的恩惠，如何忘得了呢？隨著歲月的流逝，這份感激之情越是深深刻畫在心中。

　　這本書是筆者在台灣大學留學10年期間，苦讀專研的豐碩成果。在台留學邊苦讀學習，邊適應陌生的語言和文化，同時鑽研語言使用的文化共性和規則，而當時埋首於熱情和時間當中的那份熱愛和迷戀的情感，隨著時間流逝越是深刻地刻印在心裡。如今，年過六十，總結自己學術成就的同時，亦留下一本著作。做為一位學者，懷著感恩的心情決定出版這本書，並再次感謝親愛的妻子和兩位母親的支持、犧牲和奉獻。

2021年12月　　於筆者慶北大學研究室

# 目次

# 1. 緒論

## 1.1. 研究目的與研究範圍

　　本文試從句法學和語用學的角度，對漢語動貌（aspect）諸問題加以研討。迄今為止，對漢語動貌現象的理解有兩種觀點，這兩種觀點屬於不同範疇。針對動貌一詞，也有兩種不同的概念。動貌可作狹義和廣義兩種解釋。從廣義上說，動貌以動貌助詞（aspectual particle）、動貌動詞（aspectual verb），動貌介詞（aspectual preposition）等的形式體現述語動作或狀態存在的方式。以此種理解，漢語動貌有所謂起始貌、重疊貌、暫時貌、經驗貌、完成貌和進行貌等等。這一觀點中，動貌是一個包含著動作或狀態個別貌相（phase）的概念。因此，動貌既屬於語法範疇（grammatical category），也屬於詞彙範疇（lexical category）。以下把廣義的動貌稱為貌相（phase）。

　　從狹義上說，動貌是以動貌助詞指示情況（situation）內部結構如何被認識的方式。這一觀點中，動貌排除了動作或狀態等個別貌相的概念，因此屬於語法範疇，而不是詞彙範疇。以下的動貌名稱不包括貌相（phase）的動貌（aspect）。我們把所謂動貌分為貌相（phase）和動貌（aspect）的理由其簡單的說明如下：

　　（a）*他吃著飯。

（b）*他走著路。

（c）*我們吃了飯。

（d）他在吃飯。

（e）他在走路。

（f）我們吃飯了。

（g）他吃著飯呢。

（h）他走著路呢。

（i）我們吃了三碗飯。

（j）我們吃了飯了。

我們注意到句子中出現「了1」（把「V＋了＋NP」中的「了」稱為「了1」）或「著」的例文（*他吃著飯。*他走著路。*我們吃了飯。）都是病句，但是除掉「了1」或「著」以後加上「在」或「了2」（「V＋了」句末「了」稱為「了2」）的例文（他在吃飯。他在走路。我們吃飯了。）都是合法的句子。也是「了1」或「著」的例文（*他吃著飯。*他走著路。*我們吃了飯。）加上「呢」，「了2」的句末語助詞，或數量賓語「三碗飯」，都是合法的句子（他吃著飯呢。他走著路呢。我們吃了三碗飯。我們吃了飯了。）。

　　這些句子（*他吃著飯。*他走著路。*我們吃了飯。）不合法的原因，是以聽話者的立場來判斷的話，這句話是還沒完成的句子。但是除掉「了1」或「著」加上「在」或「了2」的例文（他在吃飯。他在走路。我們吃飯了。）能成為合法的原因，是以聽話者的立場來判斷這句話，它們所描寫的情況是說話的時間裡出現的具體事情。再看「了1」或「著」的例文（*他吃著飯。

*他走著路。*我們吃了飯。）加上「呢」或「了2」的句末語助詞的句子（他吃著飯呢。他走著路呢。我們吃了三碗飯。我們吃了飯了。），能成為合法句子的原因，是這些句子所描寫的情況是說話的時間裡出現的具體事情。

為什麼這些包括「了1」或「著」的例文（*他吃著飯。*他走著路。*我們吃了飯。），能夠成為合法的句子的話得需要「呢」、「了2」或「三碗飯」等情報呢？反觀，包括「在」、「呢」、「了2」（他在吃飯。他在走路。我們吃飯了。）的句子能夠成為合法的句子呢？

我們認為包括「了1」、「著」的句子欲成為合法的句子的話，一定需要這些情況是某時、某地、如何出現的資訊。不然的話，聽話者不知道這些情況是某時、某地、如何出現的資訊。但是句子中的「在」、「了2」的功能不同，能夠描寫出該情況在指示時點上確實出現的事實。

雖然「著」和「在」在句子裡都表示連續性，但是我們把它們歸屬於不同的範疇，「了1」和「了2」也是一樣的情況。

本文所要討論的內容包括以下幾項：1.動貌的定義；2.諸家對漢語動貌現象的見解及我們的質疑；3.動貌在句中承擔的語法功能及所形成的體系；4.動貌在方言中的使用情形；5.與動貌有關（「了」、「著」和「過」）的助詞之歷史演變。

## 1.2. 廣義動貌（貌相（phase））研究

前人研究動貌已久，但是議論紛紜，莫衷一是。意見分歧的主要原因是，諸家對漢語動貌的內涵觀點不同。動貌是動詞的語

法範疇之一，通常反映在動詞的形態變化上，如詞頭、詞尾，及
內部母音的變化等。動貌與時制（tense）不同，它並不涉及情
況發生的時間與其他時點的聯繫，而體現為情況的內部時間構
成。[1]動貌本身牽涉到很多複雜的問題，因此有必要先將動貌的
意義釐清，人們往往將動貌與時制互相混淆，首先我們先把這二
者區別清楚。

## 1.2.1. 動貌與時制的區分

時制也是一個語法範疇，時制範疇的基本特徵是：將句中所
涉指的動作、事件和狀態的出現時間，與說話時間（speech
time），即「現在」聯繫起來。[2]傳統上把時制分而為三：過去
（past）、現在（present）、未來（future）。但這種三分法絕非語
言的普遍特性，因為有些語言，如漢語，根本就沒有區別時制的
形式；有些語言的區分則並非三分，如英語，在形式上只有「過
去」（past，如 worked）和「非過去」（nonpast，如 work 與
works）的區別。總之，動貌和時制最大的不同在於：動貌關係
到情況內部的時間構成，而時制與情況內部時間無關。我們也可
以說：動貌與情況的內部時間有關，而時制則與情況的外部時間
有關。[3]動貌無涉於時點，如完成貌可以用於過去，也可以用於
未來，所以王力（1947：290）說：「就形式上說，中國的完成貌
是沒有過去、現在、將來的分別的」。

---

1　參照 Comrie（1976:5）。

2　參照 Comrie（1976:122）。

3　參照 Comrie（1976:5）。

　　我們可以把時制再說得清楚一點。傳統上的過去、現在、未來三分法其實是一種邏輯的、客觀的區分，不一定和語言本身的區分互相一致。要作這種邏輯上的區分，事實上還可以更加精密一些。譬如Reichenbach的「時間指示理論」（The Theory of Time Specification），主張英語每一個句子都含有三種不同觀點的時間要素。這三種時間分別是「說話時間」（speech time，簡稱ST）、「指示時間」（reference time，簡稱RT）和「事件時間」（event time，簡稱ET）。說話時間是說話當時的時間，也就是「現在」；指示時間是句子中所指示出來的時間；事件時間是句子中所涉指的有關事件或變化所發生的時間。例如，范開泰（1984：87）說：

　　（1）John had already arrived last week.[4]

這裡ST是說這句話的當時，RT是上星期（last week），ET是上週以前的某日時間。

　　我們可以看出，以這種方式區分情況的發生時間，比過去、現在、未來的時間三分法要嚴謹得多，也清晰得多。「時間三分法」只將情況與現在發生聯繫，「時間指示理論」卻允許對時間作出更多不同的聯繫。

　　Comrie（1976：2）將這種過去、現在、未來的時間三分法稱為「絕對時制」，另外又提出了「相對時制」（relative tense）的概念：

---

4　為了方便說明，我們對文中引用的例文序號做了調整，並非原文中的例文序號。

我們目前提及的時制都只是把所描述的情況時間與現在的
時間聯繫起來，這樣的時制稱作絕對時制。另一種可能的
時間指示形式是相對時制的指示，一個情況的時間定位不
和現在時間相關，而是和其他情況的時間相關。[5]

從這個定義我們可以看出，漢語裡沒有「絕對時制」的區別。但
是漢語裡有沒有相對時制的區別呢？我們可以先看看Comrie所舉
的英文例子，再來對漢語作一分析。

Comrie（1976：2）舉非限定性現在分詞（nonfinite present
participle）的一般式和完成式（perfect participle）為例，來說明
他的相對時制。他的一般式例子如下：

（2）a. When <u>walking</u> down the road, I often meet Harry.

b. When <u>walking</u> down the road I often met Harry.

Comrie指出，現在分詞walking所指涉的情況與主要述語meet或
met所指涉的情況是同時發生的：(a)句中，和現在時meet同時發
生；(b)句中，和過去時met同時發生。所以這是一種相對時制的
指示方式。Comrie所舉的完成式的例子如下：

（3）a. <u>Having met</u> Harry earlier, I don't need to see him again.

b. <u>Having met</u> Harry earlier, I didn't need to see him again.

---

5 原文見於Comrie（1976:2）。

這組例子指示Having met發生的時間是相對於主要述語時間的過去。

　　針對上述現象，Comrie（1976：2）說：「英語的特色是，限定性動詞（finite verb）體現絕對時制，而非限定動詞（nonfinite verb）則體現相對時制」。Rohsenow（1978：270）更進一步指出：

> 「所以在英語中，絕對的時制關係（absolute Vtense Vrelation，即RT與ST的關係）指示是必用的，而相對的時制關係（relative tense relation，即ET與RT的關係）指示是任意的。」

我們從上述Comrie和Rohsenow的說法中可以看出：相對時制關係在Reichenbach的「時間指示理論」中的地位是如何了。下面我們來討論漢語中是否有相對時制這個問題。

　　Lin（1979：21）認為，以下兩個例子正反映了漢語中相對時制的現象。

　　（4）他吃過了飯來的。
　　（5）他吃過了飯來。

例（4）的「來的」和「吃過了飯」的時間都在過去，而「吃過了飯」（事件時間）比「來的」（指示時間）早。例（5）的「吃過了飯」（事件時間）也比「來」（指示時間）早。這種例子和英語中的現象類似：都是從句中兩個相對的動作，反映出時間發生的先後，與說話時間無關。在例（4）（5）中，表示時間在先的

動詞用「過了」，很容易使人對「過了」到底表示相對時制還是動貌產生疑惑。

　　Rohsenow（1978：270）認為：動貌和相對時制雖是不同的範疇，但是漢語的動貌標記「了」有時卻可以同時表達事件時間和指示時間的相對關係。

## 1.2.2. Comrie的動貌分類系統

　　Comrie（1976：3-4）以下面的英語例句對動貌進行分析，指出了完成貌（perfective）與非完成貌（imperfective）的分別：

John <u>was reading</u> when I entered.

　　（在這個例子裡，）第一個動詞was reading襯托出某個事件的背景，而這一事件則是由第二個動詞entered介紹的。第二個動詞entered表達了所指涉的情況──「我進入」（屋內）的「整體性」（totality），而無視其內部時間結構：整個情況體現為一個不可分解的整體，起點、過程、終點融而為一，而不把該情況分解為構成「進入」行為的不同階段（phases）。

　　具有這種意義的動詞形式就可以說具有完成貌意義（perfective meaning）。當某語言有特定的動詞形式來表示這種意義時，我們就可以說該語言具有完成貌（perfective aspect）。另一種動詞形式，即指及John讀書的was reading，並不以同樣的方式來體現該情況，而是明確地指涉出該情況的內部時間結構。在上述例句中，特別指出了John讀書的一個內部的動作進行部分，但並

未明確指出他讀書的起點或終點。因此，我們可以把這個句子理解為「我的進入」是發生在「John讀書」的期間內，也就是「John讀書」的時間跨越「我的進入」那一時刻的前後。

基於這種觀點，Comrie（1976：25）更進一步的分析了完成貌與未完成貌，並獲得下面有關動貌的分類：

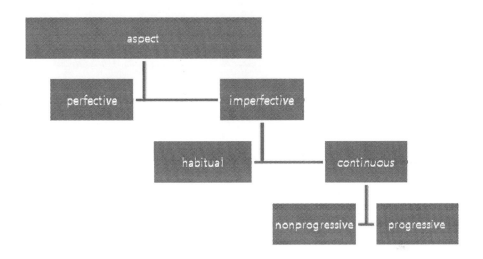

### 1.2.3. 漢語中的未完成貌相（imperfective phase）

我們利用上述Comrie的定義來討論漢語的貌相，先說明未完成貌相的部分，然後再敘述完成貌相的情形。

#### 1.2.3.1. 習慣貌相（habitual phase）

趙元任（1968：133）說：

咱們給動作動詞設立一個零詞尾，用來表示一些特殊的類

義：1. 慣性動作，2. 即將性動作，3. 非敘述性謂語（non-narrative predication）。例如表示慣性動作：「他難受的時候兒不哭，他笑。」表示慣性或即將性動動作，「你抽煙不抽？」「抽。」表示非敘述性謂語：「他（是）吃藥，不是不吃藥（不喝酒）。」跟敘述性謂語「他現在在吃著藥。」不同。

趙元任所設的「零詞尾」（suffix zero）的功能，可以說部分與Comrie的習慣貌相符。因為零詞尾和其他詞尾「了」「著」等對立，所以我們說，漢語有表示習慣貌的「零詞尾」。

## 1.2.3.2. 連續貌相（continuous phase）

Comrie的動貌分類中連續貌又分為非進行貌和進行貌兩類。就意義來說，漢語中的進行貌和非進行貌有時是兼具的，有時卻是相區別的。例如，表示起始貌相（inchoative phase）的「起來」，和表示繼續貌相（successive phase）的「下去」，都是即可以看作進行貌，也可以看作非進行貌相。但大致而言，「在」字具有進行貌相的功能，而「著」字則兼具進行貌相和持續貌相（sustaining phase）的功能。

具體來說，可以看作進行的貌相（phase）有：「在」「起來」「下去」和「著」。我們分別作一說明：

### （1）進行貌相「在」

漢語中的行動動詞（activity verb）前面可以接「在」，來表達動作的進行。Li & Thompson（1981：217）對這種用法解釋說：

最明顯的行動當然就是「跑」「打」之類的動作。但是動作動詞（action verb）只是行動動詞的一部分，尚有其他動詞雖然不表示動作，但卻表示行動，諸如：「欣賞」「看」「研究」和「學」等，這些動詞通常表示事件中有生命主語的主動參與。因此，像「胖」「有錢」「收到」「知道」和「聽說」之類的動詞都不是行動動詞，因為它們並不表示有生命主語的主動參與。以下漢語進行貌的四例引自Li & Thompson（1981：218-219）：

（6）張三在打李四。

（7）我在欣賞貝多芬的音樂。

（8）張三在練跑。

（9）李四在解釋文法。

## （2）起始貌相「起來」

這個貌相強調情況變動的起始點，例如：

（10）他唱起歌來了。

這一貌相的功能不但強調了動作與變化的開始，同時也涵指這個動作或變化正在進行之中。

## （3）繼續貌相「下去」

「下去」表示情況變動的繼續或發展，強調動作或變化往後的繼續性，例句（11）引自趙元任（1968：252）：

（11）你那樣做下去，結果一定不好。

## （4）進行動貌（aspect）「著」（在第5章詳論）

「著」是進行動貌（aspect），不屬於貌相。

（12）他打著電話呢。

可以看作非進行貌相有：「起來」和「下去」（「著」是屬於動貌的）。

## 1 「著」是持續動貌（aspect），不屬於貌相

漢語中的姿態動詞（verb of posture）和表示狀態的行動動詞後面可以接「著」來表示情況的持續性。Li & Thomson（1983：200）解釋姿態動詞的意義以及與「著」的關係時說：

> 漢語有一類動詞表示姿態或身體的位置，這類動詞包括「坐」「站」「蹲」「歇」「跪」「躺」「停」和「睡」等。這些動詞可以跟持續貌記號「著」一起出現，表示姿態或身體的位置。

姿態動詞接「著」的例句如下：

（13）他在房子裡坐著。
（14）他在牆上站著。
（15）李四在客廳裡睡著。

（16）車子在外面停著。

（17）他在床上躺著。

表示狀態的行動動詞接「著」的例句如下：

（18）a. 他在拿報紙。

　　　b. 他拿著兩本書。

（19）a. 他在穿皮鞋。

　　　b. 他穿著皮鞋。

例句（18）及（19）的動詞「拿」與「穿」都是行動動詞，但(a)句用「在」來表示動作的進行，而(b)句則用「著」來表示狀態的持續。

## 2　起始貌相「起來」

「起來」也可以表達狀態變化的開始，例如：

（20）天熱起來了。

## 3　繼續貌相「下去」

「下去」也可以表示狀態變化的繼續，例如：

（21）再這麼熱下去可怎麼得了。

## 1.2.4. perfective與perfect的分別

### 1.2.4.1. 「V＋了1＋NP」的「了1」的語法意義

　　過去學者對「了1」的解釋說法不一致，有人說「了」表示完成貌，也有人說「了1」意指完了的動作（completion action）。這是由於對「了」字的語義功能有歧見，因而在分析結果與條理化上導致了異論。為了消除這些歧見與異論，本文首先需要分辨完成貌（perfective）與完了（perfect）的關係，也需要辨別完成貌與完了（completion）的異同。至於句末助詞「了2」，趙元任（1968）以及當今一般學者都認為是表示新情況的出現，爭論較少，所以我們不需要費太多的篇幅來評析。

　　Comrie（1976：12）說：

> Perfective是與imperfective形成對照，指涉一個視為整體的情況，無視其內部的時間結構；而perfect一詞則指涉一個與現在時間相關的過去的情況，如過去事件的現在結果（his arm has been broken）。這種術語上的區別常見於歐洲大陸語言學家有關動貌（aspect）的討論中，斯拉夫語言學者尤其堅持這點，因為這些人所研究的Bulgarian與Old Church Slavonic等語言中，Perfective與imperfective的對立，以及Perfect與nonperfect的對立都語法化了。但是遺憾的是，在最近一些說英語的語言學者的作品中有一種趨勢，把perfective一詞用在perfect的概念上；更加遺憾的是，這種傾向將導致概念上的混淆。例如把斯拉夫語言學者稱作perfective的術語內涵誤解為與英語中的perfec一樣。

通過上面的Comrie的引文，我們可以分辨perfective與perfect
這兩個術語的不同。perfectiv的功能是把事件當作一個整體看
待，而無視其內部結構；但perfect只是指一種過去的情況，且與
現在時間有所關聯，英語的現在完成式基本上體現的就是這種
功能。

弄清楚perfective的涵義以後，perfect（完了）應當也比較容
易明白。perfect（完了）指事件有了一個終結，而perfective則未
必含有這層意思。雖然漢語的「了1」有時也可以表示完了，但
這應是「了1」的「隱含」（implicature）意義，而不是「了1」
的基本功能。我們之所以說perfect（完了）是「了1」的隱含意
義，是因為一個事件以整體視之，其中往往就隱含了該事件的終
點。我們在底下介紹諸家的看法時會注意到，有時「了1」在句
中並不含有終點的意義。

## 1.2.4.2. 過去諸家對詞尾「了1」的看法

到目前為止，對於詞尾「了1」的語義功能，意見相當分
歧。這裡只舉代表性的幾家作為「了1」的研究小史。

黎錦熙（1922：141-3）認為，動詞尾碼「了1」是表完成的
後附助動詞。他（1922：141）又說：「這是漢語中動詞的
perfect」。我們就從黎錦熙所舉的例子中隨舉二例來看：

（22）那時候，我多喝了幾杯酒。
（23）到了明天，什麼事都忘記了。

高名凱（1976：152）說：

「完成態」（accomplished）或「完全態」（perfect）這是
表示動作或歷程的完成……敦皇抄本《醜女緣起》：「跪拜
大王已了。」《伍子胥》：「子胥哭已了。」這裡的「了」
字還有完了的意思。由此而引申出表示完成態的虛字，則
是極乎自然的。

高氏並沒有明顯地指出「了」表示的是完成動貌（一下簡稱為完
成貌），還是「完了、終結」的意思。因為在他那時候，對於這
兩種概念的區別還不很清楚。他一方面說「這是表示動作或歷程
的完成」，似乎指的是「完了、終結」義；但另一方面又說「這
裡的『了』字還有完了的意思。因此而引申出表示完成態的虛
字，則是極乎自然的」，似乎又表示他指的完成貌「了」並不完
全只是「完了、終結」的意思。我們曉得高氏的本意是指過去的
動詞「了」演變虛化而成為後來的完成貌「了」字。實詞與虛詞
不同，至於其間真正的不同，即在他自己恐怕也不甚了然。

王力（1946：96）說：

「了」和「著」，它們雖表示一種時間觀念，卻不是表示
過去、現在或將來；它們只表示一種情貌。「了」字所表
示的是完成貌。無論是過去的完成、現在的完成、或將來
的完成，只要說話人想表示那事情終結時的情態，都可以
用「了」字表現出來。

王氏在這裡很明確地說，「了1」是表示一種情貌。

呂叔湘（1982：中冊161）說：

> 既事相：「了」。……要看單純的表既事相的「了」，要在
> 語氣未完的地方找，例如：
> 鳳姐偏揀了一碗鴿子蛋，放在劉姥姥桌上。(《紅‧四十》)
> 花兒落了，結個大倭瓜。(《紅‧四十》)

呂氏把「了」字稱為既事相，在含義上有點近乎「完決」的意思。不過由於他並沒有作更詳細地說明，所以我們無法對既事相的內涵作更進一步的討論。

趙元任（1968：246）說：

> 「了」-le, the perfective aspect. This suffix has the class
> meaning of 'completed action', as in：辭了行再動身！……

趙氏認為「了」字的類義是「動作完成了」。從這樣的解釋看來，似乎也認為「了1」表示動作的終結。

以上諸家的說法，除了黎氏和王力把「了1」認同為完成貌外，其餘諸家都傾向於把「了1」解釋為「動作完結」。底下我們要再舉出另外三家的說法，用以矯正上述諸家有關「了1」語義功能解釋上的偏差。

屈承熹（Chu1983：54）說：

> 漢語行動動詞的「實際執行」（actual performance），這個
> 「先設意念」（presupposition）是由完成標記「了」這個
> 字來表達的。……

下面的例句，足以顯示這一事實：

（24）a. 我寫了一封信，可是沒有寫完。

　　　 b. 他自殺了三次。

這裡的「了」字，僅表示該行動之「實際執行」，至於「目的達成」（attainment of goal）與否，則未曾加以說明，也因此「我寫了一封信」而可以「沒有寫完」；他也可以「自殺三次」，甚至還可能沒有死。

屈氏（1983：55）又說：

國語行動動詞中「目的達成」這個語義成分，是由幾種形式的「結果補語」（resultative complement）來表達的。這類補語，有時是緊跟在動詞後面，有時則不然。

例如：

（25）a. 我寫完一封信了。

　　　 b. 他自殺死了。

屈氏說得很清楚，「了1」真正的語義功能並非「完了、終結」（也就是他說的「目的達成」），要明確表示「完了、終結」往往還要用上結果補語才行。

Gwang-tsai Chen（1979：31）說：在言談中當詞尾「了」直接附於動詞之後時，他強調了動詞（可以有賓語也可以沒有）所指及的動作的發生。我們叫它做「動作發生貌」（action occurrence aspect）。那特定動作的發生時間點或者它是否完決了都不

是關鍵，唯一相關的是那動作的發生這回事。當必要時，在言談中可以加入副詞來進一步指陳那動作。例如：

（26）他昨天看了一本書。

Chen也指出，「了1」的語義功能與動作完了的指陳之間沒有必然的關係。至於他用「動作發生貌」來解釋「了1」的語義功能，卻值得商榷。因為「發生」這個意思可以蘊涵許多方面的意思，我們懷疑不用「了1」的動詞是否就不能表示動作的發生。

Li & Thompson（1983：196）說：

他跑了兩個鐘頭了。

（句中）完成貌記號「了」跟句尾語氣詞的「了」……同時出現。……這一類同時含有完成貌「了」跟句尾「了」的句子所傳達的是「事件受限」（時間片語可用來限制事件）；同時，動作的起點「跑」發生在說話之前，但動作的終點則未明言。換句話說，……「跑」的動作也許在說話的時間之前就已經結束，或可能在說話的時候結束，或可能在說話的時間之後的某個時刻才結束。只有……所出現的文意背景才能夠決定動作的正確終點。顯然的，假設「了」表示完了（completion）的動作，那麼像「他跑了兩個鐘頭了」之類的句子所指之動作終點就不可能曖昧不定。

顯然Li & Thompson認為，「了1」並不涵指一個終點，這種看法與Chu及Chen的看法是一致的。至於Li & Thompson（1983：185）把「了1」列為「完成貌」則是本文所要強調的。

他們（1983：173）認為「了1」的基本語義功能是把事件視作一個整體：

> 我們已經說過，動詞時貌字尾「了」表示完成貌。也就是說，某一事件被視作整體或全部的事件，假如事件在時間上，空間上或概念上受到限制，那麼這事件就被視作一個整體。

可以看出Li & Thompson對完成貌的說明，與前引Comrie的說法是一致的。我們也認為，就「了1」的語義功能來說，Li & Thompson之把「了1」詮釋為完成貌的標記是最恰當的說法。

## 1.2.5.　結果貌相與完成貌的關係

在語義功能上，與完成貌「了1」最容易混淆的是表示「完了、終結」的「完」、「好」一類的字，下面的例句引自湯廷池（1972：134）：

（27）工作已經做完了。
（28）報告，我還沒有寫好呢。

「完」、「好」與完成貌「了1」的不同在前文已經說得很清楚。漢語中還有表示經驗貌相的「過」，和表示結果貌相的「掉」、「光」、「著」、「到」等，用法上與「完」、「好」也有類似之處，以下例句引自湯廷池（1972：133-4）與黃景星（1980：58-61）：

（29）這本書，我已經看過了。

（30）我從來沒有這樣高興過。

（31）他已經把書賣掉了。

（32）他們已經走掉了。

（33）我把錢用光了。

（34）金魚統統死光了。

（35）書找著了。

（36）小偷被員警逮著了。

（37）我收到一封信。

（38）他們聞到一股怪味。

（39）我聽見他的聲音。

除了「過」以外，其他的動貌標記都隱含動作過程的終點，那麼這些動貌標記是屬於perfect而不是完成貌。

在趙元任（1968）以前，對於語助詞「了2」的看法多半傾向於把它和別的語氣詞聯繫在一起。如黎錦熙（1924：307-313）就把這個「了」放在「表語氣的完結」之下，裡面又細分為「助判定事理的完結語氣」、「助過去完成時的完結語氣」、「助現在完成時的完結語氣」、「助未來完成時的完結語氣」、「助預期或不定的完結語氣」、「助虛擬結果的完結語氣」、「助虛擬原因的完結語氣」、「助請求或勸阻的完結語氣」等多種意義。似乎一個「了」字可以有許多種功能，而這幾種功能又與其他表示時間或情緒的虛詞有幾分類似。

王力（1947：302）的分析則比黎氏更為深切，他說：

決定語氣是用「了」字表示。它的用途在於是認某一情況
已成定局，同時又往往跟著情況之不同，而帶有感慨、惋
惜、欣幸、羨慕、熱望、威嚇等類的感情。

王力（1947：302-306）認為句末助詞「了2」與詞尾「了
1」是有分別的。並且舉了古語和吳語作比較。譬如吳語中完成
貌用「仔」，決定語氣用「哉」。王氏對這兩類「了」的區別很有
見地，而且還嘗試把句末語助詞「了2」的功能歸納為一，不過
他對「了2」功能的解釋並不十分貼切。到了趙元任的時代，對
「了2」功能的認識更加貼切了。

趙元任（2002：395-396）提到，「了2」表示一種新的情
況。他也列舉了「了2」的幾種用法：1.表示開始；2.新情況引
起的命令；3.故事裡的進展；4.過去一件單獨的事；5.現在完成
的動作；6.用在說明情況的結果分句裡；7.顯然的情形。趙氏對
這幾種用法都舉了例證，不過由於他在這幾種用法裡，並沒有提
出一套解釋彼此關係的一貫理論，所以無法讓人瞭解這些用法的
共通處。

Li & Thompson（1976：20，1983：240）認為，「了2」的基
本「溝通功能」（Communicative function）在於指涉與現況有關
的狀況（currently relevant state）。Li & Thompson （1983：221-
222）又把「了2」的這種功能細分為五類：

A.句中事態代表一種新狀態（changed state）

B.句中事態否定錯誤的假設

C.句中事態報告至今為止的進展

D.句中事態決定下面可以進行的事情

E.句中事態表示說話者在談話中所作之貢獻

我們從Li & Thompson為每類所舉的例句中各抽取兩例來看：

## A. 句中事態代表一種新狀態

（40）他知道那個消息了。（他以前不知道）

（41）（導遊數完最後一位上車的旅客後對另一位導遊
說，）我們二十四個了。

## B. 句中事態否定錯誤的假設

（42）（抗辯他人中傷自己整個下午都在夢周公）我看了
三本書了。

（43）a. 我想找房子搬家。

b. 你不是馬上就要回日本了嗎？

## C. 句中事態報告至今為止的進展

（44）（談及我「住」的計畫）我在那裡住了兩個月了。

（45）（有一位外國人到台灣來想盡量體驗台灣人的生活
習慣，他就可以對招待他的人說：）我今天早晨吃
油條了。

## D. 句中事態決定下面可以進行的事情

（46）我洗好了衣服了。（意謂：現在我們可以去看電影
了，或現在你可以在洗衣間做你的瑜伽術了，或我
有時間和你下棋了等等。）

（47）我喝了三杯了！（意謂：不要再倒了，或不要跟我
乾杯了，或我們來聊聊天吧等等。）

### E. 句中事態表示說話者在談話中所作之貢獻

（48）（一位註冊的學生對另一位說：）學費太貴了。
（49）（談到雙方的朋友某某）他已經離開美國了。

綜合上述觀點，我們可以知道，語助詞「了2」的語義功能在於
表達情況的變化或發展，即一種新情況的產生，並且與說話時間
的情況有某種聯繫。因此，就對動貌的廣義理解，暫且把句末語
助詞「了2」稱作「發生貌相」（development phase）。[6]「了2」通
常是針對整個句子所指的事件而設的，它關注該事件的內部時間
的開始或終點部分。因此，句末語助詞「了2」也可以歸屬於
「發生貌相」或「完成貌相」。「了2」因述語本身的語義和述語
出現的語境，有時表達起始或終結的狀態，例如：

a. 他吃了。（不能再吃了）

b. 他吃了。（剛開始吃飯，現在還在吃著）

c. 他倒了。（真遺憾）

d. * 他倒了。（剛開始倒，還在倒著）

e. 他死了。（非常可惜）

f. * 他死了。（剛開始死，還在死著）

g. 他燙衣服了。（可以出去玩吧）

---

6　Chen（1976:36）稱作「新發生貌」（new development aspect）。

h. 他燙衣服了。（剛開始燙，還在燙）

i. 鞋子小了。（不能穿了，給弟弟）

j. ＊鞋子小了。（剛開始小，還在小）

k. 花紅了。（真漂亮）

l. ＊花紅了。（剛開始紅，還在紅）

例a、b都能成句，即「了2」出現在動作進行或過程持續的時間較長的述語後面時，常常可以表達情況的起始或終結的界限。但是「了2」出現在動作進行或過程持續時間較短的述語後面時，只表達情況終結的界限。「了2」出現在表狀態的述語後面時，也只表達情況終結的界限。

　　換言之，例a.、c.、e.、g.、h.、i.、k. 在實際語境中表達的意義，都可以被解釋為完成義。例d.、f.、j.，l中的「了2」不表示完成義。可見「了2」所表達的完成義是在一定的語境中產生的，而不是基本意義，兩種「了」在實際語境中所表達的基本意義並不是完成義。許多人誤以為「了1」表達終結義，因而把「了1」稱為完成貌，且不理解所謂動貌（aspect）和貌相（phase）的不同，當看到終結義的「了2」時，就把它誤解為動貌。「了2」與動詞尾碼「了1」所不同的是，句末語助詞「了2」強調與現況有關的功能，隱含著說話者對現時的態度或行為的影響。有趣的是，語助詞「了2」與英語的現在完成式也有雷同之處，因為它們都與說話時間有關。所以趙元任（1968，丁譯，396）說：「這個作句子語助詞的『了』，跟作詞尾的『了』不同，翻成英文要用完成式；而作完成詞尾的『了』（表示過去的事情而有數量賓語時一定要用『了』），就只翻成簡單過去式。」

　　Li & Thompson（1976：20）也認為，這個句末助詞「了2」
有許多功能與完成貌的「了1」是一致的，不過二者雖有類似之
處，卻也有差別。譬如說，漢語「了2」與時間詞的連用，就不
受英文那樣的限制。漢語的「了2」可以與「昨天」連用，如
「他昨天去理髮了」；也可以與未來時間連用，如「他明天就要
走了」，但英文則不能如此連用。

## 1.3.　狹義動貌（aspect）研究

　　廣義的動貌研究中，動貌被解釋為述語所表達的動作的特質
（Jespersen 1924）、時間指示的概念（Reichenbach 1947）等。但
是在轉換語法、生成語義學、語用學中，動貌被解釋為認識內部
結構的方式。下面介紹本論文當作參考的諸家對動貌的定義。

　　Jakobson（1957/1971：134）在解釋動貌時說：動貌指的不是
談話事件以及事件參與者，而是指被言及的情況本身在內部時間
上的特徵。[7]他認為，動貌指示的並不是情況與它在言談中被提及
那一刻之間的時間關係，而是事件時間上的情況內部結構。

　　Friedrich（1974：35）主張：所有動詞體系都具有三種普遍
特性──即，時間、態（voice）和式（mood），而且動貌表現的
行為或狀態本身已包涵著時間價值（temporal values）。動貌和時
制都含有時間資質，兩者之間的不同點是：動貌不要求言談因
素。[8]

---

7　參照黃美金（1988:2）。

8　參照Friedrich（1974:s35）。他說：The universal categories of all verbal systems involve time, voice, and mood,… 。

Comrie（1976：5）認為：動貌和時制不同，它所關涉的不是情況發生的時間與其他時點的關係，而是一個情況的內部時間（situation-internal time）結構。他認為兩者的分別是，動貌關係到事件時間，而時制則只關係到指示時間。

Li & Thompson（1983：171）認為：動貌指的並不是情況發生時間與談話時刻之間的時間關係，而是指情況本身如何從其內在結構加以理解。

Dahl（1985：24-25）認為，動貌跟句子所陳述的情況中出現的或持續的結構有關，即動貌和時間相關。時制是典型的指示範疇，因而時制和交談時間有關，但是動貌是非指示範疇（non-deictic category）。[9]

Chung & Timberlake（1985：214）認為，動貌規定存在於事件結構中的另一個述語關係，事件結構由述語派生的內部時間構成，[10]即動貌說明事件時間的構造。

對於完成貌的看法，本文和上述觀點大致一致，但是對於未完成貌和動貌的定義，本文持不同的觀點。本文把動貌解釋為：動貌是解釋情況內部結構的方法。漢語動貌有兩類：一類是不把情況內部分為開始、過程或終結，而把情況內部的全體解釋為整體；一類是不把情況內部分為開始、過程或終結，而把情況內部的全體解釋為連續。即動貌是把情況內部全體解釋為整體或連續，而不是整體和部分的對立。

本文以下的論述都是基於狹義動貌的觀點進行的分析，首先介紹和本文相關的一些術語。

---

9　引自黃美金論文第4頁。

10　引自黃美金論文第5頁。

# 1.4. 術語介紹

## 1.4.1. 描寫句和判斷句

　　陳述當前（包括過去和現在）情況的句型，我們主要分為兩種：一，陳述動作性內容的描寫句；二，陳述靜態性內容的判斷句。描寫句用於陳述動作（包括變化的過程）等動態性的內容，判斷句用於陳述狀態、觀念等靜態性的內容。對未來情況的陳述是一種假設，這種假設按照語氣的不同而分為命令、推測和疑問等種類。

## 1.4.2. 語境[11]

　　語境指的是言語活動在一定時間和空間裡所處的境況。語言是人們交流思想的工具，語言交際總是離不開交際的參與者、談話的主題、時間、地點等情景。因此，一定的言語活動總是處於一定的語境中的。語篇（text）的含義主要依賴於語境：語篇與語境相互依存，相輔相成。語篇產生於語境，同時又是語境的組成部分。詞離開語境意義就不明確，句子離開語境後，其表達的意義也可能不易確定，例如：

　　（50）他的笑話說不完。

這個句子除了「他」的指代不清楚外，至少還可以有兩種不同的

---

11 參照黃國文《語篇分析概要》42-46頁。

解釋：他很會說笑話，老是說不完；他到處鬧笑話，關於他的笑話是說不完的。如果不借助語境，例（50）顯然是個歧義句。如果例（50）出現在一定的上下文中，那句子的意義就不會含混了。試試比較：

（50）a. 李鐵蛋喜歡講笑話，他的笑話說不完。

（50）b. 李鐵蛋剛到這裡來時老是鬧笑話，他的笑話說不完。

語篇是交際單位，必須用於一定的語境中。交際是一個錯綜複雜、多面的過程。嚴格地說，要研究用來交際的某一句話或某一動作，就必須從各方面進行考察：這句話（這個動作）是誰、在何時、何地、何種場合發出的？交際兩方的關係如何？在這句話（這個動作）發出之前發生了什麼事情？話（動作）發出後交際的對方（或一方）期待著什麼？當時對方的心境如何？說話者說這句話（作這個動作）的目的、動機是什麼？接受者的感受、反應如何？等等。當然，要對每一交際行為作上述的分析往往是不經濟的，或是沒有必要的，或是不可能的。但不能否認，從時間、地點、事實性、交際雙方的關係這些角度來分析語篇是有益的。

## 1.4.3. 信息與句子排列[12]

語言的線性表達這一特點決定了說話者在傳遞資訊時必須考慮語言成分的排列這一問題。無論從銜接的角度還是從連貫的角

---

12 參照黃國文《語篇分析概要》64-66頁。

度看，句子內各成分的排列和句子之間的配列都是有一定的規律
的，都是受到制約的。一般來說，在語言成分的安排上，要遵循
從「已知」（old）到「未知」（new）；從「確定」（definite）到
「不確定」（indefinite）的原則。

　　已知資訊指的是已經提及、間接提及或不言而喻的內容，這
種內容有的是語言性語境提供的，有的則是非語言性語境提供
的。例如：

　　（51）A：李華在寫什麼？
　　　　　B：他在寫信。

在這個句子中，A的問話「李華在寫」對說話者和受話者都是已
知資訊，即A、B雙方都知道李華在寫東西這一事實。「什麼」對
A來說是未知資訊，即A不知道的內容。一般來說，已知資訊和未
知資訊是說話者認為的舊的和新的內容，受話者是否和說話者一
樣把某一資訊當作已知資訊或未知資訊，這是另外一回事。例如：

　　（52）A：李華近來在寫什麼？
　　　　　B：不知道。

在這裡，A認為B知道李華在寫什麼東西；在A看來，「什麼」對
B來說是已知資訊，但實際上，B不知道李華在寫什麼，所以，
「什麼」對A、B雙方都是未知資訊。又如：

　　（53）A：李華在寫什麼？
　　　　　B：李華？誰是李華？我不認識他。

在這裡，對A來說，「李華在寫」是已知資訊，「什麼」是未知資訊。A認為「李華在寫」和「什麼」對B來說都是已知資訊，但事實上，「李華在寫什麼」對B全是未知資訊。確定和不確定是相對而言的，已知資訊通常表示確定意義，未知資訊往往表示不確定意義。

## 1.4.4. 實義切分理論

### 1.4.4.1. 實義切分法

實義切分法[13]（actual division of the sentence）最早是由布拉格學派（Prague School）創建者馬泰休斯（V. Mathesius）提出的。這是一種意義分析法，主要從句子的實際功能的角度來分析句子的結構，分析句子的結構如何表達句子所要傳遞的資訊，如何揭示語篇在一定的語境中的直接、具體的意義。根據實義切分法，一個句子可以從交際功能的角度劃分為兩個語義組成部分：主位（theme）和述位（rheme）。（有的語言學家認為主位和述位相當於主題（topic）和評論（comment）；其實這兩對術語並不相等，主題和評論只限於說明從句和句子的結構，而主位和述位更多地和資訊結構有關。另外，有的學者把theme和rheme分別譯為主題和述題。）主位往往是句子的第一個成分，表明談話的主題，從而成為句子其餘部分敘述內容的起點，因此主位是敘述的出發點、物件或基礎；述位則是對主位的敘述、描寫和說明，是敘述的核心內容。一個句子劃分為主位和述位，通常是為了研究

---

13 參照黃國文《語篇分析概要》73-78頁。

句子資訊分佈情況。很多語言學家認為，主位通常傳遞交際雙方已經熟知或有所聞的內容，即已知資訊，述位則通常傳遞受話者未知的內容，即新資訊。例如：

（54）A：你的兒子　多大了？

　　　　　　主位　　　　述位

　　　　B：我的兒子　七歲了。

　　　　　　主位　　　　述位

A句的敘述出發點是主位「你的兒子」，對敘述物件說明的是述位「多大了」；主位表示已知資訊（即A知道B有個兒子），述位表示新資訊（A不知道B的兒子有多大）。B句的「我的兒子」是主位，是從A句接過的話題，它表示已知資訊，在這裡可以省略。「七歲了」是述位，對「我的兒子」加以說明，它傳遞的是新資訊（即A所不知道的內容）。

## 1.4.4.2.　實義切分法與成分分析法[14]

　　句子實義切分法與句子成分分析法是兩種性質完全不同的分析法。句子成分分析法是一種結構分析法，是根據詞或片語在句子中的句法作用把句子的各個組成部分劃分為主語、謂語、賓語、定語、狀語等；實義切分法則著眼於詞語在句子中的交際功能和資訊的分佈情況，它對研究連貫性語篇的結構，分析語篇中句和句之間的內部關係具有重要的意義。在無標記（unmarked）

---

14　參照黃國文《語篇分析概要》73-78頁。

句子中，主語常常表示已知資訊，並作為敘述的出發點，因此，主語常常充當主位，例如：

Michael Halliday is a famous linguist.

主位／主語

但是，主語與主位在很多時候（特別是在有標記[marked]的句子中）不一致。試比較：

Mary　　　her name is.

主位／表語

On the way home I met your brother Bill.

主位／狀語

How many brothers do you have?

主位／賓語

謂語通常是用來說明主語的，因而它常常不位於句首；這樣，謂語充當主位的情況也較少見。但語言中謂語用作主位的例子還是有的。例如：

……鼓動吧，風！咆哮吧，雷！閃耀吧，電！（郭沫若《屈原》）

例中的劃線部分都在句中充當謂語，但它們都是主位。

### 1.4.4.3. 主位結構與信息結構

主位結構（thematic structure）由主位＋述位構成；信息結構（information structure）包括了已知信息和未知信息。有的語言學家把主位元結構和資訊結構等同起來。其實，它們是兩個不同的範疇，有很多區別，主要表現在以下四個方面：

1. 主位—述位的表現形式是線性排列次序，而資訊的表現形式是語勢（重音），例如：

（55）（那個人在做什麼？）

    a. <u>他</u>　<u>在讀書</u>。

       主位　　述位

    b. <u>他</u>　　<u>在讀書</u>。

      已知資訊　未知資訊

（56）（誰給了他那本雜誌？）

    a. <u>張三</u>　<u>給了他那本雜誌</u>。

       主位　　　　　述位

    b. <u>張三</u>　　<u>給了他那本雜誌</u>。

     未知資訊　　　已知資訊

2. 在主位結構中，主位總是先於述位；在資訊結構中，已知資訊一般先於未知資訊，但也有未知資訊比已知資訊先出現的情況。上面例（56）b. 便是一例。試比較：

（57）（張三吃了什麼？）張三　　吃了　　一碗牛肉麵。

　　　　　　　　　　　　　　　主位　　　　　　述位

　　　　　　　　　　　　　　　───────　　───────

　　　　　　　　　　　　　　　已知資訊　　　未知資訊

（58）（誰吃了一碗牛肉麵？）張三　　吃了一碗牛肉麵。

　　　　　　　　　　　　　　　主位　　　　　　述位

　　　　　　　　　　　　　　　───────　　───────

　　　　　　　　　　　　　　　未知資訊　　　已知資訊

例（57）中的主位「張三」是上文已提到的，而（58）中的主位「張三」則是問句的重要內容，因而不難看出，（57）中的「張三」是已知資訊。（58）中的「張三」則是新資訊。判斷某一詞語是否傳遞新資訊，有時可以從能否省略這方面來進行。例如，例（57）中的「一碗牛肉麵」是未知資訊，因而不可省略，「張三吃了」是上文已出現過的成分，是已知成分，所以可省去。在例（58）中，未知資訊是「張三」，因而它不可省略，「吃了一碗牛肉麵」是上文已出現的成分，是已知成分，所以可省去。

　　3. 主位結構是句子內部組織資訊的結構，與語境的關係並不十分密切；離境化的句子也可切分主位和述位，雖然這種切分是沒有實際意義的。資訊結構和語境的關係十分緊密，離開了特定的上下文和背景，離開了特定的交際行為，則無法確定已知、未知資訊，也無所謂新舊資訊之分。例如上面例（57）和（58）中的「張三吃了一碗牛肉麵」，主位－述位的切分是一樣的，資訊的分佈情況就因上下文不同而有異了。

4. 主位—述位是以說話者為中心的，主位指說話者講話的起點，談論的題目；述位指說話者圍繞起點、題目所敘述的內容。已知—未知資訊則是以受話者為中心的，已知資訊指受話者從特定的境中瞭解的內容，未知資訊指受話者還不知道的內容。[15]

從資訊角度分析，構成句子的各成分都是某種資訊的載體，但它們負載的資訊量是不等的。在一個不很擴展的簡單句中，必定有一個或幾個成分是該句所要傳遞的中心資訊，或叫句子的語義重點。語言學家和心理學家發現，人們傳遞資訊的自然順序是從已知資訊到未知資訊，因此，按照常規，主位處於句子的前部，述位處於句尾，於是就自然形成所謂的句尾焦點。[16]

漢語缺乏形態標識，因此，詞序的變動會引起句子結構（即詞的句法功能）的變化。在有些場合，漢語句子結構特點不允許表示新知資訊的成分處於句尾。因此，在漢語中，除了上文提到的句尾焦點，焦點位於句首和句中的現象也是常見的。但我們可以使用中心資訊這個術語。中心資訊可以處於句首、句中和句尾。這樣，表達漢語句子中心資訊的極重要手段便是邏輯重音或相應的語調，儘管邏輯重音在書面形式中並無特殊標識。誠然，輔助詞和詞序也是表達中心資訊的重要手段。

（59）父親病了。（回答「誰病了？」的問題）
（60）父親病了。（回答「父親怎樣了？」的問題）
（61）事實並非處處如此。
（62）我們不能輕視這個問題。

---

15 參照黃國文《語篇分析概要》76-78頁。
16 參照趙陵生《表達句子中心信息的手段——俄、漢詞序比較》82頁。

（63）這話是我說的。

漢語口語中有這樣的句子：

（64）很好看，這件衣服。

這裡句子的主語放在謂語之後，但這不是句尾焦點。句子的中心資訊在「很好看」。口語有個特點，人們說話時常把最重要資訊先說出去，然後再補說在具體語境中有時是可有可無的已知資訊。[17]

## 1.4.5. 指稱理論

指稱（reference）是指詞和它們所代表的客觀事物和現象之間的關係，這是一種表現在上下文，即具體的語境中的關係。在這種情況下，詞所指的是在客觀世界中存在的事物或現象。指稱問題涉及語言運算式和那與其相關的非語言事物的關係，即語言和實在的關係。[18]

指稱的提法源於語義學觀點，其含意是詞語與事物或現實之間的關係，詞語與詞語之間的關係——詞語涉及到事物。上面已經提到的這種定義在當今的語言學中仍佔有地位。然而有不少學者不同意上述觀點，他們通過對語言的研究，對指稱作出了如下不同的定義：「是說話者（通過採用恰當的表達方式）指稱事物，

17 參照趙陵生《表達句子中心信息的手段——俄、漢詞序比較》82頁。
18 參照涂紀亮《英美語言哲學概論》74頁。

說話者通過他的指稱行為，賦予了表達形式以指稱性質」（Lyons
1977）；「指稱不是由詞語來進行的，而是由人們通過使用詞語來
進行的」（Strawson 1950）。[19]根據上述語用學定義，指稱是說話
者或作者在交際中體現出的行為，即指稱是在實際語境中指示時
點上的觀念。這樣的指稱觀念，在語言學方面是有意義的。

指稱可以分為特指和非特指。湯廷池（1988：142-147）又把
非特指分為：殊指（specific）、任指（non specific）和虛指（non-
referring）。湯教授說：[20]

所謂殊指（specific），是指說話者雖然有特定的指涉物件，但
是聽話者卻無法在他的知識領域裡認定這個指涉物件。……所謂
任指（nonspecific），是指說話者並沒有特定的指涉物件，聽話者
當然也就無法認定這個指涉物件。……所謂虛指（non-referring），
是指無定名片語只表示屬性（attribute），而並不指涉物件。

湯廷池（1988：143-144）舉英文句子來說明殊指和任指的區
別：


（65）a. have you ever seen a panda?

　　　b. Yes, I saw one in Washington.

（66）a. I saw a panda last week.

　　　b. Where did you see it?


有時候同一個無定名片語可以解釋為有特定指涉物件的殊指，也
可以解釋為無特定指涉物件的任指。例如在下面（67）的例句裡

---

19 參照左欣（1991.12:51-57,62）。

20 參照湯廷池教授（1988）《英語認知語法：結構、意義與功能》（上）。

a.句的無定名片語a new car可以解釋為殊指而以it來照應，也可以解釋為任指而以one來照應。

> （67）a. John wants to buy a new car.
>
> b. He will buy it tomorrow.
>
> c. He will buy one tomorrow.

無定名片語的殊指與任指，主要是屬於語意解釋上的問題，而且問題相當複雜。例如在（68）句的前半句John wants to catch a fish. 可以解釋為殊指，也可以解釋為任指。但在後半句eat（that）fish 裡卻必須以John抓到魚為前提（即必須假設there is a fish that John has caught）才能談到吃這一條魚，所以必須以殊指的it來照應。

> （68）John wants to catch a fish and eat it.
>
>       * one.

指稱本來主要指專名和通名所指的對象。至於句子的指稱（sentencial reference），首先提出這個概念，並給以系統闡述的是弗雷格（Frege），他在《論含義和指稱》一文中以很大篇幅討論了這個問題。他的基本觀點是：

> 句子的指稱就是句子的真值；所謂句子的真值，是指句子或者是真的或者是假的。[21]

---

21 參照佛弗雷格（G.Frege）91頁。

所謂「句子是真的」指的是該句在一定的語境中表達出的內容附合客觀事實和客觀現象。這裡我們做一個補充：句子的指稱是句子在實際語境中的指示時點上，能使句子和句子所表達的客觀現象相互聯成合一的概念。

### 1.4.6. 認識情況的方式──以當前時點的陳述為主要分析對象

認識情況的方式，可用情況和指示時間之間的關係分為：情況外部的認識和情況內部的認識。情況外部的認識是以指示時間為基點認識情況；情況內部的認識是以情況本身的事件時間為基點認識情況。所有的情況都構建於時空間的基礎之上，因而情況本身已經內包著內在的時間觀念。

站在事件時點上觀察情況的內部結構時，該情況缺乏言談要素，因而一定要為該句提供指稱資訊，該句才能被視為具有合適的真值。情況內部的認識是以情況內部結構中的事件時間為基點，對情況所作的解釋，這一事件時間與指示時間無關。情況內部認識的主要特點是：不把情況分解為諸如起始、過程或終結等的階段，而是把情況內部全體解釋為整體或連續。

### 1.4.7. 句子中所表達的指稱同句子真值的關係

句子的指稱就是句子的真值。句子所表達的真值，在實際語言交際中，具有怎樣的具體化程度，才能把該句看作具有合適的真值？我們的看法如下：

　　陳述中應當提供由經驗或由該經驗類推來的聽話者和說話者之間可以共同認知的資訊。實際語言交際中所發出的句子或話語要得到真值，該話語需要在指示時間上具有被具體化的資訊，該資訊在句子中被具現的方式（得到指稱的方式）有多種。一般來說，名詞的特指（有時是非特指）；指明該情況出現的時間或空間成分；或出現在句末的「了」和「呢」等成分，都可以把該句子解釋為在實際語言交際中具有合適的指稱性。也就是說，這些成分可以使句子在實際語言交際中所表達的資訊被看作是具有真值的。因為在語言交際中，如果能明確該情況在某處、在某時、怎樣發生或存在的話，我們就可以把句子和該句子所表達的概念（也就是命題）聯繫在一起。

　　就邏輯來講，為表示句子所表達的情況具有真值，應當表明如下的資訊：該情況中所參與的人是誰，該情況發生在何處，在何時，怎樣發生的等等。而在實際語言交際中，所要求的指稱性具有如上方式中的一兩個就行。這是由於語言趨向於經濟性，而跟正確性發生矛盾所產生的結果。換句話說，這種情況之下，實際語言交際中較重視語言的經濟性。

　　句子具有合適的指稱意義，意味著這個句子在實際語言交際中包含了可以容納的真值。我們在研究句子的指稱時會注意到，漢語中，一個句子是否容納了合適的指稱性，由句子所表現的命題決定，命題影響句法結構，而句法結構的不同，所要求的指稱性也相應地不同。

# 2.句子的指稱和句法結構的關係

## 2.1. 前言

本章討論言談中所要求的句子指稱同句法結構的關係。我們將首先討論漢語陳述句中常見的三類句法結構——「V＋NP」、「V＋V＋NP」和「在＋V＋（NP）」同句子指稱的關係。並以「V＋了＋NP＋（了）」句式和「（在）＋V＋著＋（NP）＋（呢）」句式為例，討論賓語為非特指而句子仍然合法所應具備的條件——全句所表達的內容具有特指的屬性，以下逐一進行說明。

## 2.2. 「V＋NP」述賓結構

漢語中，描寫當前情況的動態性陳述句裡幾乎看不到述賓結構，這種結構常常用於對某一情況的判斷。例如「他吃飯」是一個「V＋NP」述賓結構，一般用於以下的情況中：李四知道隔壁的嬰兒在吃母乳，還沒有開始吃飯。有一天在門口遇到孩子和他母親，看起來那孩子比以前健壯得多。在這種情況下，李四問孩子母親：「他吃飯嗎？」母親回答說：「他吃飯。」或者李四問孩子母親，「他現在吃飯還是喝奶？」母親也可以回答說：「他吃飯」。在這兩種語境中所說的「他吃飯」這句話，都不是在描寫

「他吃飯」的動作,而是判斷他是否吃飯。假如問他兒子是否在
吃飯,或者吃完了沒有時,這太太回答說「他吃飯」的話,該句
所表達的命題就不能被看作具有真值,也就是說這句話不具有合
適的指稱。因為這句話不能給問話者提供他想知道的資訊。

陳述動作性的情況,整個句子一定要在語境中具備合適的指
稱性,而對靜態性的觀念或狀態進行判斷時,也要求與之相匹配
的指稱性。上面述賓結構所表達的命題,常常用於對情況本身作
出判斷,很少用於對動作或變化過程等動態性的描寫。

## 2.3. 「V+V+NP」結構

動詞重疊的「V+V+NP」結構中,賓語只能是特指,不能
是非特指。例如:

（1）我們討論兩個問題。
（2）* 我們討論討論兩個問題。
（3）我們討論討論這兩個問題。
（4）我們討論討論問題。

例（1）是「V+NP」結構,含有數量詞的賓語「兩個問題」
是非特指的,常用來陳述對狀態等的判斷,是一個合法的句子。
例（2）是「V+V+NP」結構,重疊動詞的賓語「兩個問題」也
是非特指,卻是不合法的句子。如果將例（2）的「兩個問題」改
為例（3）的特指「這兩個問題」,或如例（4）那樣刪除數量詞,
就可以說得通。例（1）和例（2）、（3）、（4）的主要不同在於:

例（2）、（3）、（4）的述語是以動詞的重疊形式構成的。例（3）、（4）中所表述的是對尚未發生、將要發生的事情——表明說話者假設性的看法，而不是針對當前時間中已發生的情況。

尚未發生的情況不可能具備動態性，因而無法對它的動態性進行描寫。假如有類似情形的話，那一定不是針對未發生的情況的動態性描寫或靜態性判斷，而是說話者對近於現在的將來可能發生的情況表明的假設性看法。嚴格地說，這不是判斷而是假設。這種假設既不是對動態性動作的描寫，也不是對靜態性狀態或觀念等的判斷。換言之，只有陳述當前情況的陳述句，才可以對情況的動態性或靜態性加以描述或判斷。例如：

（5）李四，把門關上！

例（5）中，在指示時間中的當前時點上並沒有出現「關」這一動作。因此無法識別該句是對動態性動作的描寫，還是對靜態性狀態或觀念的判斷。「關」這一動作可能將發生於當前時點以後。也就是說，該句表述的是對指示時間上尚未發生的情況的假設。對動態性的描寫或靜態性的判斷，只限於當前已出現的情況。而假設則不同，對尚未實現的動態性動作或靜態性狀態或觀念，都可以進行假設。因此，例（3）、（4）不用於回答「他們在幹什麼？」等的提問。

例（3）、（4）是對未來情況表明態度的句子，例（5）屬於命令，這些句子中表述的都是當前時點上尚未實現的情況。因此不是動態性的描寫，也不是靜態性的判斷。換句話說，對當前時點的情況進行表述時主要有兩種形式：一種是對動作的動態性描

寫；還有一種是對狀態或觀念等的靜態性判斷。產生這兩種類型
的原因，一方面是由於動詞語義不同，另一方面是由於在語言交
際中，句子所表達的指稱性相異而造成的。

　　總之，當對將來情況表明意見時，動詞重疊結構中的賓語一
定要是特指，才能被看作是合法的句子。

## 2.4. 「在＋V＋（NP）」結構中的情況

　　（6）他（每天）吃飯。
　　（7）他在吃飯。
　　（8）他走路。
　　（9）他正在走路。

我們在2.1節中對「他吃飯」曾作過解釋，例（6）不是描寫「他
吃飯」這個動作，而是判斷「他吃飯」是一種習慣。這時的賓語
雖然是非特指，但句子仍可以被看作具有合適的真值，可知，實
際語境中整個句子所表達的屬於特指。例（8）和例（6）的情形
相同，也是用於判斷是「走路」而非別的。例（7）的「飯」和
例（9）的「路」，形式上雖然都是非特指，但是例（7）中包含
有表示該情況發生的時空間資訊「在」，例（9）中包含有表示該
情況發生的時間資訊「正在」，所以這兩句所表述的整個情況都
被看作特指。換言之，這裡「在」和「正在」可以使句中表述的
情況具有真值。

　　由此可知，陳述句中，陳述當前情況的句子所具有的句子指
稱性質一定是特指，句子才可以被看作具有合適的真值。

## 2.5. 描寫當前動作的陳述句及句中要求的指稱性質

漢語中「了1」可以出現在敘述過去、現在和未來情況的句子中。換言之，「了1」和指示時點無關，可以出現在過去、現在和未來的時間中。描寫當前時間的情況只能出現在過去或現在的指示時點中，但是「了1」也可以出現在未來的時點上。因此我們認為，「了1」除了用於描寫當前動作等以外，也可以用在未來時點上的命令，包括對未來情況表明意見、勸誘、誘導對方同意、推測和祈使等的情況之中。下面的例子中，「了1」都出現在屬於未來時點上的情況中。

（10）我們下了課，一塊兒去玩。

（11）放了他！

以下分析指示時點上描寫當前動作的陳述句，以及該句所要求的指稱性質問題。為了行文方便，我們的分析物件只限於如下兩種句子類型：一、「V＋了1＋NP＋（了2）」；二、「（在）＋V＋著＋（NP）＋（呢）」。

### 2.5.1.「V＋了1＋NP＋（了2）」結構中所要求的指稱性質

（12）＊我們吃了飯。

（13）我們吃了飯了。

（14）我們吃了三碗飯。

（15）我們吃了三碗飯了。

（16）我們吃了那碗飯。

（17）我們吃了那碗飯了。

（18）＊我們上了課。

（19）我們上了課了。

（20）我們上了三節課。

（21）我們上了三節課了。

（22）我們上了那門課。

（23）我們上了那門課了。

（24）他們三天就完成了任務。

（25）張老師早就看出了問題。

（26）＊他發了財。

（27）他在加州發了財。

假如例（12）、（18）出現的語境中沒有任何成分可以表明文中的「飯」、「課」是特指的話，該句就會被看作是不合法的。因為句中的「飯」、「課」本身都屬於非特指，句中也沒有其他補充成分——諸如「表示和情況有關的時間或處所」等的成分——可以表明該句所表達的情況是特指。

例（13）、（19）是給例（12）、（18）各添加了句末助詞「了2」，這樣句子就可以被視為是合法的了。例（13）、（19）之所以被看作合法的句子，是由於句末助詞「了2」可以為一個和指示時點相關的情況的開始或終結部分提供界限。句末助詞「了2」既然可以表示和指示時點相關的情況的開始或終結部分提供界限，那麼句子所表達的情況就能被看作具有真值，因為這種情況下全句所表達的是特指。而句子所表示的特指主要是由句末助詞

「了2」造成的。「了2」為與指示時點相關的情況提供起始或終結的界限。一般來說，描寫當前時點上的動作時，如果添加了表示和指示時點相關的表示情況變化的句末助詞「了2」，那麼句子就可以具有真值。

例（14）、（20）中的「三碗飯」、「三節課」在句中表示非特指，但是全句表達的是「我們吃了三碗飯」，和「我們上了三節課」的特指情況，也就是說，例（14）、（20）所表達的意義，可以被看作具有合適的真值，在像例（14）、（20）的句子裡，殊指能給句子提供──整個句子所表達的情況是特指──的資訊。但虛指沒有這種語法功能，因而例（12）、（18）不合法。

陳述當前情況的句子要具有合適的真值，整個句子所表達的指稱一定要是特指，只有這樣，聽者才能把語言交際中話者所表達的內容和內容所指稱的具體物件或觀念聯繫起來。例（15）、（21）是給例（14）、（20）各個添加句末助詞「了2」，全句都能表示特指，而被看作是具有合適真值的句子。雖然例（15）、（21）和（14）、（20）所表示的意義不同，但是兩類所體現的指稱性質卻是相同的，都表示特指。至於兩類所表達的不同意義，和現在我們要討論的主題有距離，在此暫時不作討論，留到下章。

例（16）、（22）中「那碗飯」和「那門課」在實際語境中表示特指，因此，全句所表達的內容也自然被看作是具有合適的真值。

例（17）、（23）和例（15）、（21）的情形大致相同，不同點在於前者賓語本身是特指，而後者賓語卻是非特指。但是兩組句子所表述的內容，在實際語境中都被看作具有特指的性質，換句話說，兩組句子都具有合適的真值。因此，我們可以把句子所表

述的內容和該句所指稱的現象聯繫起來，但是兩組表達的意義仍然是不同的。

分析例（13）、（19），（15）、（21）和（17）、（23）時，我們可以再次認識到：「V＋了＋NP」結構中，賓語所指示的情況無論是非特指還是特指，只要在句末添加「了2」，全句的指稱性質就會變成特指，而使句子具有合適的真值。例（24）、（25）、（27）中，有「三天就」、「早就」、「在加州」等表明與情況發生相關的補充成分，這時賓語所指示的無論是非特指還是特指，句子所表達的內容在實際語言交際中也能被看作具有真值。例（26）沒有這樣的補充成分，因此在實際語言中，如果無法表明該句中的賓語「財」所表達的屬於特指的話（即「財」是非特指），該句就不能被看作合法的句子。換句話說，帶「了1」的句子中，如果賓語等所表達的是非特指，像例（24）、（25）和（27）那樣，句子中一定要帶有表明與情況發生相關的補充成分，否則，就無法將句子表述的內容和內容所指稱的具體現象或觀念聯繫起來。使其成為合法的句子的另一種方法，是給句子添加和指示時點相關的、表明情況變化的句末助詞「了2」。

總之，實際語境中，就是否能給句子提供指稱性資訊而言，「了1」和「了2」的功能迥然不同，這一點下章還要繼續討論。

## 2.5.2. 「（在）＋V＋著＋（NP）＋呢」結構中所要求的指稱性質

（28）＊他唱著歌。

（29）（他唱著什麼歌呢？）他唱著《夜來香》。

（30）他在教室裡唱著歌。

（31）（有人認為他不在唱歌時）他唱著歌呢。

（32）我走進屋子的時候，他唱著歌。

（33）他在唱著歌。

（34）他在唱歌。

假如例（28）出現的語境中無法判斷句中的「歌」是特指的話，該句就不具有合適的真值，屬於不合法的句子。因為句中「歌」是非特指，句中也沒有其他補充成分——諸如表明和情況進行相關的時間、處所等的成分，或表明情況發生或進行方式的成分——可以表明該句所表達的情況屬是特指。

　例（31）是給（28）添加句末助詞「呢」，這樣句子就合法了。由此可知，例（31）可以被看作合法的句子是由於句末助詞「呢」的緣故。陳述句句末助詞「呢」的作用就是要提醒聽話者注意，說話者說的話是基於聽話者的看法、預想、信念而說的。[1]句末助詞「呢」表示和指示時點有關的情況的發生或存在。這時全句表達的是特指，因此該句所表達的情況具有合適真值的意義。該句所表達的特指主要是由句末助詞「呢」引起的，「呢」表示和指示時點相關的情況的存在或發生。一般來說，描寫當前時點上的動作時，添加和指示時點相關的、表示現時事態的句末助詞「呢」，該情況在指示時點上就能被看作是具有合適真值的句子。

　陳述當前情況的句子，要具有真值的話，指示時點上全句所

---

1　參照Li & Thompson（1983:252）。

表達的指稱，一定要是特指。只有這樣，聽者才能把語言交際中說話者所表達的內容和內容所指稱的具體現象或觀念聯繫起來。

例（29）中，《夜來香》在實際語境中表特指，全句所表達的內容也自然被看作具有合適的真值。例（30）（32）（33）和（34）中的賓語本身是非特指，但各句中包含可以指示全句具有特指性質的補充成分。如例（30）的「在教師裡」，表示和情況進行相關的地點；例（32）的「我走進屋子的時候」，表示和情況進行相關的時間；例（33）和（34）的「在」，表示和情況進行相關的時空間的背景。句中包含這些資訊時，句子所表述的內容在實際語言交際中，就能被看作具有合適的真值。例（28）中沒有這樣的補充成分，在實際語言中，賓語「歌」如果不能被看作特指，該句就不是合法的句子。換句話說，包含「著」的句子中，賓語等如果是非特指，像例（30）（32）和（33）那樣，句中一定要帶表明和情況發生相關的資訊，否則，句中所表述的內容和內容所指示的具體現象或觀念就不能聯繫起來。另一種使句子合法的方法是，給句子添加表示現時事態的句末助詞「呢」。因為「述＋著＋賓」結構本身是認識情況內部結構的方式，和指示時點上的指稱無關，所以該結構在情況外部時點上必須有指稱資訊。

分析例（28）至（34）時，我們可以認識到，「V＋著＋NP」結構中賓語所指示的情況，無論是非特指或是特指，只要在句末添加「呢」，或是表示時空間背景的補充成分，整個句子就能成為特指，我們就可以把該句看作具有合適的真值。

總之，就指稱性而言，「著」和「在」、「呢」的功能迥然不同。

指稱是指示時點（情況外部時點）上的概念，「了1」「著」本身是基於情況內部的表述方式，跟表達句子指稱性質的情況外部時點無關。因此包含認識情況內部結構全體的「了1」和「著」的句子在指示時點中必須具有指稱資訊，句子才可以被看作具有合適的真值。

# 3. 情況內部和外部的結構分析

## 3.1. 前言

第2章中，描寫當前情況的「我們吃了飯」「我們上了課」和「他唱著歌」是三個不合法的句子。分別給這三個句子添加「了2」或「呢」，變成「我們吃了飯了」、「我們上了課了」和「他唱著歌呢」後，就可以被看作合法的句子。這是由於「了2」和「呢」在句中的功能都與指示時點相關——「了2」在句中表示和指示時點相關的情況的起始或終結的界限；[1]「呢」在句中表示和指示時點相關的情況的發生及連續存在。「了2」表示的界限意義，「呢」表示的連續意義都與指示時點有關，因而句子具有合適的真值。表述當前情況的陳述句如果具有合適的真值，指示時點上全句的指稱性質一定是特指。只有這樣，在語言交際中，聽者才能把說話者所表述的內容和內容所指稱的具體現象或觀念聯繫起來。而這時句子的特指性質主要是由和指示時間相關的「了2」或「呢」造成的。一般來說，在表述當前情況的陳述句中添加「了2」或「呢」，句子在指示時點上就會具有合適的真值。

---

1 參照黃美金論文（1988:186-187）。

## 3.2. 情況內部結構分析和情況外部結構分析

　　從上面不合法的「＊我們吃了飯」「＊我們上了課」「＊他唱著歌」，同合法的例文「我們吃了飯了」「我們上了課了」「他唱著歌呢」的比較可以看出：「了1」和「了2」，「著」和「呢」在句中意義和功能完全不同。這裡先討論「了2」和「呢」，然後討論「了1」和「著」。

　　「了2」和「呢」表達和指示時點相關的情況的發生，但是兩者的具體意義不同。陳述句句末助詞「呢」向聽者暗示，句中陳述的是說話者對聽話者的主張、預想或信念所作的回應或反應。[2]也就是說，「呢」的作用就是要提醒聽話者注意，說話者說的話是基於聽話者的看法、預想、信念而說的。[3]「了2」表示如下意義：A. 句中事態代表一種新狀態；B. 句中事態否定錯誤的假設；C. 句中事態報告至今為止的進展；D. 句中事態決定下面可以進行的事；E. 句中事態表示說話者在談話中所作的貢獻。[4]在實際語言交際中，「了2」和「呢」都具有指出句子表述的情況在指示時點上屬於特指的語法功能。上面已經討論過，「在」也有這種語法功能，在此，我們把這種觀察情況的方式稱為「情況外部的認識」。所謂「情況外部的認識」，或者說「認識情況外部結構」，就是從情況的外部時點——即，在具體語境中的指示時點或說話時點上觀察情況的方法。

　　從上文提到的不合法的句子來看，「了1」和「著」在指示時

---

2　參照Li & Thompson（1983:252）。

3　參照Li & Thompson（1983:255）。

4　參照Li & Thompson（1983:221）。

點中不具有提供指稱資訊的功能，不能指出句子所表述的情況屬於特指。因為所謂的「指稱」概念本身只有出現在指示時點上，才能在語言學方面具有意義。因此，我們把指稱看作情況外部時點上的概念，而「了1」和「著」本身涉及的是情況內部，而不直接涉及情況外部。也就是說，在具體化了的語境中，「了1」和「著」不能指示句子所表述的情況在指示時點上具有特指資訊。在此，我們把以「了1」和「著」觀察情況的方式，稱為「情況內部的認識」。所謂「情況內部的認識」，或者說「認識情況內部結構」，就是從情況內部時點——即，在具體語境中情況本身的事件時點上觀察情況的方法。所謂的「情況內部」也包含時間因素，只是這個時間因素與交談要素無關，是事件本身內包的時間。

## 3.3. 情況內部認識方式和情況外部認識方式的不同點

### 3.3.1. 情況內部結構與指示時點上的交談要素無關，不能被分解

　　從外部觀察情況時，因觀察方式的不同而存在著許多表達方式，因而情況外部認識方式的特點是，情況可以被分解為起始、過程、終結等的階段。但是以情況外部的認識方式不能觀察狀態的持續，因為狀態的持續本身不能被分解。所以認識持續狀態時，一定要用情況內部的認識方式進行觀察。即認識持續狀態時，有時只用表示狀態持續的「著」就可以；有時表示狀態持續

的「著」和表示動作進行的「在」一起使用（這種現象主要是由於「著」所出現的句法結構不同而產生的，我們在下章還要繼續討論），但是不能只用「在」等情況外部認識方式觀察狀態持續。

### 3.3.2. 漢語中，述語表述的情況可以從情況外部時點（指示時點或說話時點），和情況內部時點（事件時點）兩方面進行觀察

解釋情況內部結構時，只能在情況內部時點上加以認識。同樣，解釋情況外部結構時，一定要在情況外部時點上才能加以解釋。因此，只是針對情況內部結構進行的解釋，在情況外部時點（指示時點）中不會含有指示該情況為特指的資訊。例如：「他吃了飯」是以情況內部認識方式進行的觀察，句中的「飯」是虛指，全句對情況的表述在指示時點中並不是特指，因此該句不能被解釋為具有合適的真值。

判別是否屬於情況內部的認識時，主要有兩個依據：

1. 解釋情況時，情況是否可以被分解為若干階段。如果情況不能被分解，我們就說這是情況內部的認識，即從結構內部觀察情況。
2. 解釋情況時，除掉給情況提供指稱資訊的補充成分——如表示和情況發生相關的時間、空間的背景資訊，或賓語本身是特指等。除掉這些補充成分以後，在指示時點上，情況是否仍然具有特指的性質。如果這時情況在指示時點上不具有特指的性質，我們認為這也是情況內部的認識。

情況內部的認識，是基於情況內部時點上，把情況內部結構全體解釋為整體或連續。因此，這種認識情況的方式缺乏言談要素，在指示時點中，這種情況表述方式不會被看作具有合適的真值。

### 3.3.3. 從外部時點觀察情況的方式

以下例文是從外部時點觀察情況的方式：

（1）（他不抽煙嗎？）他抽煙。
（2）（你看那本書了沒有？）我看那本書了。
（3）（你看那本書嗎？）（那本書）我看。
（4）（你看完了那本書嗎？）（那本書）我看完了。
（5）我走進屋子的時候，他唱起歌來。
（6）天氣這麼熱下去，怎麼受得了。

例（1）中表述的情況，不是在描寫「他抽煙」這一動作，而是用以判斷「他日常生活中有沒有抽煙」這種行為。假如問他是否「在抽煙」，或者「抽完了沒有」時，回答說：「他抽煙」的話，句子所表述的命題就不能被看作具有真值。也就是說，句中沒有提供合適的指稱，該句所表述的情況不能給聽話者提供他想知道的資訊。該句用於描寫「他在抽煙」或「他抽完煙」等的動作時，缺乏指稱資訊，因而句子無法提供說話者想要表達的「在抽煙」或「抽完煙」等的概念。我們在上文2.1節中討論過，V＋NP結構所表達的意義，常常用於對觀念或狀態等靜態性的判

斷，很少用於陳述對動作或變化過程等動態性的描寫。描寫動態
性的情況，全句在實際的語境中一定要具備合適的指稱性。判斷
靜態性的觀念或狀態時，所要求的指稱性也是一樣的。換句話
說，V＋NP結構的例（1）常常用於判斷靜態性的狀態。趙元任
（1968：245）認為像例（1）這樣的句子，只能用來表示該情況
是習慣性動作、即將性動作，或在句中作非敘述性謂語（non-
narrative predication）。

　　例（2）中的「了2」表示情況在指示時點中具有特指的性
質，因此該句所表述的情況被認為是具體化了的資訊。「了2」具
有指出情況在外部時點中被具體化為特指的語法功能。例（3）
不是描寫和「看」相關的動作，而是表明和將來相關的意見。例
（4）可以指出該情況在外部時點中具有指稱的性質，因此該句
被視為已經包含了具體化的資訊。例（4）的結果補語「完」的
語法功能是，把情況解釋為終結的狀態。例（5）「起來」表示情
況起始的狀態，兩句都被認為具有合適的真值。例（6）「下去」
表示的是，在外部時點中該情況是一個連續性的存在，句子也被
認為具有合適的真值。

## 3.3.4. 認識內部情況需要進一步討論的問題

　　表示終結義（completion）的「完」、「好」、「到」，表示起始
義的「起來」，表示連續義的「下去」和「在」，以及表示經驗義
的「過」（這裡暫時只討論表示經驗義的「過」），對情況的認識
否屬於情況外部的認識。

　　表示終結義的「完」、「好」、「到」等補語，解釋的不是情況

的全體，而是情況中的終結狀態。「起來」解釋情況時，解釋的不是情況的全體，而是情況中的起始狀態。「下去」和「在」表示動作的連續，解釋情況時，解釋的不是情況的全體，而是情況中的過程部分的狀態。表示終結義的「完」、「好」、「到」等，表示起始義的「起來」，表示連續義的「下去」和「在」，對情況進行解釋時，解釋的都不是情況的全體，而只是情況的部分狀態。因此我們認為，這些詞彙對情況的解釋都是情況外部的認識方式。

經驗義「過」，把情況全體解釋為整體，而不把情況分解為階段。但是其解釋情況的時點是指示時點上的，因此帶「過」的句子，即使不包含其他補充成分，也能夠在情況外部時點上具有合適的真值，例如：

（7）（你除了白米以外，還吃過什麼？）我吃過小米。

例（7）中的「小米」是非特指（虛指），除此以外，句中沒有其他成分可以表明該句在情況外部時點上具有指稱資訊，但該句在指示時點中仍然具有合適的真值。這點也許說明：「過」解釋情況時，是基於外部時點上的解釋，而不是內部時點上的解釋。

從邏輯上說，假如在內部時點上對情況內部結構進行解釋，以起始點敘述該情況是不可能的。因為即已存在的情況，從結構內部觀察，意味著其處於某種程度的發展進程中，而非情況的原始起點。如果解釋情況的起始部分，只能是情況外部的認識方法。情況內部本身不能被分解，以起始對情況所作的解釋是情況外部的認識方法。

認識情況時，以整體的狀態觀察，和以終結的狀態觀察各不

相同，前者不把情況分解為階段，後者把情況分解為階段。認識某一情況的終結狀態，是站在指示時點上，排除情況的起始和過程部分，只考慮情況終結的認識方式。原則上講，所有動作都有起始、過程和終結。有些動作在實際語言交際中，動作中的某些過程是觀察不到的，例如漢語中，「死」這一動作的起始和過程是難以描述的，但是不能因此判斷「死」這一動作本來沒有起始和過程部分。只是因為「死」的起始和過程所含有的時間很短暫，不宜用語言表達，即沒有如此的語言習慣而已，所以我們認為，以終結的狀態進行的觀察是情況外部的認識。

　　「在」和「著」的語法意義不同，「著」把情況全體解釋為連續性的意義；「在」解釋情況中行動的過程部分。「在」表述的是，指示時點上一個被階段化的情況中，排除情況起始和終結部分，而只涉及行動進行過程的那一部分，而「著」表述的連續性涉及到情況的全體，這種看法也許從以下的語言現象中可以找到依據。「著」出現在偏句中，給正句提供情況發生的背景，但是「在」沒有這種語法功能。這種現象也許是由於「著」把情況全體解釋為連續的原因，例如「他吃著飯讀書」中，「吃著飯」表述的是把不可分解的「吃飯」全體解釋為連續，而不是把「吃飯」這一情況分解為起始、過程或終結等的階段。「在」所表達的連續性是情況中一個階段的性質，假如一個情況給另一個情況提供背景資訊的話，提供背景資訊的從屬句，在時間上或由時間性類推，該情況一定比主句的情況具備更長久或廣泛的特質，這是自然的。因此我們認為，「著」可以出現在從屬句中給主句提供背景資訊，而「在」只把情況中的一部分解釋為連續的性質。包含「在」的情況在時間上或觀念上所表達的範圍不夠長久，或

不夠廣泛，所以不能給另一個句子提供背景資訊。還有一點，認識狀態持續時，有時只用表示狀態持續的「著」就可以；有時表示狀態持續的「著」和表示動作進行的「在」一起使用，但是不能只用「在」等的情況外部的認識方式來觀察狀態的持續，其原因就在於：狀態本身是不可分解的。

「下去」的語法功能和「在」有所不同。但是我們把「下去」所表達的連續性同樣看作情況外部的認識，其基本原因和「在」相同。「在」和「下去」都以情況外部的連續性描述物件，兩者的意義重點不同。「在」所強調的連續性，是指示時點上，與談話時間或談話中的另一動作時間重合的時段；而「下去」所強調的連續性是指示時點上，動作發生那一刻以後的時間。

「過」的主要語法功能是對在指示時點以前，曾經存在的情況進行陳述。所陳述的情況雖然也是不可分解的整體，但解釋情況的時點是指示時點上的，因此是情況外部的認識。「過」將情況全體解釋為整體，因此可以把動作或狀態解釋為一種整體的經驗。如果「過」不能把情況全體解釋為整體的話，就無法對狀態加以說明，因為狀態本身不能分解，但是「過」卻具有把某個狀態解釋為曾經存在的一種經驗的語法功能。

## 3.3.5. 情況內部與外部認識的認識方式

通過以上分析，我們認為，情況內部的認識方式，即所謂的動貌只有兩類：1. 把情況全體陳述（判斷或描寫）為整體。2. 把情況全體解釋為連續，又可以細分動作的進行和狀態的持續。

情況外部的認識方式，即所謂的貌相（phases），包括以下幾

類：1. 以起始的狀態觀察，由「起來」表達。2. 以進行的狀態觀
察，包括「在」和「下去」等不同方式。3. 以終結的狀態觀察，
包括「好」「完」和「掉」等不同方式。4. 以經驗的方式觀察，由
「過」表達。

　　「了1」在情況內部時點上把情況全體解釋為整體，「著」在
情況內部時點上把情況全體解釋為連續。

　　「了2」可以為一個本身不具有特指性質的句子提供指稱資
訊，使其在指示時點上具有合適的真值。「完」、「好」、「掉」、
「過」等，以及「下去」、「在」和「起來」等是把情況分解為起
始、過程、終點等階段後，進行的解釋，我們把這種觀察情況的
方式稱為情況外部的認識。

## 3.4. 動貌的定義及分類

　　通過以上分析，我們將動貌定義為：動貌和時間有關，這裡
的時間概念不是談話時間中可以認知的交談要素，而是情況本身
內包的事件時間。動貌指的是情況本身的內部結構如何被認識的
方式，情況本身的內部結構是一個與談話時間或指示時間無關的
抽象觀念。因此，述語和動貌本身不能說明指示時點上該情況是
否具有合適的真值。理解這個抽象觀念時，我們無法以外部時間
來分析，應當從內部時間上把握，從情況內部認識結構時，情況
內部結構是一個不可分解的整體。動貌體現的是情況內部時點
中，把情況的內部結構作為一個整體，對其如何認識的方式，而
不是單純地認識外部結構，如將情況外部結構視為進行、終結、
起始等的方式。

　　漢語中對情況內部結構的解釋，是由「了1」和「著」承擔的。在情況內部時點中，把情況全體解釋為整體，由「了1」表達；把情況全體解釋為連續（包括動作進行和狀態持續），由「著」表達。

# 4. 漢語完成貌的語法功能

## 4.1. 前言

漢語「了1」、「了2」的語法功能是什麼？關於這些問題，學者之間議論紛紜。

### 4.1.1. 學者對「了1」、「了2」的見解不同

Thompson（1968：71-73）認為：「了」表示事件界限。因此「了」的多種語法功能可以被統合，不必區分表示終結的「了」、表示狀況變化的「了」，和表示起始的「了」。他還說：「了」出現在句末，表示說話者在心中有兩個事件的界限。Thompson的看法中值得肯定的是，發現了表示界限意義的「了2」。但是Thompson和黃（1988）都認為這兩種「了」不但是同一詞素，而且在實際語言中都可以用於表達動貌的功能（在4.2.節中詳細討論）。兩位學者指出「了1」和「了2」的共通意義，就此而言，這種看法有一定的價值，但是兩位學者指出「了1」和「了2」表示界限是動貌的基本功能的看法，值得商榷。黃（1988）認為「在」「著」「過」「起來」「下去」等在句子中都表示界限，因此「在」「著」「過」「起來」「下去」在句子中都能充當動貌，黃（1988）認為動貌的功能就是表達界限意義。我們認

為動貌有時可以表達界限，但是表達界限的不一定是動貌，換句話說，動貌和界限的關係是：表達界限是動貌的必要條件，而不是充分條件。

Rohsenow（1978：276）以邏輯術語「come about」和「you（有）」的互相作用來分析「了」的語法功能。Rohsenow（1978. 269）說：

> 漢語中所謂完成貌詞尾「了」是表示完成貌和相對的前方向性。……。表面的完成表現詞「了」和「了」的否定對應素「沒有」一樣，是被認定為基底的完成貌的普遍基本術語「come about」和普遍的存在術語「you」結合而產生的。Rohsenow（1978）以轉換語法的觀念解釋「了」的意義，他認為動貌是指示時點上的概念，即，動貌的功能在於指示時點和事件時點之間的關係。我們不同意這一觀點，我們認為動貌只含有事件時間，和指示時點無關。

Chen（1979：30）認為，「了」在說話中以動詞尾碼或句子助詞表示出現貌，以強調的意義表示動作的出現，或談話中所表達的全體事件的出現。

Lin（1979：154-156）認為：

> 「了」出現在動詞後面，句子述語後面表達終結。「了」的語法功能是由不同的句法環境，一起出現的動詞的意義特性，或語境的情報來決定的。「了」出現在行動動詞或狀態動詞後面時，表示特別的事件或過程的終結。「了」

出現在狀態動詞或句子述語後面時，表達情況的變化或一般的、習慣的事件的變化之終結……「了」出現在句末的非及物動作動詞後面時，隨著談話或情況的不同，「了」表達各種意義。

Lin（1979：212）認為，「了1」表達動作的終結，「了2」表現情況變化的終結。因此，他認為兩種「了」實際上是同一個詞素。Lin主張「終結」是「了1」和「了2」的共通意義，以證明兩種「了」是同一的詞素。我們認為這一觀點不太符合實際語言現象，如：

（1）我刷了牙就上床。
（2）那襯衫紅了一點兒。
（3）他大了我十四歲。
（4）這兒太吵了。
（5）李四太胖了。[1]

黃（1988）認為例（1）至（3）中，「了」沒有動作的終結義，例（4）（5）中，「了」也沒有狀態變化的終結義。

Spanos（1979：73-74）認為，「了」表達動作過程的性質或狀態變化的實現。這種變化和帶「了」的動詞、句子或句子的內部意義構造相關，前者的變化實現是由和動詞、句子相關的特別的動作、過程或終結意義來表達的，後者的變化實現是由和特別的述語相關聯的情況、說話者的認識、態度的轉移意義來表現

---

[1]　例（1）至（5）引自黃美金（1988：177-178）。

的。根據上面例（1）至（5），「了1」並不一定表現動作終結的
變化，但Spanos對「了2」的見解值得參考。

許多語法學者概括了「了1」和「了2」意義上的共通點，並
根據他們提出的共通意義主張兩種「了」是同一個詞素，並且都
是動貌。如Thompson和黃美金認為兩個「了」都表示界限；Lin
認為兩個「了」都表示終結；Spanos認為兩個「了」都表示變化
的實現；Chen認為兩個「了」都表示出現等等，我們認為他們
的看法中有許多值得進一步探討的地方。

## 4.1.2.　漢語助詞「了1」和「了2」發音及書寫方式相同，而用法不同

如果能找到語義上的共通特性，就可以看作是同一詞素，因
此諸家嘗試找出其語義上的共通特性。如同我們在上文所介紹的
那樣，學者所發現的共通性質，有的沒有總結出兩種「了」共通
的意義，例如實現、終結、出現等意義都並非「了」的共通意
義。有的可以說明兩種「了」的共通意義——表示界限，但同時
又認為兩種「了」都是表示界限的動貌，將兩種「了」都看作動
貌的觀點令我們無法認同。

我們認為「了」本身是虛詞，只有語法意義，沒有獨立的詞
彙意義。且「了1」和「了2」是否是同一個詞素，跟它們語法功
能的同一性之間沒有必然關係，它們所表達的界限意義屬於不
同的語法範疇。但是大部分認為「了1」和「了2」是同一詞素的
學者，又把同一詞素和同一語法功能聯繫起來，將其看成了一個
問題。

　　我們的看法是,「了1」的功能體現為動貌,「了2」的功能體現為語氣,這兩種語法功能不同的「了」其實是同一個詞素。像人稱代詞「我」出現在句首時,常常充當主語,出現在述語後面充當賓語,對此,沒有人認為「我」是兩種不同的詞素。漢語幾乎沒有形態標識,因而主要的語法功能要借語序等句法環境或強勢語調等方式來表現。就實際語境中句子提供的指稱性判斷,「了1」和「了2」的功能的確不同。換句話說,「了」的語法功能,是依照該詞出現的句法環境的不同,而分別被視作動詞尾碼的動貌標記和表語氣的句末助詞。語法功能隨句法環境的不同而相異的現象,在漢語中很普遍「了」出現的具體語境中句法結構不同,而使「了」產生了兩種不同的語法功能。表示動貌的句法位置和表示語氣的句法位置不同,所以在具體語境中,判別「了」的語法功能時,絕對的根據是該詞出現的句法位置。

　　如果以實義切分法解釋完成貌出現的句法位置,可以說,「了1」表示動貌的基本原因,是為了借著表明未知的賓語或補語,強調情況內部結構的不分開始,過程或終結的情況整體的構成方式。例如:

（6）（回答來了誰的問題）　　　<u>來了</u>　<u>一個人</u>。
　　　　　　　　　　　　　　　　已知　　未知

（7）（回答他是否來了的問題）　<u>他</u>　　<u>來了</u>。
　　　　　　　　　　　　　　　　已知　　未知

（8）（回答他來了幾次的問題）
　　　<u>他來了</u>　　　<u>三次</u>。
　　　已知　　　　　未知

（9）（回答他說了怎樣的問題）（沒等我回答，）

　　他說了　　下去。[2]

　　已知　　　未知

例（6）（8）和（9）中的「了」表示動貌，這是眾人所知的。例
（7）中的「了」，有些人認為也是動貌，但我們認為是語氣助
詞。因為例（7）中未知的成分並不是賓語或補語，而只是「來
了」，因此在指示時點上被看作具有合適的真值（4.2.1節將詳細
討論）。例（8）的「三次」是數量賓語的，例（9）的「下去」
是趨向補語的，我們認為例（9）這種例文也許是在新文藝興起
以後多出現的較方言性的。

　　還有一點值得再提一下，「了1」和「了2」表達的語法功能
不同，因而所要求的句法位置也不同，例如：

（10）＊ 他在唱了兩首歌。
（11）他在唱了。[3]

---

2 陳剛《試論「動－了－趨」式和「動－將－趨」式》284頁說：「動－了－趨」大量
　湧現是在新文藝興起以後。這在很多作品裡都可以找到。下面是一些例子：
　活計？沒有的，不過每天下午便忙了起來。（王統照《湖畔兒語》）
　茉莉坐在桌沿，開始唱了起來。（孫瑜《大路》，七）
　沒等我回答，他說了下去。（老舍《黑白李》）
3 例文引自陳重瑜（1977：237）。

## 4.2. 「了」的兩種不同語法功能

### 4.2.1. 「了2」的語法功能

我們分析「了」的這兩種不同的語法功能，以下用「述＋了
＋賓＋了」結構驗證「了2」不是動貌。


（12）我們吃了飯了。
（13）我們上了課了。


上面例（12）（13）可以被看作合法的理由是，「了2」能在指示
時點上表示一個情況開始或終結的界限。我們在2.4.1節中曾分析
過，「了2」既然可以表示指示時點上情況開始或終結的界限，全
句就具有特指的意義，那麼句子所表述的情況也就具有合適的真
值，全句表示的特指意義主要是由在指示時點上表示情況開始或
終結界限的「了2」引起的。一般來說，描寫當前情況的動作
時，如果添加了與指示時點相關的表示情況變化的「了2」，那麼
該情況在指示時點中就是具有合適真值的句子。假如陳述當前情
況的句子被看作具有合適真值的話，指示時點中全句所表達的指
稱一定是特指，這樣聽話者才能把語言交際中說話者所表達的內
容和內容所指稱的具體現象或觀念聯繫起來。

「了2」在具體語境中可以將句子表達為特指，這一功能是
基於在指示時點上的，而動貌則是在事件時點上認識整個事件。
或者說，動貌是基於情況內部時點對情況內部的認識，因此我們
不能把「了2」看作動貌。

### 4.2.1.1. 「了2」表示句子在指示時點上屬於特指

就指稱概念來講，這是陳述句中「了2」的語法功能中最基本的一項。以下根據實際語言交際狀況，驗證「了2」是否含有這種把情況特指化的功能。

（14）我會說中國話了。（真高興）
（15）我吃飯了。（「不再吃了」，或「不用準備粥了」）
（16）我看見張先生了。（他胖了）

例（14）（15）（16）中「了2」都表示和指示時點相關的情況的變化。「了2」在指示時點上，為情況提供起始或終結的界限。動貌語法功能著眼於情況的內部時點，把情況內部結構全體解釋為整體或者連續。而「了2」表示新情況的到來，具有變化義，並給該情況提供情況外部時點中具體化的資訊。這種看法的根據如下：

第一，例（14）中，「了2」表示的是從「我不會說中國話」變化為「我會說」。「了2」的作用不在於把「會說中國話」的情況內部結構全體解釋為整體，只表示情況起始或終結的變化。

（17）他去美國了。（不在這裡）
（18）他去了美國。

第二，例（17）和（18）的意義不同。例（18）中「了1」把「去美國」的情況內部結構全體解釋為整體，因而不能提供

「他是否還在美國」，或「他現在是否在這裡」等和情況外部相關的指示時點上的資訊。例（17）中「了2」在指示時點上表示起始或終結的意義，指出從舊情況「他不去美國」向新情況「他去美國」的變化，並使帶變化的這個新情況在指示時點上和另外的情況聯繫起來。假如例（17）中「了2」的意義在於將情況內部結構全體解釋為整體，就無法對「去美國」以後的另一外部情況提供意義。再看下面的例子：

（19）他吃飯了。

（20）他吃了飯……

第三，例（20）中的「了1」從內部時間點上對情況進行解釋，因此該句在指示時點上不具有合適的真值，即整個句子表述的情況在外部時點中不能表示特指。而例（19）中「了2」表示的是和外部時點相關的情況起始或終結的界限，由於包含「了2」，句子被看作具有合適的真值，即「了2」在指示時點中可以表示該句所表述的是特指。因此我們認為「了2」與情況內部結構無關，「了2」不是動貌。

第四，包含「了2」的情況可以被分解。解釋情況時，根據具體語境的不同，「了2」有時以起始的觀點解釋情況，有時以終結的觀點解釋情況，例如：

（21）他喝酒了。[4]

---

4　這一段例文引自黃美金（1988：187）。

例（21）用英語來解釋有三種意義：

He has drunk wine (now).

He drank wine.

He has begun drinking wine.

把「他喝酒了」解釋為He has drunk wine (now). 或 He drank wine. 時，是將「了2」視為終結的意義解釋情況。把「他喝酒了」解釋為He has begun drinking wine. 時，是將「了2」視為起始的意義解釋情況。包含「了2」的情況可以進行分解，因此我們不把「了2」看作動貌。

通過以上分析，我們認為「了2」不屬於動貌。下面通過討論「了2」在具體語境中的意義，來探求「了2」的語法功能。

### 4.2.1.2. 「了2」表示的變化意義的本質

分析「了2」的意義時，許多人認為「變化」是它的語法意義。我們認為，分析時需要注意「了2」出現的整個語篇，才能確定其語法意義。以語用學進行分析時，我們不難發現，「了2」的主要語用功能是表達情況外部時點（指示時點）上的界限，但變化不能解釋「了2」重要的語法功能。Lin（1979）認為「了2」表示情況變化的終結。Spanos（1979：73-74）認為，「了2」的變化實現，是通過說話者對情況認識的轉變，或態度的轉變而表現出來的。Chen（1979：30）認為「了2」以強調的意義指出動作的出現，或交談中所表述事件的出現，例如：

（22）這兒太吵了。（不能住下去了）

（23）李四太胖了。（真不好看）

例（22）（23）中出現「了2」的原因，是為了表明該情況和另一情況之間的界限。為句子提供指稱資訊是「了2」基本的語法功能。同樣，為句子提供界限意義，也是「了2」最基本的語法功能之一。

　　不考慮語境，只孤立地看一個句子時，變化義即是「了2」所表達的意義。就句法而言，變化義是「了2」的語法功能。

## 4.2.1.3. 「了2」表達的界限意義

### 4.2.1.3.1. 「了2」的界限意義是由「了2」的變化意義引起的

　　Thompson（1968：71-73）認為，「了2」表示事件的界限。「了2」的多種功能可以被統合，而不必區分終結的「了」，狀況變化的「了」和起始的「了」。他還說：「了」出現在句末，表示說話者在心中有兩個事件的界限。黃（1988：176-221）基本贊同Thompson的觀點，並認為「了」在同一句子中可以同時表示事件的起始或終了。例如：「他吃酒了。」可以解釋為「He has drunk wine (now).」、「He drank wine.」，也可以解釋為「He has begun drinking wine.」。黃還認為，把「了」解釋為事件的界限，太狹窄了，不能解釋如下的句子：

（24）a. 這房間小了一點兒。

　　　　b. 那襯衫紅了一點兒。

        c. 他大了我十四歲。
（25）a. 這兒太吵了。
        b. 李四太胖了。

例（24）三個例文中的「了」不表示動作的終結，例（25）兩個
例文中的「了」不表示狀態的變化。黃（1988：198；1986：
137）說：

> 「李四跳了繩了」（Lisi has jumped [a] rope [now].)」中，
> 句末「了」的內容，在副詞「now」中反映著，那是英文
> 中的現在完了式。

黃還認為，例子中可以認識到「李四跳繩」和「他跳繩以前」的
狀態之間的對立關係，還沒有跳繩的狀態和已經跳繩的狀態，兩
者的對立是由表示兩者之間界限的句末「了」引起的。下面的三
組例子也體現了動作或狀態出現前後的對立，兩者的對立同樣是
由句末「了」引起的：

（26）a. 他戒了煙了。
        b. 我看了報了。
（27）a. 他吃三碗飯了。
        b. 我會看中文報了。
（28）a. 他高三寸了。
        b. 我胖三磅了。

句末「了」表示界限的功能在下面的複句中更明顯：

（29）a. 我刷了牙就上床。

　　　b. 我刷了牙就上床了。

　　　c. 我刷了牙了。我上床了。

「牙」後面沒有句末「了」的（29）a.和（29）b.收容「我刷牙」和「我上床」的結合。這種結合的結果，在意義上以後的意思（即「就」）出現，而且重複的人稱代詞「我」省略了。但是「牙」後面出現句末「了」的（29）c.，要求這兩個事件之間的區分，這兩個句子幾乎是獨立的話，（29）c.可能使用在如下的情況：孩子對他母親的就床之前所要求的規律反應，（29）c.只羅列規律的內容，這種分解是從表示界限的句末「了」和重複的人稱代詞「我」中來的。

　　那麼，黃舉的例（25）中，「了2」的意義是什麼？黃認為，那是命題的或更大的語言單位的界限。黃對所謂「界限」的說明不太明確。黃既然說例（25）沒有狀態變化的意義，那麼所謂的「界限」是從哪兒來的？我們前面已講過，「了2」所表達的變化意義（包括與指示時點相關的客觀現象的變化和主觀態度的轉移等認識上的變化），是針對句法分析出來的意義。這樣解釋的話，例（25）中「了」所表示的意義，可以解釋為情況的變化，只有有了這樣的情況變化才能具備界限的意義，不然就無法解釋界限意義。我們引用董（1986）對界限意義的解釋，如下：

　　界限通常是時間上的界限，但也可能是較抽象的其他連續

體上的界限，例如任何性質之不同程度所形成的連續體，
也可能劃出界限。[5]

這樣看來，界限是一個情況和另一個情況之間所產生的「了2」
的語用意義，即沒有這種變化的話，就不會出現所謂的界限意
義。因為界限概念本身只有先有了任何性質之「不同程度所形成
的連續體」，才能劃出界限。所謂「不同程度所形成的連續體」
本身明顯含有變化的意義。因此，在純粹的狀態（state）中，我
們不能發現界限意義，「了2」的界限義是以語用學分析出來的
意義。

　　黃說，從「李四跳了繩了」中可以認識到，「李四跳繩」和
「他跳繩以前」的狀態之間的對立關係，「還沒有跳繩」和「已
跳繩」之間的對立，是從表示兩者之間界限的句末「了」中產
生的。

　　我們不同意這一觀點。句中「還沒有跳繩」和「已跳繩」之
間的對立，可能是從表示事件本身界限（即事件的實現—未實現
之間的界限）的「了1」中產生的，這種界限也可以稱為情況內
部的界限。句末「了2」所表達的界限，也許不是「還沒有跳
繩」和「已跳繩」之間的對立，「還沒有跳繩」和「已跳繩」之
間的界限，至少不是「了2」所表達的界限。主要由「了2」表達
的界限是「已跳繩」和另一情況間的對立，即是「李四跳了繩
了」和「他應該休息」等情況之間的對立，我們認為這種界限是
情況外部的界限。

---

5　參照Jeffrey C. Tung（1986）。

我們認為,「了2」的界限意義是由「了2」的變化意義引起的。因此在具體的語境中「了2」能表達出情況具有合適的真值。換句話說,不含有變化意義的連續體不會含有界限義。

### 4.2.1.3.2. 表示界限的「了2」是否是動貌標識

黃美金(1988)提出了有關漢語動貌現象的新假設。先看和「了2」相關的見解,黃的看法可以整理如下:

1. 動貌不應局限於時間與動詞的狹隘範疇中,而應可擴大至動詞組、句子、段(paragraph),甚或更大的言談單位(discourse unit)。
2. 擴散—收斂(diffuse-focussed)之對立實為動貌的基本原則。
3. 「了2」表示界限,「了2」也表現動貌。因為界限為動貌的基本原則,是「擴散—收斂」有關表現方式之一。

黃主張的界限和動貌之間真的有關聯嗎?我們首先注意到黃氏邏輯上的問題。為了行文的方便,以下用若干記號來說明。

1. 動貌的基本原則為A。
2. 擴散—收斂之對立為B。
3. 界限為C。
4. 「了2」表示的意義為D。

第一,A和B的關係並不是對等的,而是B屬於A,B是成為

A的必要條件，並不是必要充分條件，黃的見解中似乎把兩者看作了對等關係。

第二，B和C的關係也不是對等關係。這點黃已說得很清楚：黃說，界限為動貌的基本原則，是「擴散－收斂」有關表現方式之一。換句話說，C是成為B的必要條件，而不是必要充分條件。

第三，D和C的關係並不是對等關係。例如「我開始跟他學拳。」中的「開始」也表示界限。照「以前不跟他學拳」來講，我們可以算這句表達界限。這裡的界限意義也許是從「開始」的意義中產生的。此外，「從昨天起」等的時間詞常常在一定的語境中也表示界限，不是「了2」只表達界限意義。因此我們認為，C只是成為D的必要條件，而不是必要充分條件。

第四，我們對以上的說明歸納明如下：（A←B，A成為B的必要條件；A→B，A成為B的充分條件）

D←C←B←A

我們不能把D看成A，則不能把D和A當作同一的性質。因此黃氏主張的，表示界限就能表達動貌意義的看法，值得商榷。

兩種「了」都表示界限，但是該界限屬於不同的語法範疇。「了1」表達的界限是一個事件（情況）本身的變化，即未實現—實現的變化。「了2」表達的界限是一個情況和另一個情況之間的界限。概念的定義，特別是定義詞彙的語法特性時，應當提出可以區分該詞和別的詞彙的標記特徵（marked feature），假如屬於別的語法範疇的詞彙也帶著同樣功能的話，我們就不能拿這

一功能當作該詞語法範疇的主要依據。例如，上面提到的「開始」也可以表示界限，而「了2」也是表示界限的話，我們不能拿「了2」表示界限的事實，作為「了2」的語法範疇是動貌的根據，這一功能不能成為「了2」和別的詞彙區別的標記特徵。「我開始跟他學拳」「我從今天起跟他學拳」中，雖然都不帶「了2」，但都能表現出界限意義，這種情形就很難解釋。

## 4.2.2. 「了1」的語法功能

### 4.2.2.1. 完成貌「了1」的界限意義

在具體語境中，「了1」的界限意義，是黃（1988）說的所謂動詞表述的情況的界限。黃把「了1」表示的界限義和「了2」表示的句子、段落或言談單位的界限義看成同樣的語法範疇。我們認為，界限義確是兩者之間共通的意義，但是在具體語境中，「了1」和「了2」出現的句法環境不同，分別承擔不同的語法功能，這兩種語法功能屬於不同的語法範疇。

「了1」的界限意義，是述語和賓語或補語之間產生的情況本身的對立意義，即「未實現」與「實現」的對立，並不是和別的句子、段落，或言談單位之間的對立，這種界限是情況本身的界限。而「了2」的界限意義，是該句所表達的情況和其他情況之間的對立，這種界限是指示時點上出現的，情況與情況之間的界限意義，因此這種「了2」一定出現在句末，而不能出現在句中。例如：

（30）他去美國了。

（31）他去了美國。


例（31）中「了1」的界限意義，是「未實現」（未去美國）
與「實現」（已去美國）」之間的對立。因而這句話不能提供「他
是否還在美國」或「他現在是否在這裡」等指示時點上的資訊。
而例（30）中的「了2」主要表達的是，以起始或終結的界限意
義顯示「他已去美國」和「他去美國以後」出現的新情況之間的
對立。因此也能對去美國以後出現的新情況進行敘述，表述「他
不在這裡」等的資訊。也就是說，舊情況「去美國」和新情況
「去美國以後」之間有明確的界限。因此例（30）中「了2」可
以表述「他現在不在這裡」等的內涵意義。假如「了2」表示情
況內部（事件本身）界限的話，就不能與「去美國」以後的外部
時點（指示時點）上的情況發生聯繫。再看下面例子：


（32）你再吃一點！我吃飽了。（不能再吃了）

（33）我吃了中飯。


例（33）中「了1」表達的界限，是「未吃中飯」和「已吃中飯」
之間的界限。是在情況內部時點（事件時點）上對述語表述的解
釋，因此該句在指示時點上不具有界限意義。而例（32）中「了
2」表示的是和指示時點相關的情況變化，即，有了這個「了
2」，句子就對吃飽以後的新情況產生了情況外部的界限，也就是
「我吃飽了」和「不能再吃了」之間的界限，因此，我們認為
「了1」的界限意義和「了2」的界限意義屬於不同的層次。

## 4.2.2.2. 「了1」出現的句法環境及其意義

### 4.2.2.2.1. Li & Thompson 的見解

Li & Thompson（1983：173-185）認為「了1」表示完成貌，也就是說，某一事件被視作整體或全部。假如事件在時間上、空間上或概念上受到限制，該事件就被視作一個整體。

如把事件看作一個整體的話，前提條件是該情況是一定是用來賓語或趨向補語等的方式來被受限的。Li & Thompson提出了四種事件受限制的方式，如下：

> 1. 本身受數量限定的事件具有整體不可分解的重要性。
> 2. 本身是特定事件。
> 3. 因動詞本身之語意而受限制。
> 4. 本身是連續事件中的第一個事件。

第1項看法我們可以同意，但是第2、3、4項的看法值得探討。我們就此可以提出Li & Thompson對動貌「了」見解上的不足之處，並進而說明完成貌「了1」的語法功能。

### 4.2.2.2.2. Li & Thompson 的特定事件

Li & Thompson在第2項裡提出，「因本身是特定事件，該事件就被視作一個整體」，他們舉例說：

> 名詞：我碰到了林惠。
> 代詞：你毀了你自己。

所有格修飾語：他饒了他的敵人了。

指示詞修飾語：我想出來了那個字。

關係子句修飾語：A：你怎麼知道上海有一千萬人？

B：因為我看了新出版的資料。

帶把字句的名詞片語：他把他的車賣了。

上面的例子表示都是特定事件。但是除了這種方式以外，還有一種非常重要的方式，就是給「述＋了＋賓」結構添加「了2」的方式。舉例來說：

（34）*他吃了飯。

（35）　他吃了飯了。

前面已經講過，例（34）中「飯」是非特指時，該句是一個不合法的句子。原因在於，該句所表述的情況在具體語境中不屬於特指，因此該句不能被看作具有合適的真值。例（35）所表述的情況在具體語境中卻被認為屬於特指，無論「飯」是非特指還是特指，該句所表述的情況都被看作特指，因此句子具有合適的真值。陳述當前情況時，「了2」具有把句子所表述的情況解釋為特指的語法功能。假如像Li & Thompson所說的，特定事件可以把情況解釋為整體的話，「了2」在陳述當前情況的句子中，也具有把情況解釋為特指的語法功能。以此推之，「了2」也可以把情況解釋為整體，但這樣的結論不符合漢語實際。

我們認為，Li & Thompson的「特定事件可以把情況解釋為整體」的看法值得商榷。「了1」表達的情況內部結構（事件本

身）的整體性，並不是因賓語為特定物件而產生的。無論賓語表示的是非特指還是特指，都可以用「了1」將該句表述的情況解釋為整體。Li ＆ Thompson的第2項「特定的事件可被視作整體」，和漢語的情形不太符合。「了1」不只在包含特定賓語的句子中把情況全體解釋為整體，句子表述的情況全體被視作特指時，也可以把情況全體解釋為整體。「了1」在情況內部時點（事件時點）上強調該情況的實現，「了1」本身和指示時點無關，因而指示時點中不能表示句子所表述的情況的實現。

類似例（34）（35）的句子是否成立，與全句所表述的情況是否屬於特指有關，而與「了1」無關。換句話說，「了1」可以將情況解釋為整體，和賓語本身是否為特指無關。

### 4.2.2.2.3. Li & Thompson 的動詞本身的語意

Li ＆ Thompson認為，因動詞本身之語意而受限制時，該事件就被視作一個整體。舉例如下，我們把這些例文視為甲類：

甲類：（36）他去年　　　　　　死了。

（37）我　　　　　　　　忘了他的地址。

（38）他　　　　　　　　睡著了嗎？

（39）火　　　　　　　　滅了。

（40）蓋子　　　　　　　掉了。

（41）這個椅子　　　　　壞了。

（42）炸彈　　　　　　　炸了。

主位　　　／　　　述位

例（37）中有給「忘了」提供整體化的物件「他的位址」，所以
另當別論。假如例（36）中以「了」將「死」這一情況解釋為整
體的話，應當有給該情況提供整體化的範圍才行，但句中沒有這
種資訊。句中的「去年」是情況發生的外部時點，不能給該情況
提供整體化的範圍，所以在具體語境中，該句不能被解釋為整
體，因此這裡的「了」只能被看作是句末助詞。例（38）中
「了」要把「睡著」這一情況解釋為整體的話，也應當有給該情
況提供整體化的範圍才行。但句中沒有這種資訊，所以在具體語
境中，該句也不能被解釋為受到限制的整體，因此這裡的「了」
只能被看作句末助詞。例（39）至（42）中的「火」「蓋子」「這
個椅子」和「炸彈」等成分在句中居於主位（theme）。上面甲類
的這幾句可以分別改寫成：

乙類：（39-1）（我或別人）　　　　　　滅火了。
　　　（40-1）（我或別人）　　　　　　掉蓋子了。
丙類：（39-2）（我或別人）　　　　　　滅了火了。
　　　（40-2）（我或別人）　　　　　　掉了蓋子了。
　　　　　　（主位省略）　　　／　　　述位

甲類中「火」「蓋子」「這個椅子」和「炸彈」等成分在句中居於
主位，是已知內容。實際語境中這些成分常常都是特指，各句分
別強調情況中針對「火」「蓋子」「這個椅子」和「炸彈」等發生
的未知內容。乙類中「火」「蓋子」等成分，就句法關係而言，
在句中充當賓語，一般都被看作未知的非特指。丙類中的情形和
乙類的相同，這兩類都強調「火」「蓋子」等的未知成分。不同

點只是乙類所表達的是情況外部的界限，而丙類兼表情況內部和外部的界限。

　　我們用甲類方式說話時，主要目的是從已知的「火」「蓋子」引出並強調未知的部分，而不強調已知的「火」「蓋子」「這個椅子」和「炸彈」本身。例（39）（40）中「火」「蓋子」在句中居於主位，其他部分居於述位。

　　主位和述位中的述語之間的關係並不在同一個層次，主位和整個述位之間的關係才是對等的，即述語只是述位中的主要成分，舉例來說：

（43）那隻狗　　　　我已經看過了。
　　　主位　　　　　　述位

例子中「那隻狗」和「看」是不同層次的，因此我們認為「那隻狗」不能給「看過了」所表述的情況提供該情況的整體化資訊。

　　由此可以推論：例（39）至（42）中「火」「蓋子」「這個椅子」和「炸彈」等成分，也不能給「滅」「掉」「壞」「炸」所表述的情況提供整體化的資訊。

　　丙類強調「火」、「蓋子」等未知的成分，這些成分向述語提供該情況被視作整體的資訊。

　　通過上面的分析，我們認為甲類和乙類中的主位成分，在意義上沒有給述語表述的情況提供整體物件的資訊，句子不能被看作一個整體，因此不能把甲類中的「了2」看作動貌。

　　漢語中兩種不同語法功能的助詞「了」，發音及書寫方式相同而用法不同。判斷「了」屬於哪一種用法時，要由該詞是否表

達情況內部結構的整體性來決定。而判斷該詞是否表達整體性時，由語境中是否提供了該情況具有整體性的資訊來決定。給情況提供整體範圍的資訊以句法關係中的補語、賓語等成分為載體而出現，而不是由述語本身包涵的意義表達出來的。

Li & Thompson（1981）認為，「死」等詞彙本來具有界限意義，因而述語本身可以表達情況的整體性。但是我們認為，這裡的界限是判別該詞所以能存在的對立意義。「了1」所表達的並不是和別的句子間的對立關係，而且「了1」的界限義，在具體語境中不能給情況提供整體性的依據。在具體語境中，「了1」的界限義，是一個情況本身未實現和已實現之間的界限。

判斷同一字形和同一發音的「了」是否表示動貌，依據的是其能否把情況內部全體解釋為整體。如果要把情況內部全體解釋為整體，在實際語境中一定要具有能把情況全體解釋為整體的資訊。這樣的資訊是借著句法關係中的補語、賓語等成分出現的，而不是述語本身內包的。因為述語本身所表達的界限義是該詞的基本意義，並不是從別的成分或句子之間的對立中產生的。因此，由述語本身的詞意表達的界限義，在具體語境中不能給情況提供整體性的依據。

Li & Thompson認為，「死」、「忘」等述語本身就有界限意義，即使沒有表明該句有產生界限的句法成分，情況也能受到限制。他們所說的界限義，是區別詞與詞的對立意義，並不是能把情況解釋為整體的界限義，這兩種界限是截然不同的。判斷兩種「了」的意義時，應該以該詞出現的的句法環境為依據，即「了」把情況解釋為整體的依據是，句子在語境中有沒有表明該情況是受限制的資訊。

#### 4.2.2.2.4. Li & Thompson 的連續事件中的第一事件

　　Li & Thompson的第4項是「因本身是連續事件中的第一事件，是受後句的限制而被視作整體」。為了對此加以說明，他們提出了如下的例子：

（44）我吃完了你吃。

（45）我看完了報，就睡。

（46）他說得巧妙，讓人聽了不會生氣。

（47）怎麼碰了杯子也不喝？

（48）出了這個檢查室，外頭就有銀行櫃檯。

（49）有了那個日光燈，廚房就亮多了。

（50）他開了門，你就進去。

（51）我泡了茶喝。

（52）我的眼睛有毛病，看多了書，就不舒服。

（53）我理了髮就去散步。

Li & Thompson認為例（44）至（53）所以被視作整體的原因，是由於後句的出現。但我們的想法有所不同，我們認為，上面句子所以被視作整體的原因，是由於在實際談話中前句的出現。換句話說，例（44）「我吃完了」和「你吃」中，動作執行的主體是不同的人物，兩件事之間意義上應該有若干區別——即，這兩種情形被看作兩個不同事件。例（45）沒有表現出「吃完了」的整體化範圍，我們就沒有把「了」解釋為動貌的根據，只能看作句末助詞。

例（45）中「看完了」整體化的物件是「報」，因此我們把「看完」的情況看作受限制的整體。「報」本身不是特指的話，在指示時點中不能提供該情況實在出現的資訊。如果說話者和聽話者之間對於那是什麼樣的報沒有共通認識的話，言談中「看完了報」這一情況本身就不能被看作是特指。所以「看完了報」繼起的第二事件「就睡」給第一事件提供情況發生的根據。Li & Thompson認為，該情況之所以被整體化是由第二個事件造成的，但是我們認為，該情況被整體化的原因是由情況本身的「報」引起的，而不是由第二個事件引起的。繼起的事件只在於確定該情況本身在指示時點中是特指，和整體化的範圍無關，即和Li & Thompson說的「受限」無關。

例（46）中沒有給情況提供整體的資訊，因此我們不把「了」看作動貌。例（47）中的「杯子」、例（48）的「這個檢查室」、例（49）的「那個日光燈」、例（50）的「門」、例（51）的「茶」、例（52）的「書」、例（53）的「發」是給情況提供整體化的範圍或物件，因此「了」可以把情況解釋為整體。例（50）的「就進去」和例（51）的「喝」是表明有關情況將要出現的補充資訊。「我泡了茶」中，「了」把「泡」這一情況看作整體，但是為情況提供整體化範圍的是「茶」，該句中的「茶」屬於非特指，因此指示時點中，「我泡了茶」這一情況，就句子的指稱而言，有時無法被看作具有特指的性質。所以「我泡了茶」後面出現「喝」來，「我泡了茶喝。」這情況被看作具有特指的性質。

例（50）的「門」同樣被視為非特指，因此假如「他開了門」後面沒有成分表明該情況在實際語境中具有特指性質，這句

話就會不合法。例（50）中「就進去」可以說明離指示時點不遠
的某個時間這一情況將具體地出現。後句中雖然沒有確定該情況
已經被具體化了的成分，但是因為例（50）全句表示假定（表示
假定等情況的假設句），即使沒帶著該情況已經被具體的資訊，
我們仍可以將其看作是合法的句子。因為表示假定的句子，是把
現在不存在的事情作為言談的核心，所以表示假定的句子和表示
命令的句子一樣，可以不帶有該情況已經被具體化的特指成分。

　　上面Li ＆ Thompson所舉的例子中，例（44）至（53）可以
被視作整體的根據，不是帶「了」的前句受後句的限制，而是情
況本身帶著整體化範圍或物件的緣故。而後句在全句中的語法功
能是：在實際言談中，將整體情況解釋為具體化了的特指，或將
情況認識為未來要實現的假設。

　　為情況提供整體化範圍的成分如果可以被視作特指，該成分
在句子中也可以表明情況在實際言談中具有合適的真值。這時沒
有後句，句子也可以成立，例如：「他唱了什麼歌？」「他唱了
《夜來香》。」

### 4.2.2.3. 「述＋了」中的「了」不是動貌

#### 4.2.2.3.1. 鄧守信的見解

　　研究漢語動貌時，學者對「述＋了」中「了」的語法功能爭
論不休。鄧守信（1973：34）認為當「v＋le」中的「v」是動作
動詞或過程動詞時，「le」是Lp或「Lp＋Li」，當「v」是狀態動
詞時，「le」是「Li」。鄧所說的Lp指的是完整貌「了1」，Li是語
氣助詞「了2」。他舉例說：

（54）他跑了。

（55）他死了。

（56）鞋子小了。

鄧利用否定句型試圖驗證例（54）至（56）中「了」是「Lp」
或「Li」。

（57）他沒有跑。

（58）他沒有死。

（59）＊鞋子沒有小。

（60）他還沒有跑。

（61）他還沒有死。

（62）＊鞋子還沒有小。

我們看一下鄧所設定的否定形式，不難發現他有成見。鄧認為例
（54）（55）中的「了」是「Lp」，而（56）中的「了」是
「Li」。鄧基於動貌「了」在被「沒有」否定時，一定要被刪除
的現象來試圖驗證例（54）、（55）中的「了」是動貌。例（54）
（55）的否定型「了」被刪除了，因此這個「了」一定是
「Lp」或「Lp＋Li」。他還說，例（59）（62）中「了」被刪除
後，句子變成了不合法的句子。因而主張例（56）中的「了」是
「Li」。

我們認為，不能用例（54）至（62）的肯定型和否定型的關
係證明例（54）、（55）中的「了」是動貌，而例（56）的「了」
是句末語助詞。例（54）至（56）否定形式的不同，是由於動作

或過程跟狀態的否定相異而產生的結果。

鄧（1973：33）又說明把字句中「了」的意義時，舉了這些例句：

（63）他把他的車賣了。

（64）他賣了他的車。

（65）他賣了他的車了。

（66）他沒有把他的車賣了。

（67）他還沒有把他的車賣了。

鄧解釋說，把例（63）換成「述＋賓」結構形式後，就成了例（64）、（65），把例（63）換成否定句，就成了例（66）、（67）。鄧認為，例（63）中的「了」是「Lp」，根據是例（63）可以轉換成例（64）、（66），即（64）、（66）中沒有表示變化義的成分。因此例（63）中的「了」可能只表示「Lp」。他又認為，例（63）中的「了」也可能是「Lp＋Li」，根據是例（63）可以轉換成例（65）、（67）。例（65）中有表示變化義的「了2」，（67）中有表示變化義的「還」，因此例（63）中的「了」表示「Lp＋Li」。

我們認為鄧的看法值得討論。第一，就語用而言，認為例（63）和（64）、（65）的意義相同，是沒有根據的。把字句傳遞的資訊，和「述＋賓」結構傳遞的資訊並不相同。就所傳遞的資訊而言，我們認為，和「把＋NP＋V＋了」相近的句法格式是「NP＋V＋了」，而不是「V＋了＋NP＋（了）」（我們在4.2.3.2.2.2.節中還將討論）。因此，例（64）、（65）和（63）的關

係還不足以證明例（63）中「了」的語法功能。第二，例（63）
中「他的車」本身在具體語境中被看作特指，可以給句子提供指
示時點上整個情況具有合適真值的資訊。因此例（64）中不帶
「了2」也能成句。我們舉例說明：

（68）他把車賣了。
（69）＊他賣了車。
（70）他賣了車了。

例（68）換成「述＋賓」結構形式後是例（69）、（70）。假如例
（69）中「車」是非特指的話，該句不能成立。因為例（69）中
沒有提供該情況是在指示時點中具有合適真值的資訊，例（70）
中「了2」表示該句所表述的整個情況具有特指性質。對比以上
三例可知，語用方面例（68）和例（69）是不同的。按照鄧的主
張，例（68）中的「了」是「Lp＋Li」，不能只是「Lp」。以此
論點，不能解釋例（68）和（69）的關係。鄧的觀點中，例
（63）的「了」既是「Lp」，也是「Lp＋Li」，而屬於同樣句法
結構的例（68），「了」只能是兼表的「Lp＋Li」，而不能只是
「Lp」。例（63）和（68）中的差別在於：一個是特指（他的
車），一個是非特指（車）。難道句子中賓語特指與否，和判斷
「了」表示動貌與否的問題相關嗎？目前為止，沒有這種看法，
而且我們認為這種見解的根據不足。因此我們認為，鄧判別
「了」是否是動貌的依據——即，動作動詞和過程動詞後面的
「了1」是動貌，而狀態動詞後面的「了2」是句末助詞——不符
合實際。我們認為，不能拿例（54）至（62）的肯定句和否定句

的關係證明（54）、（55）的「了」是動貌，而（56）是句末語氣
助詞。例（54）至（56）否定句法形式的不同，是由於動作或過
程和狀態的否定相異而產生的結果。否定動作或過程動詞所表達
的完成時，最簡單且普遍的方法是否定該情況的發生，否定動作
或過程動詞表述的情況變化時，最簡單常用的方法也是否定該情
況的發生（第6章中詳細討論動貌和否定的關係）。但是否定狀態
動詞表達的新情況的到來時，不能否定該情況的發生，而應當否
定狀態變化的全部。因此「述＋賓＋了2」中（這裡的「了2」是
語氣助詞是沒有議論的），述語雖然是動作動詞或過程動詞，但
是「了2」在否定句中也有不出現的情形，例如：

（71）他買書了。
（72）他燙衣服了。
（73）他沒有買書。
（74）他沒有燙衣服。

根據例（71）至（74）中動作動詞或過程動詞的否定形式可以知
道，例（54）、（55）中「了2」在例（57）、（58）、（60）和
（61）中被刪除的原因，不是由於「了2」表示動貌引起的，而
是因為否定動作或過程而產生的現象。但是否定狀態動詞時，和
上面的情形不同，即否定狀態動詞所表達的情況時，否定該情況
的發生是不正確的。狀態和動作存在的形式不同，因而否定狀
態，和否定動作或過程的方式也不同。狀態出現後，不需要任何
維持該狀態的力量。而動作不同，要維持這個動作時，就一定要
不斷賦予維持進行的力量。

　　所以例（56）中，「了2」不被刪除的原因是「小」本身是狀態，而「小了」指的是「小」這個狀態的變化。因此我們否定例（56）時，不像例（54）、（55）的動作動詞和過程動詞那樣，否定情況發生的存在，而是否定狀態變化的全部，才算是正確的否定。例（59）、（62）的「了」不能被刪除的原因是，「小了」表示狀態變化。這種現象和否定「述＋著」的情形相同。因此我們認為，鄧利用例（54）至（56）的否定形式判別「了2」是否屬於動貌不足為據。

　　我們認為，判斷兩種「了」的意義時，應以該詞出現的句法環境為根據。「了」是否能把情況解釋為整體，其決定因素是，語境中句子有沒有表明該情況是受限制的資訊。

### 4.2.2.3.2. 以實義切分法分析「了2」所表達的語法功能

　　我們以「火滅了」類型和「把＋名詞（組）＋述＋了2」類型作為分析物件。為行文方便，以下「火滅了」類型，簡稱為A型，「把＋名詞（組）＋述＋了2」類型，簡稱為B型。

　　上面的例（39）至（40）中「火」，「蓋子」在句中居於主位元，其他部分居於述位。主位和整個述位之間的關係是對等的，而主位和述位中的述語之間並不是對等關係，而是屬於不同層次的語法結構，即述語是述位中的主要成分，舉例來說：

（75）那隻狗　　　　　我已經看過了。

　　　那隻狗　／　　我已經看過了。

　　　主位　　　　　　述位

例子中「那只狗」和「看」是不同層次的語法成分。因此我們認為「那只狗」不能給「看過了」所表述的情況提供該情況受「那只狗」限制的資訊。

由此推論：例（39）至（42）中的「火」「蓋子」等也不能給例（41）中的「滅」，例（40）的「掉」所表述的情況提供情況受限制而成為整體的資訊。「火」和「滅」以資訊性質來判斷，屬於不同層次的結構。

就實義切分法講，我們認為，「把字句」中的名片語（包括主語和把賓語）是主位，其他謂語是述位。「把字句」中的名詞（組）在具體語境中是已知部分，其他謂語部分是未知（或新知）。從資訊角度分析的話，上面提到的A型（這個椅子壞了），和B型（「把＋名詞（組）＋述語＋了2」）中的名詞（組），這些詞（組）都是已知資訊的載體。

就指稱的觀點來看，它負載的資訊的性質是不同的。A型中，出現在句首主位的指稱成分是特指，殊指不能出現在句首主位，只能出現在句中或句末主位；B型中，特指、非特指都能出現在「把字句」的句首主位。因為資訊的自然順序是從已知資訊到未知資訊，因此按照常規，主位處於句子的前部，述位處於句尾。假如在具體語境中名詞（組）是已知資訊的話，出現在句首主位是自然的。在這種情況下，已知資訊的名詞（組）如果是殊指的話，不能用A型表達，而只能用B型。我們認為，這或許是「把字句」常被使用的一個緣故。舉例說明：以下把「狗我已經看過了。」分析時，如下處理：

狗／我已經看過了。

主位　　　　述位

　我／已經看過了

次主位／　述位

所以句子中的「狗我」是屬於主位。

A型：（76）狗我　　／　　已經看過了。

　　　（77）那只狗我　／　　已經看過了。

　　　（78）*一隻狗我　／　　已經看過了。

B型：（79）他有的時候把鹽　／　　當糖吃。

　　　（80）我把他的車　　／　　賣掉了。

　　　（81）我把一件事　　／　　忘了。

這裡「／」前面是主位，「／」後面是述位。A型中例（76）的「狗」沒有定量詞，但仍可能是特指，也可能是虛指，例（77）的「那隻狗」是特指，例（78）的「一隻狗」是殊指。因此例（76）、（77）能成句，例（78）卻不成句，可知A型中殊指不能出現在句首主位。B型中例（79）的「鹽」是虛指，例（80）的「他的車」是特指，例（81）的「一件事」是殊指，此三例都能成句，可知B型中殊指也能出現在句首主位。

　　根據實義切分法，一個句子可以從交際功能的角度劃分為兩個語義組成部分：主位（theme）和述位（rheme）。主位說明談話的物件或主題，從而成為句子其餘部分敘述內容的起點。可知主位敘述的是出發點、物件或基礎；述位則是對主位的敘述、描

寫和說明，是敘述的核心內容。一個句子劃分主位和述位，通常是為了研究句子資訊的分佈情況。主位和述位結構是句子內部組織資訊的結構，在一個句子中常常也出現兩個以上的主位。A型中，例（76）的「狗」和「我」，例（77）的「那隻狗」和「我」都出現在句首的主位上。因此我們認為，B型中例（79）的「他」、「有的時候」和「鹽」，例（80）的「我」和「他的車」，例（81）的「我」和「一件事」都是主位上的資訊。A、B類型的已知資訊出現在主位的情況相同，但是A型（非把字句）能取代B型（把字句）的場合是有限的：像（81）就沒有相應的A型。梅廣教授（1979：499）說：

> 我們知道，舊訊息在前，新訊息在後的通則在漢語中是嚴格遵守的，在一個句子中，當賓語所表達的內容是舊訊息的一部分時，就不能夠用一個處於句末的名片語來表示，而必須用一個動詞前的名片語來表示。為此，把字句提供了適當的結構。因此，把字變換除了具有提升變換的兩種功能外，還扮演了重組句子成分不可或缺的角色。利用這種方式，一句所包含的訊息便得到合乎自然的安排。

所以，當用來表達命題時，一個把字句可分為兩部分：頭一部分包括把字結構本身，表達舊訊息；第二部分則表達新訊息。有時候句子的分割還可以有不止一種方式，例（82）就是一個例子：（為了容易辨認，例（82）的兩句子都寫成「主題—評論」形式，主題和評論中間有停頓，用逗號表示）：

（82）a.他把那個老頭兒啊，氣的都差點兒昏過去了。

b.他把那個老頭兒氣的呀，都差點兒昏過去了。

……

例（82）中的兩個形式來自同一基層結構：

（83）他氣的那個老頭兒都差點兒昏過去了。

這是相對於例（82）的非把字句，主要動詞「氣」的賓語「老頭兒」出現在後面，就其傳達的訊息而言，我們也可以按照新舊加以劃分。那就是說，我們可以把例（83）說成例（84）的樣式，在這句話的賓語後面稍作停：

（84）他氣的那個老頭兒啊，都差點兒昏過去了。

例（84）與例（82）b意思完全一樣。但是，非把字句能夠取代把字句的地方是有限的：像（82）a就沒有相對的非把字句，它的意思是無法以其他任何形式表達的。

上面引文中所說的「主題－評論」，和我們所用的「主位－述位」概念其實沒有很大的差異，梅廣恩師的看法和我們所講的內容大體相同。非把字句的述賓結構，句法關係上緊密，資訊關係上也很密切。因而不能把它分割為兩個不同層次的結構。但是把字句的述賓關係既然在句法上有隔離，而且資訊關係上屬於不同層次，即「把」字賓語屬於已知資訊，述語屬於未知資訊。換言之，經過賓語提升的移位變換，已知資訊的句首主位「把＋名

詞（組）」不能給述語提供情況內部的界限。根據資訊切分理論，「把那本書看完了」和「看完了那本書了」，句子出現的語境相互不同，兩句所以被使用的原因也不同，即兩個句子屬於兩種不同意義，所以兩種句法形式有時不能互相變換。陸儉明（1990：64-72）認為：

　　把＋NP＋V＋了　　　　　→NP＋V＋了

　　（85）把衣服脫了！　　→衣服脫了！

　　（86）把這些舊書賣了！→這些舊書賣了！

　　（87）把這封信燒了！　→這封信燒了！

　　從上面例句中可以知道，表祈使的「把」字句式「把＋NP＋V＋了」與受事主語祈使句式「NP＋V＋了」有變換關係，我發現，當「把」後邊的賓語成分NP為人稱代詞時，都不能變換為受事主語祈使句，例如：

　　（88）把他殺了！→＊他殺了！

　　（89）把它喝了！→＊它喝了！

　　（90）把它吃了！→＊它吃了！

　　再舉個例子，最近我們發現了雙賓語結構的兩條規則：（1）當近賓語（即與事賓語）為非人稱代詞時，遠賓語（即受事賓語）得是個「數－量－（名）」結構，否則所形成的雙賓語結構是黏著的，不能獨立成句。（2）雙賓語結構的遠賓語不能是一個領屬偏正結構。如下：

（91）把書給他　　　　→給他書

（92）把皮箱給我　　　　→給我皮箱

（93）把掛曆給隔壁奶奶→？給隔壁奶奶掛曆

（94）把皮箱給張老師　→？給張老師皮箱

（95）把我的書給張老師→＊給張老師我的書

（96）把我們的皮箱給他→＊給他我們的皮箱

（97）把司令員的畫給我→＊給我司令員的畫

（98）把哥哥的大衣給他→＊給他哥哥的大衣

　　例（91）（92）「給」的與事賓語是人稱代詞，「給」的受事（即「把」的賓語）不是「數－量－名」結構，相應的變換式（雙賓語結構）能成立，而且能單說，是自由的；例（93）（94）「給」的與事賓語為非人稱代詞的名詞性成分，「給」的受事（即「把」的賓語）不是「數－量－名」結構，相應的變換式（雙賓語結構）雖能成立，但不能單說，是黏著的；例（95）至（98）由於「給」的受事（即「把」的賓語）是個領屬性偏正結構，所以「給」的與事賓語不管是一般的名詞性成分還是人稱代詞（如例97、98），相應的變換式都不能成立。

　　從上面內容可知，「把＋NP＋V＋了」句法形式所表達的意義和「NP＋V＋了」不同，而且「把＋NP＋V＋了」所表達的資訊和「V＋了＋NP＋了」所包涵的內容也不同。換句話說，「把＋NP＋V＋了」結構中「NP」不能給「V＋了」提供整體化的範圍。因為「NP」（主位）和「V＋了」（述位）屬於不同的語法層次，所以，以我們的假設來判斷，包括「把字句」中的「了2」，所有句末的「了2」都不是動貌。

### 4.2.2.4. 「了2」「了1」與完成義的關係

兩種「了」和完成義之間沒有必然的關係，完成義不是它們的基本語法功能，也不是它們基本的語法意義，但在一定的語境中，兩種「了」有時表達完成義。特別是「了1」在實際談話中表達完成義的例子很普遍，可以不必舉例說明，這裡只舉「了2」的例子，「了2」因述語本身的語義和述語出現的語境，有時表達起始或終結的狀態，例如：

（99）a. 他吃了。（不能再吃了）

b. 他吃了。（剛開始吃飯，現在還在吃著）

（100）a. 他倒了。（真遺憾）

b. ＊他倒了。（剛開始倒，還在倒著）

（101）a. 他死了。（非常可惜）

b. ＊他死了。（剛開始死，還在死著）

（102）a. 他燙衣服了。（可以出去玩吧）

b. 他燙衣服了。（剛開始燙，還在燙）

（103）a. 鞋子小了。（不能穿了，給弟弟）

b. ＊鞋子小了。（剛開始小，還在小）

（104）a. 花紅了。（真漂亮）

b. ＊花紅了。（剛開始紅，還在紅）

例（99）（102）的a.、b.都能成句，即「了2」出現在動作進行或過程持續的時間較長的述語後面時，常常可以表達情況的起始或終結的界限。但是「了2」出現在動作進行或過程持續時間

較短的述語後面時，只表達情況終結的界限。「了2」出現在表狀
態的述語後面時，也只表達情況終結的界限。

換言之，例（99）至（102）中的a.類在實際語境中表達的
意義，都可以被解釋為完成義。例（99）至（102）的b.類中的
「了2」不表示完成義。可見「了2」所表達的完成義是在一定
的語境中產生的，而不是基本意義。兩種「了」在實際語境中
所表達的基本意義並不是完成義。許多人誤以為「了1」表達終
結義，因而把「了1」稱為完成貌，且不理解所謂動貌
（aspect）和貌相（phase）的不同，當看到終結義的「了2」
時，就把它誤解為動貌。

### 4.2.2.5. 「了1」前面的補語表達的情況是否被「了1」解釋為整體

「了1」在事件時點中把情況內部全體（事件本身）解釋為
整體。「了1」出現在「述＋補」後面時，補語所表達的情況是否
被「了1」解釋為整體？李遠龍（1991：36-42）舉過以下的例子
進行說明：

（105）於是他笑了，眼睛眯成了一條縫。
（106）緊跟著我的車子，可別擠丟了你。
（107）白花花的洋錢，填滿了兩甕。
（108）他們剛剛踏上了那石板臺階。

例（105）至（108）中的謂語動詞一般都可以省略，而且省
略之後，句子的結構照樣完整，句子依然通順，只是在表意上與

原句的表意有所不同。這種結構中的補語一般由趨向動詞或及物動詞充當，謂語動詞省略後，原補語與後面的名詞或名詞性片語同樣可以構成述賓關係，只是表意與原述賓片語的表意不相同，或大不相同。

> （109）狗湖霸，活閻王，搶走了漁船，撕破了網，爺爺棍下把命喪。
>
> （110）開完了會，又吹起了口琴，唱起了救亡歌曲。
>
> （111）他扭了一下腰肢，一把拉住娟娟：「走，到我家看電視去」。

例（109）至（111）中的補語一般都可以省略，補語省略之後，句子依然通順，只是表意多少發生了一些變化。例（109）（110）中的動詞後面都有結果補語或趨向補語，這種補語省略之後，只是動作的結果或趨向無法表示出來。有的補語省略之後，句子的意思大變，如例（111）中的「扭了一下腰肢」，動詞後面帶的是數量補語，表示腰肢只扭動了一下，是一刹那的事，並未造成不良後果。若省略了補語，變成了「扭了腰肢」，此時的腰肢可能是扭疼了，也可能是扭傷了，這不是語義大變嗎？

> （112）他笑破了肚子。
>
> （113）他站住了腳。
>
> （114）我們走半天，才走出了樹林。
>
> （115）我昨天一聽到那個聲音，就痛斷了腸。
>
> （116）在一旁看熱鬧的人一下子就看花了眼。

例（112）至（116）中的「動－補－賓」結構中三者的相互
依存關係，表現在語法方面的是三者缺一不可。也就是說，省去
其中的一個成分，就致使這個組合在語法上不能成立。例
（114）的補語是趨向補語，賓語是處所賓語，這樣的補語一定
不能省略，例（112）、（113）、（115）和（116）的補語是結果補
語，賓語是施事賓語，這樣的補語一定不能省略。

　　「述＋補＋了＋賓」中，「了」是否把補語解釋為整體？根
據有的「述＋補」結構可以省略其中的一個成分（如上面例
（105）至（111），有的不能省略（如上面例（112）至（116），
不難得出如下的結論。

　　「述－補－賓」結構中三者的互相依存關係，表現在句法方
面上，有時是三者缺一不可的。也就是說，省去其中的一個成
分，就致使這個組合在句法上不成立。因此「述＋補＋了＋賓」
結構中，「了1」解釋為整體的成分是包括補語的謂語部分
（VP），如此的看法在下面的例句中可以找到根據：


　　（117）＊他曾經吃過了牛肉麵。
　　（118）牛肉麵，他吃過了。


例（118）中「了2」是語氣助詞，因而不能把述語所表達的情況
解釋為整體。因此能出現在表示過去經驗的補語「過」後面。但
是例（117）中「了1」出現在動貌的句法環境中，可是也不能把
述語「吃過」所表達的情況解釋為整體。因為「述＋過」結構中
「過」是以情況外部時點來解釋該情況，在指示時點以前的某個
時點上曾經發生的經驗，「過」本身表達的時點不是有定的。因

此「了1」不能把「述＋過」所表達的情況解釋為整體，所以表示過去經驗的補語「過」不能出現在「了1」前面，只能出現在語氣助詞「了2」前面。換句話說，「述＋補＋了＋賓」結構中「了1」解釋為整體的成分是包括補語的謂語。

有些「過」卻能出現在「述＋過＋了＋賓」結構中，例如：

（117）時鐘叮叮噹當地敲過了十二點。

這時的「過」不是表示經驗的補語，而是表示完畢的補語，這種現象在漢語中並沒有普遍使用，[6]在北京方言中常常看到。

漢語中「過」的主要語法功能是，對在指示時點以前曾經存在的情況進行經驗性的陳述，這種陳述把情況看作一個整體。具體來說，述語後面的表經驗的「過」不把情況分為階段，只把情況全體解釋為曾經存在的一種經驗。因為「過」可以表達情況全體的結構，所以「過」可以把動作或狀態解釋為一種整體的經驗。但是「過」解釋述語的時點和指示時點相關，是指示時點以前的某個時間，因而帶「過」的句子在情況外部時點中能具有合適的指稱。所以我們認為「過」不是動貌，而是在外部時點上解釋情況的貌相。

## 4.3. 小結

黃美金（1988）認為兩種「了」含有共通的語法功能，都表

---

6　參照劉月華（1988：10）。

示情況的界限。因此黃主張兩種「了」是同一個詞素。黃（1988）認為表示界限就是動貌，我們認為，表示界限並不一定都屬於動貌。

　　「了1」把情況解釋為整體。要把情況解釋為整體，該情況一定要受限制。這種限制必須利用句法中補語或賓語來顯示，才能被視作整體。即，只有在受限制的情況中，「了1」才能表示該情況的整體性。「了1」本身含有情況內部（事件本身）的界限，「了1」所表達的界限義和指示時點無關，而是表現情況未實現和實現之間的界限，即「了1」和「了2」所表達的界限在語法功能上是不同的。「了1」即使受限，在指示時點上也不能把全句解釋為特指，因為「了1」本身在指示時點中沒有界限意義，所以述語後面出現「了1」的話，一定要給該句提供「了1」所表達的整體範圍。通過上面的討論，我們認為，雖然「了1」和「了2」是含有界限義的同一詞素，但是兩種「了」的語法功能卻是不同的。

# 5. 漢語連續貌的意義及其分類

## 5.1. 漢語中的「在」「著」「呢」

這一部分我們將通過對比「著」和「在」語法功能的異同，討論「在」是否屬於動貌，並附帶分析與「在」「著」意義近似的「呢」的語法功能，以及「呢」是否可以被看作動貌。

最近許多學者，像Lin（1979）、Li & Thompson（1981）等主張「在」是表示進行的動貌。這裡主要以Lin 和 Li & Thompson 的論述為分析對象，驗證這種觀點是否妥當。

### 5.1.1. 諸家對「在」和「著」的看法

Li & Thomson（1983：198-201）認為，漢語中有兩個表示事件持續的動貌標識——「著」和「在」。「在」出現在行動動詞（activity verb）前面，表示行為的持續，他們舉例如下：

（1）張三在打李四。
（2）我在欣賞貝多芬的音樂。
（3）張三在練跑。
（4）李四在解釋文法。
（5）他在拿報紙。

（6）他拿著報紙。

（7）他在穿皮鞋。

（8）他穿著皮鞋。

他們認為，例（5）（7）中「拿」「穿」是表示行動的動詞，「在」是表示行動持續的動貌標識，例（6）（8）「拿」「穿」是表示狀態的動詞，「著」是表示該狀態持續的動貌標識。

　　Lin（1979：81）認為，漢語中「著」表示持續性（durativeness），而「在」表示進行性（progressiveness）。Lin（1979：141）說：

　　　　「在」指示動態的進行中的動作，與「著」不同，「著」表示本質上是表狀態的動詞的持續，或從動作結束後產生的狀態持續。

　　Lin（1979）把「在」看作動貌，而「著」不表示動作進行的見解，我們認為值得商榷。下面分別舉例說明：「著」可以表示動作的進行，以及「在」的語法功能不是動貌。

## 5.1.2. 表示動作進行的「著」

　　漢語中，屬於「S＋在＋NP＋V＋著」類型的「V＋著」表示動作進行，例如：

（9）他在屋裡來回地走著。

（10）他在教室裡唱著《十五的月亮》。

（11）他在牆上掛著畫。

（12）他在答錄機前面唱著歌。

例（9）至（12）中，「著」把內部結構全體解釋為連續，「在＋NP」提供了該情況在指示時點中被具體化的地點。因此我們可以在外部時點上把該情況看作特指，句子所表達的情況具有合適的真值。「V＋著」表現情況內部的連續性，「在＋NP」提供外部時點（指示時點）上具有合適真值的資訊，因此句子被解釋為「動作的進行」，從這裡我們可以認定「著」也表示動作的進行。下面分析「著」和「在」語法功能上的異同。

## 5.1.3. 「在」和「著」語法功能的異同

第1章說明過「在」和「著」語法功能的異同，這裡簡單地整理如下：

首先，「在」解釋情況的時點屬於情況的外部時點，即指示時點，而不是內部時點（事件時點）。「在」解釋的是一個可被分解的情況中進行的那一部分，例如：

（13）＊他唱著歌。

（14）（他唱著什麼歌呢？）他唱著《夜來香》。

（15）他在教室裡唱著歌。

（16）（有人認為他不在唱歌時，說）他唱著歌呢。

（17）我走進屋子的時候，他唱著歌。

（18）他在唱著歌。

（19）他在唱歌。

假如例（13）出現的語境中沒有成分可以說明例文中「歌」是特指的話，該句就不能被看作具有合適的真值，是不合法的句子。因為句中的「歌」是非特指，句中也沒有其他補充成分——諸如表示和情況進行相關的時間、處所成分，表示情況發生或進行狀態的成分等——可以表明該句所表達的情況屬於特指。例（16）是給例（13）添加了句末助詞「呢」，這樣就可以被看作合法的句子。例（16）可以被看作合法的句子，是由於句末助詞「呢」的緣故，陳述句句末助詞「呢」和指示時點相關，這時句子的表述屬於特指，因此該句所表達的情況被看作具有合適的真值。例（14）中，《夜來香》在實際語境中是特指，該句所表達的內容也自然被看作具有合適的真值；例（15）、（17）、（18）中的賓語本身是非特指，但是例（15）的「在教室裡」表示和情況發生相關的地點；例（17）的「我走進屋子的時候」表示和情況發生相關的時間；例（18）的「在」表示和情況相關的時空背景，當句中包含這些表明和指示時點相關的補充成分時，句子所表達的情況就被看作在指示時點上具有合適的真值；例（19）中的「在」，在情況外部時點上，表示和情況發生相關的時空間背景，該句在實際語言交際中也可以被看作具有合適的真值。而例（13）中沒有這樣的補充成分，在實際語言交際中，如果無法表明該句中的賓語「歌」表述的是特指的話（即「歌」是非特指），句子就不能成立。

　　分析上面例（13）至（19）時，我們可以認識到，「在」和「著」表達的語法意義不同。「著」立足於情況的內部時點，從情況內部認識結構，把情況內部全體（事件本身）解釋為連續的意義，句中如果沒有其他成分可以表明該情況在指示時點上是特指，句子就不能被看作具有合適的真值。而「在」立足於情況的外部時點，解釋被分解的情況（情況的開始、過程或終結點中）的過程部分。在一個被階段化的情況中，「在」所表達的是不涉及情況的起始和終結，而只涉及情況過程的這一部分，由「著」表達的連續性涉及情況內部的全體。

　　我們對「著」的這種看法可以從下面的現象中得到證據，表示兩個情況同時發生的偏正句中，「著」出現在偏句，就邏輯意義來講，偏句為正句提供情況發生的背景，而「在」卻沒有這樣的功能。這種現象也許是因為「著」把全體情況內部結構（事件本身）解釋為連續，例如「他躺著讀書」中，「躺著」所表達的是把不可分解的「躺」整體解釋為連續，而不把「躺」這一情況分解為起始、進行或終結等的階段。「在」表達的連續性是情況中的一個階段，假如一個情況給另一個情況提供背景，那麼提供背景的偏句在時間上就比正句的情況長久，這是很自然的。因此我們認為，「著」出現在從屬句中可以給主句提供背景，而「在」只解釋情況中動作的進行部分，該情況在時間上不夠長久，包含「在」的句子在偏句中不能給另一個句子提供背景資訊。另外，還有一種現象也可以證明「著」和「在」是不同的語法範疇：所謂「動作進行」或「狀態持續」都是基於指示時點產生的概念，而觀察情況內部結構基於事件時點，和指示時點無關。情況內部結構中動作進行和狀態持續沒有分別，因此，動作進行和狀態持

續在情況內部結構中只有連續性這個要素。「在」涉及的是情況外部時點，「著」涉及的則是情況本身的內部時點。

從上面的討論可以認定，「在」解釋的是——指示時點上被分解的情況中動作的進行部分。按照我們對動貌的定義，「在」不是動貌（aspect）而是表示貌相（phase）的。

其次，例（18）「在唱著歌」表示動作進行。假如「著」表示狀態持續，而「在」表示動作進行的話，「在唱著歌」如何解釋為動作進行？對於同一個情況，即解釋為動作進行，又解釋為狀態持續，會引起極大的混亂，因此把「在」看作表示動作進行的動貌並不合適。

關於「在」和「著」語法功能的異同，我們有三點看法：

一、「著」把情況內部結構全體（事件本身）解釋為連續，而「在」是在情況外部時點上，解釋情況中的過程部分。因此不能說：「他整天讀著書」，而要說「他整天在讀書」，因為「著」把事件本身解釋為連續，所以不太可能出現「整天讀書」這樣的客觀事件，只能在指示時點上觀察該情況的連續性。「著」涉及事件本身，「在」則和觀察事件的指示時點相關，和事件本身無關。

二、「著」所表現的連續性，在內部時點中不能辨別其屬於動作進行還是狀態持續。對動作進行或狀態持續的判斷由語境決定，「在」所表現的連續性也是由語境決定的。

三、「著」解釋情況的時點是事件時點（情況內部時點），「在」解釋情況的時點是指示時點（情況外部時點）。兩字解釋情況的層次不同，「著」說明情況內部時點上的連續性，「在」說明情況外部時點上的連續性。

綜以上述，從上面內容中可以知道，「著」把情況內部結構解釋為連續性，是屬於動貌的；而「在」是把情況在指示時點上解釋為連續性，不能看作動貌，而是屬於貌相的。

## 5.1.4. 「呢」的語法功能

趙（1968：248）認為「呢」表示進行義。這裡，我們以下面兩例討論「呢」的語法功能是否屬於動貌。

（20）他吃飯呢。
（21）他打著電話呢。

例（20）中「呢」出現在句末，該情況在外部時點中被看作特指，「呢」在指示時點上把情況解釋為連續。例（21）中，「著」把「打電話」這一事件解釋為連續，而「呢」在指示時點上把該情況解釋為連續。語境決定情況連續的性質是動作的進行，從例（20）、（21）中可以知道，「呢」把情況解釋為連續性，是指示時點上的解釋，而不是內部時點上的。上面例子中沒有「呢」，擔當描寫情況的陳述句的句子就會不完整。例（20）、（21）中「呢」在外部時點上為情況提供具有合適真值的資訊，所以我們不把「呢」看作是動貌，而是屬於貌相的。

## 5.2. 「著」表示連續情狀義——兼論動作進行義和狀態持續義

### 5.2.1. 狀態持續和動作進行

　　現代漢語動貌助詞「著」在具體語境中，既可以表示狀態持續也可以表示動作進行，這是眾所周知的。「著」由動詞虛化為助詞，逐步形成了漢語中表示動貌的兩個語法次範疇：狀態持續與動作進行。從歷時發展看，這兩個語法次範疇並非同時產生。事實上是先有狀態持續的「著」，後有動作進行的「著」。狀態持續與動作進行的區別，在現代漢語的某些方言中表現得更加明顯。吳語、閩語、粵語中，表示狀態持續時，用與普通話「V著」相對應的形式，而表示動作進行時，則閩語用另一助詞，吳語、粵語用副詞。[1]

　　梅祖麟（1980：3）認為吳語與普通話「著」相對應的助詞有兩個：「仔」、「勒勒」。梅氏確認吳語「仔」就是中古漢語的「著」，他主張如下：

> 在蘇州話裡「仔」既可以表示動作完成，也可以表示狀態持續。前者相當於漢語的「了」，後者相當於漢語的「著」。如：開仔門睏：開了／著門睡。……但是，漢語只用「著」不能用「了」的句子，蘇州話就不能用「仔」。諸如「他們正開著會呢」、「說著說著哭起來」這類句子在蘇州話中

---

1　參照劉寧生（1985：117）。

必須換別的說法。說明蘇州話中有表示狀態持續的「V著」，沒有表示動作進行的「V著」。同樣，上海話的「V勒勒」只表示狀態持續，不表示動作進行。

劉寧生（1985：117）認為：

> 蘇州話和上海話表示動作進行都用副詞。如：天還勒（勒海）落雨（蘇滬）；俚勒（勒篤）吃飯（蘇）；伊勒拉（勒裡）談話（滬）。閩方言內部雖然比較複雜，但動貌範疇的語法形式具有一致性。汕頭話、廈門話和福州話都是用副詞表示動作進行，用助詞表示狀態持續。[2]

李獻璋（1950：12）認為：

> 「著」在動詞前表示動作、行為的進行或持續，舉例「汝著看什麼貨？」「著看貓仔著咬老鼠喇。」（你在看什麼？」「在看貓吃老鼠呢。」），而「著」在動詞後則表示靜止固定的動作狀態的持續。舉例：「狗在簷前企著」（狗在屋簷下立著）「著坐著，不當倒著」（應坐著，不能躺著）。

黃丁華（1958：2）則認為：上例的「著」（音[te]）應為「在」，但他明確指出如下：

---

2 參照劉寧生（1985：117）。

方言動貌助詞「在」，顯然是國語的「著」。不過，現代南
方言的「在」只能用於表示靜態的持續，不能用於表示動
作的持續。「牽在」[khan-te]「插在」[tsha-te]「擺在」
[pai-te]都可以說；但是國語的「走著」「跳著」「討論著」，
閩南方言要用「在行」[tekia]「在跳」[tethiau]「在討論」
[teto-dun]。方言表示狀態持續和動作進行用不同的助詞。
前者用「住」，後者用「緊」或「開」。例如：有一個人，
著住一件暖暖嘅長袍（有一個人，穿著一件暖和的長袍）；
居食緊／開飯（他吃著飯）；我睇緊／開書（我看著書）。[3]

袁家驊（1983：6）主張如下：

> 吳、閩兩種方言都是特定歷史時期漢語分化的產物。根據
> 閩語不分舌頭（「端透定」）和舌上（「知徹澄」），一律讀作
> 舌頭；不分輕唇（「非敷奉微」）和重唇（「幫滂並明」），
> 一律讀作重唇這兩個語音特徵，可以推定閩方言的形成不
> 晚於唐代。

劉寧生（1985：117-118）又主張如下：

> 當時，「著」的主要用法是「V著（＋方位結構）」，這正
> 好與現代閩方言的結構相同。閩語的情況說明，唐以前尚
> 無表示動作進行的「著」。漢語史上先有表示狀態持續的

---

3 參照劉寧生（1985：117）。

「著」後有動作的「著」。這一結論在方言中得到印證。無獨有偶，吳方言的情況與閩方言幾乎完全相同。那麼，北方話表示動作進行的「著」的出現就是值得注意的現象。

其實，從理論上講，每個動詞都具有帶「著」的可能性。表示狀態的動詞固然可以加「著」，因為動貌助詞多半是表示行為動作的狀態的。但只表示行為動作也可以加「著」，這是因為在實際語言交際中，一定的條件下「動作」和「狀態」可以互相轉化。[4]
呂叔湘（1957：57-58）談到「動作與狀態」的關係時說：

> 「動作和狀態是兩回事」，但不是渺不相關的兩回事，事實上是息息相通的……動作完成就變成狀態。因此，凡是敘事句的動詞含有「已成」的意味的，都兼有表態的性質。最明顯的是被動意義的動詞，換句話說，就是這類表態句的主語是動詞的止點（止詞）；非被動意義的內動詞，只要有完成的意味，也就近似表態句的謂語；還有，假如一個動作連續下去，也就成為一種狀態。

但是，陳剛（1980：1）認為：

> 不是所有能產生後果的動詞都能形成這種狀態持續的。如「殺著鴨」「打著刀」都只是表示動作的持續，不是狀態持續態。可是另外一些動詞卻不同。如「圈著鴨」「挎著

---

4　參照倪立民（1980：55）。

刀」。這些才是狀態持續態。由此可知,所說行動後果,只限於安置的後果,能產生這種狀態的是具有安置意義的動詞(包括「刻」「畫」「描」一類表示造形義的動詞。)。

木村英樹(1983:2)進一步解釋說:

> 凡是能夠暗含(imply)受事者在動作完成後附著或留存在特定處所意義的動詞都可以附上表狀態持續的「著」,不能暗含這個意義的動詞都不能附上這種「著」。

王力(1958:101)說:

> 有時候,敘述詞所敘述的事情雖則早已完成,然而它的結果還存在著,往往也用新型進行貌。這是進行貌的活用法。正因為「動作」和「狀態」可以轉化,所謂動詞,多半是表示行為動作的,所以現代漢語動貌助詞「著」的應用帶有很大的普遍性,促進漢語動詞動貌範疇的形成。

石毓智(1992:102-104)認為:

> 「著」要求其前的成分必須有「時段持續」的語義特徵。任何動作行為都佔有一定的時間,可是長短差別很多。根據佔有時間的多少可以把動詞分為四類:
> 1.開始和結束是瞬間完成的,它們缺乏「時段持續」特徵,不能跟「著」搭配,如下面第一類;2.開始和結束既

可以是瞬間完成的，又可以持續相當長的時間，在一定的上下文中具有「時段持續」的特徵，可以跟「著」搭配，如下面第二類；3.開始和結束之間一般都有相當長的時間，它們的「時段持續」特徵比較穩固，常可以跟「著」搭配，如下面第三類；4.沒有明確的終結點，具有強烈長期延續傾向，所以它們幾乎在所有出現的場合中都帶「著」，如下面第四類。

（一）死　塌　垮　炸　斷　熄　倒　摔　暴露　畢業看
　　　見　閉幕　抽出　出發　出來出去　破裂　得到

（二）看　聽　說　走　跑　吃　喝　討厭　研究　學習
　　　聯繫

（三）睡　坐　躺　蹲　站　立　藏　跑　趴　貼　掛
　　　懸　擱　放　堆　裝

（四）向　對　朝　標識　意味　把握　圍繞　包含　呈
　　　現　掛念

## 5.2.2. 以狀態性、連續性、定位性劃分動詞類型

「著」表示情狀義中的動作進行還是狀態持續，由「著」出現的語境決定。首先把動詞按照語義分為連續性、定位性和狀態性（或動作性）。我們分析動詞語義時，不重視該動詞包括這種語義的存在與否，而重視該動詞的這種語義在使用時是否被強調。以上面三種語義對動詞進行分類的目的，不在於設定全部動詞體系，而是為了把握動貌的語法功能，這裡利用常用動詞來分析動貌的語法功能。

　　這裡的狀態性和動作性是一對相反的概念。本文中的〔＋狀
態〕也可以看作〔－動作〕，過程也歸納為動作。定位性指的是
狀態持續所發生的地點，〔－定位〕指的就是不強調情況發生的
地點，〔＋連續〕（〔＋進行〕或〔＋持續〕）指的是情況的連續性
質。我們以這樣的條件對動詞分類如下：

| 動詞類型 | 語義特徵 | 例 |
|---|---|---|
| I | 〔－動作〕〔＋狀態〕〔－進行〕〔＋持續〕〔＋定位〕 | 坐，站 |
| II-① | 〔＋動作〕〔－狀態〕〔＋進行〕〔－持續〕〔－定位〕 | 掛，寫 |
| II-② | 〔－動作〕〔＋狀態〕〔－進行〕〔＋持續〕〔＋定位〕 | 掛，寫 |
| III | 〔＋動作〕〔－狀態〕〔＋進行〕〔－持續〕〔－定位〕 | 唱，哭，發射，爬 |
| IV | 〔＋動作〕〔－狀態〕〔－進行〕〔－持續〕〔－定位〕 | 跳 |
| V | 〔－動作〕〔＋狀態〕〔－進行〕〔＋持續〕〔－定位〕 | 愛，恨 |

## 5.2.3. 單句（simple sentence）中「著」的意義

　　「著」把情況解釋為連續，下面我們分析「著」在單句中的
作用。

　　[A]. S＋V＋（N）＋呢。
　　　　A1. ＊他坐呢。
　　　　A2. 他掛畫呢。
　　　　A3. 他寫字呢。
　　　　A4. ＊他爬呢。
　　　　A5. 他唱歌呢。
　　　　A6. ＊他哭呢。

A7. * 他跳呢。

A8. 我愛中國呢。

[A]類的句法結構中，例（2）（3）（5）中的動詞「掛」、「寫」、「唱」都具有〔＋動作〕〔＋進行〕〔－狀態〕〔－持續〕〔－定位〕的性質。表示動作進行的「Ｖ＋呢」有一定的地方性，不是所有的官話都這樣講。[5] 例（8）的「愛」具有〔＋狀態〕〔＋持續〕〔－動作〕〔－進行〕〔－定位〕的性質，帶單音節不及物動詞的例（1）、（4）、（6）和（8）都是不合法的句子。[A]類型中，「Ｓ＋Ｖ＋呢」都是不合法的句子，「Ｓ＋Ｖ＋Ｎ＋呢」都表達連續義，這時例（2）、（3）的「掛」「寫」屬於動詞類型[Ⅱ-②]。「掛」「寫」和「坐」的語義，情況起始部分和發展部分是〔＋動作〕，而情況完成後變成〔＋狀態〕，在[A]類型中「掛」和「寫」都是〔＋動作〕和〔＋進行〕。

[B]. Ｓ＋Ｖ＋著＋（Ｎ）＋呢

B1. 他坐著呢。

B2. 他掛著畫呢。

B3. 他寫著字呢。

B4. 他爬著呢。

B5. 他唱著歌呢。

B6. 他哭著呢。

B7. * 他跳著呢。

B8. 我愛著中國呢。

---

5　參照馬希文（1987：17-22）。

[B]類型中例（7）是不合法的句子，例（2）至（6）中的動詞
「掛」、「寫」、「爬」、「唱」、「哭」都具有〔＋動作〕〔＋進行〕
的性質。例（1）的動詞「坐」表示〔＋狀態〕〔＋持續〕〔＋定
位〕，例（2）、（3）中的動詞「掛」「寫」表示〔＋動作〕〔＋進
行〕。[B]類型表示動作進行和狀態持續。[B]類型中例（1）、
（4）、（6）的「坐」「爬」「哭」雖然是不及物動詞，但是帶
「著」的動詞後面出現「呢」，該句就可以成立。因此，可以說
「呢」主要出現在帶賓語的及物動詞後面，或帶「著」的動詞後
面，表示情況的連續性。這點也許和「呢」出現的句法環境及音
節問題有關，也許「呢」只出現在複音節後面，例如：


22. 這湯裡的魚可大呢。

23. 今天可冷呢。

24. 老師，北京才好呢。[6]


[B-①]. S＋V＋著＋（N）

[B-①]1. * 他坐著。

[B-①]2. * 他掛著畫。

[B-①]3. * 他寫著字。

[B-①]4. * 他爬著。

[B-①]5. * 他唱著歌。

[B-①]6. * 他哭著。

[B-①]7. * 他跳著。

[B-①]8. 我愛著中國。

---

6　參照呂叔湘（1980：366）。

　　[B-①]類型中，例（1）至（7）都是不合法的句子，原因是上面例子中「著」立足於情況內部，把情況內部結構解釋為連續。但是例文中沒有提供該情況在指示時點上具有特指性質的資訊，因此這些句子都是不合法的。例（8）的「中國」在實際語境中屬於特指，所以可以成句。[B]類型中，「呢」為全句提供情況在指示時點上屬於特指的訊息，因此可以成句。

　　[B-②]. S＋V＋著＋（M）＋（N）

　　[B-②]1.* 他坐著。

　　[B-②]2. 他掛著一幅畫。

　　[B-②]3. 他寫著一個字。

　　[B-②]4.* 他爬著。

　　[B-②]5. 他唱著一首歌。

　　[B-②]6.* 他哭著。

　　[B-②]7.* 他跳著。

　　[B-②]8.* 我愛著一個中國。

[B-②]類型中，例（1）、（4）、（6）、（7）、（8）是不合法的句子，例（2）、（5）帶著數量詞定語，在指示時點上可以表明該情況具有合適的真值，所以可以成句。例（7）不成句的原因是，「跳」本身不強調連續的時間，是持續時間較短的動詞，不能用「著」來解釋該情況的連續性，類似的動詞還有「到」、「倒」、「死」等等。

　　[C]. S＋在＋V＋（N）

C1.＊他在坐。

C2.他在掛畫。

C3.他在寫字。

C4.他在爬。

C5.他在唱歌。

C6.他在哭。

C7.他在跳。

C8.他在愛我。

例（2）至（7）都表示動作進行，例（8）表示狀態持續。「在」出現在（II）-（V）類型的動詞前面時，該動詞都被解釋為連續義。但是例（1）是不合法的句子，「在」不能直接修飾像「坐」這樣的表示狀態的姿勢動詞。

　　[C]類型中的例（2）、（3）、（5）、（8），和[A]類型的例文，就表示情況的連續義來講，是相同的，但是句末語助詞「呢」表示的連續義只出現在對話中。「在」和「呢」出現的語境不同，[B]類型中的「著」和「呢」一起出現時，句子帶著不同意對方說法的語氣，含有反意和論駁的意味，例（A1）「他坐呢」不合法的原因和例（C1）的情形相同。

　　[D].　S＋在＋V＋（N）＋呢

D1.＊他在坐呢。

D2.他在掛畫呢。

D3.他在寫字呢。

D4.他在爬呢。

D5. 他在唱歌呢。

D6. 他在哭呢。

D7. 他在跳呢。

D8. 他在愛李小姐呢。

[D]類型的句子和[C]類型的句子，就連續性來講，「在」和「呢」的表貌相的作用大致相同，但是它們出現的語境卻不同。

[E]. S＋在＋NP＋V＋著＋（N）

E1. 他在教室裡坐著。

E2. 他在牆上掛著畫。

E3. 他在黑板上寫著字。

E4. 他在地板上爬著。

E5. 他在教室裡唱著歌。

E6. 他在教室裡哭著。

E7. 他在地上跳著。

E8.＊他在那裡愛著李小姐。

[E]類型中例（1）表示狀態持續，例（2）至（7）表示動作進行。把事件本身解釋為連續，而情況在指示時點中又都具有合適的真值時，述語動詞一定要具有〔＋定位〕的性質。例（1）至（7）中的「坐」、「掛」、「寫」、「爬」、「唱」、「哭」、「跳」都具有〔＋定位〕的性質。但例（8）是不合法的句子，因為像「愛」「恨」等是心理狀態動詞，不能以具體的處所指示動作所在的位置。相較於「坐」等動詞具體的〔＋定位〕屬性，「愛」是〔－定位〕性的。

[F]. S＋在＋V＋著

    F1. * 他在坐著。

    F2. 他在掛著畫。

    F3. 他在寫著字。

    F4. 他在爬著。

    F5. 他在唱著歌。

    F6. 他在哭著。

    F7. 他在跳著。

    F8. 我在愛著李小姐。

[F]類型中例（1）不能成句。例（2）至（7）都表示動作進行，例（9）的「愛著」表達狀態持續。例[E]和例[F]的「他在地上跳著」和「他在跳著」都表示動作進行，對於這點，看完[H]類型以後再討論。

[G]. S＋在＋NP＋V＋著＋（N）＋呢。

    G1. 他在教室裡坐著呢。

    G2. 他在牆上掛著畫呢。

    G3. 他在黑板上寫著字呢。

    G4. 他在地板上爬著呢。

    G5. 他在教室裡唱著歌呢。

    G6. 他在教室裡哭著呢。

    G7. 他在地上跳著呢。

    G8. * 他在那裡愛著李小姐呢。

就表情況的連續義來說，[G]類型和[F]類型的意義相同。

[H]. S＋在＋NP＋V＋（N）

H1.＊他在教室裡坐。

H2. 他在牆上掛畫。

H3. 他在黑板上寫字。

H4. 他在地板上爬。

H5. 他在教室裡唱歌。

H6. 他在教室裡哭。

H7. 他在地上跳。

H8.＊他在那裡愛李小姐。

[H]類型中例（1）是不合法的句子，例（2）至（7）都表示動作進行。例（8）是不合法的句子，因為「愛」這一動作發生的地點，不會是在具體的處所中，例（8）中包含了表明情況發生的具體地點，因而不合法。[H]和[C]類型比較（除了例1以外），在連續性上，「在＋NP＋V＋（N）」的動作進行義和「在＋V＋（N）」的動作進行義大致相同。就對動作的陳述而言，例（1）的「坐」不但在「在NP坐」中不成句，而且「在坐」或「在坐著」形式也不成句。從這點看來，我們可以判斷「在＋NP＋V＋（N）」中，「在＋NP」即表示情況發生的地點，也表示「V＋（N）」這一情況的連續性。[7]因此，漢語中沒有「在＋NP＋在＋V＋（N）」和「在＋NP＋在＋V＋著＋（N）」形式。就動作進

---

7　參照陳重瑜（1978：235-241）。

行義來說，「在＋NP＋V」和「在＋V」的意義相同。我們以「他在跳著」分析「他在地上跳著」和「他在跳著」中「著」的意義。「跳」表現的動態，進行時間較短，因此不能把「跳」情況內部結構解釋為連續，但是「在跳著」中「著」可以把「在跳」的事件本身解釋為連續。「在跳」表現的情況是「跳」這一動作的反覆進行，而不表示「跳」這一動作一次性的持續進行。因此「著」把「在跳」解釋為連續的時候，該連續性表示的是「跳」的反覆進行，而不是「跳」一次的動作持續。因為「跳」本身的動作起始和發展部分持續的時間較短，因此我們不能把「跳」一次的內部結構解釋為連續。

[I]. S＋在＋NP＋V＋（N）＋呢

I1. ＊他在教室裡坐呢。

I2. 他在牆上掛畫呢。

I3. 他在黑板上寫字呢。

I4. 他在地板上爬呢。

I5. 他在教室裡唱歌呢。

I6. 他在教室裡哭呢。

I7. 他在地上跳呢。

I8. ＊他在那裡愛李小姐呢。

[I]類型是在[H]類型後附加「呢」的形式，就動作進行義來說，[I]和[H]類型是相同的。例（1）中沒有成分可以確定「坐」出現的句法環境中「坐」所表現的語意是〔＋狀態〕還是〔＋動作〕，因此例（1）不成句。

[J]. NP＋V＋著＋CL＋N

　　J1. 門口坐著一個學生。

　　J2. 牆上掛著一幅畫。

　　J3. 黑板上寫著一個字。

　　J4.＊地板上爬著一個小孩子。

　　J5.＊教室裡唱著一首歌。

　　J6.＊教室裡哭著一個小孩子。

　　J7.＊地上跳著一個人。

　　J8.＊那裡愛著一個人。


[I]類型中例（1）（2）和（3）表示狀態持續，都能成句，例（4）至（8）表達動作進行，都不成句，例（1）至（3）中「V＋著」後面出現的成分是表示該連續性所發生的物件。

　　湯廷池教授（1972：156-157）認為，如上的動詞出現時，根據表達處所、行為者、賓語等的成分是否表特指，詞序也隨著變化。因此把例（1）至（3）的「一個學生」「一幅畫」「一個字」改為特指時，都會變成病句。如下：


　　1-1.＊門口坐著那個學生。

　　2-1.＊牆上掛著那幅畫。

　　3-1.＊黑板上寫著那個字。

　　1-2.＊門口坐著學生。

　　2-2.＊牆上掛著畫。

　　3-2.＊黑板上寫著字。

我們認為殊指（specific reference）在句子中具有特別的語法功能，在陳述句中平常不出現在句子的最前面，如上面的例子，只能用非特指，而特指不能出現。這點，可以以資訊理論來說明：我們認為，大部分的特指和非特指（泛指或任指）在實際語言交際中常常被看作已知資訊，因此在陳述句中可以出現在句子的最前面，而殊指在實際語言交際中常常被看作未知資訊，因此在陳述句中不能出現在句子的最前面，而常出現在述語後面。

例（5）中沒有表明行為主體，被看作病句，例（4）、（6）、（7）中的殊指變換為帶著定量詞的特指時，如下：

4-1.＊地板上爬著那個小孩子。
6-1.＊教室裡哭著那個小孩子。
7-1.＊地上跳著那個人。

例（4-1）、（6-1）和（7-1）不能成句，殊指變換為不帶定量詞的特指時，情形相同，如下：

4-2.＊地板上爬著小孩子。
6-2.＊教室裡哭著小孩子。
7-2.＊地上跳著人。

例（1）至（3）的情形和例（4）、（6）、（7）不同，主要原因可能有兩個，一是由於動詞的屬性相異，二是由於已知資訊通常表示確定意義，未知資訊往往表示不確定意義，且在資訊結構中，已知資訊一般先於未知資訊。因此，像（1-1）至（3-1）的例子

被視作不合法的句子。

這種現象和「NP＋V＋著＋CL＋N」變換為「（CL）＋N＋NP＋V＋著」時的情形相似，如下：

| | | |
|---|---|---|
| 4-3. * 一個小孩子 | 在地板上 | 爬著。 |
| 6-3. * 一個小孩子 | 在教室裡 | 哭著。 |
| 7-3. * 一個人 | 在地上 | 跳著。 |
| 未知信息 | | |
| 4-4. 那個小孩子 | 在地板上 | 爬著。 |
| 6-4. 那個小孩子 | 在教室裡 | 哭著。 |
| 7-4. 那個人 | 在地上 | 跳著。 |
| 已知資訊 | | |
| 4-5. 小孩子 | 在地板上 | 爬著。 |
| 6-5. 小孩子 | 在教室裡 | 哭著。 |
| 7-5. 人 | 在地上 | 跳著。 |
| 已知資訊 | | |
| 4-6. 有 一個小孩子 | 在地板上 | 爬著。 |
| 6-6. 有 一個小孩子 | 在教室裡 | 哭著。 |
| 7-6. 有 一個人 | 在地上 | 跳著。 |
| 未知信息 | | |

描寫當前時間的句子中，充當行為主體的主位是殊指時，句子是病句，下面[K]類型中的例子都是病句。

[K]. NP＋CL＋N＋V＋著

 K1.＊門口一個學生坐著。

 K2.＊牆上一幅畫掛著。

 K3.＊黑板上一個字寫著。

 K4.＊地板上一個小孩子爬著。

 K5.＊教室裡一首歌唱著。

 K6.＊屋子裡一個小孩子哭著。

 K7.＊地上一個人跳著。

 K8.＊那裡一個人愛著。

[K]類型中例（1）所以不能成句的原因是述語前面的次主位「CL＋N」是殊指。

[L]. NP＋有＋CL＋N＋V＋著

 L1.門口有一個學生坐著。

 L2.牆上有一幅畫掛著。

 L3.黑板上有一個字寫著。

 L4.地板上有一個小孩子爬著。

 L5.＊教室裡有一首歌唱著。

 L6.屋子裡有一個小孩子哭著。

 L7.地上有一個人跳著。

 L8.＊那裡有一個人愛著。

[L]類型中例（1）的「一個學生」是「坐著」的物件，也是主體。例（2）、（3）中「一幅畫」和「一個字」各是「掛著」和

「寫著」的對象。例（4）（6）中「一個小孩子」是「爬著」和「哭著」的主體。「有＋CL＋N＋V＋著」結構中，「有＋CL＋N」是「V＋著」的主體時，該「V＋著」表示動作進行；「有＋CL＋N」是「V＋著」的物件時，「V＋著」表示狀態持續（像「坐」等屬於[I]類型的動詞，「V＋著」時，在外部時點上只表示狀態持續），例（7）（8）和[E][F]的情形相同。例（5）不成句的原因是，[L]類型中「一首歌」如果是「V＋著」的物件，應該表狀態持續才對，但是該情況要表示的是動作進行，因此不成句。屬於[I][II-②]類型的動詞出現在「有＋CL＋N＋V＋著」中，「CL＋N」可以表示「V＋著」的物件，因而能表示狀態持續。但是屬於[IV]類型的動詞只帶動作性，因而句法環境變化以後，仍然不能表示狀態持續，即例（5）中「CL」是「V＋著」的物件，但是不能表示「V＋著」的狀態持續，因而是不合法的句子。

## 5.2.4.　單句中的連續意義

### 5.2.4.1.　「著」的語法功能

　　1. 屬於（I）類型的動詞（如「坐」「站」等）可以帶「著」，這時「著」把情況內部結構全體在情況內部時點中解釋為連續。但是這類動詞動作進行時間很短，實際語境中不用連續意義觀察該情況的動態部分。對於這類動詞，要用連續意義認識時，只能把該情況完成後產生的靜態部分解釋為連續。所以屬於（I）類型的動詞帶「著」時，不表示動作進行，而表示狀態持續。

2. 屬於（II-①）類型的動詞（如「掛」「寫」等），可以出現在[B][B-②][E][F][G]類型中。這時「Ｖ＋著」受到「呢」、「在＋NP」、「在」、「在＋NP……」，或「著」後面「NP」成分的特指等的影響，在指示時點中表示該情況具有合適的真值，並表示該情況的動作正在進行。

3. 屬於（II-②）類型的動詞，可以出現在[J][L]類型中。這時「CL＋N」是「Ｖ＋著」表達的連續意義的對象，而不是行為主體。該物件出現在「Ｖ＋著」前面時，一定要附加「有」才可以成句。屬於（II）類型的動詞，其語法功能由該動詞出現的句法環境決定。因此驗證及物動詞是否表示狀態時，可以利用「NP＋有＋CL＋N＋V＋著」類型。如果該類型中「CL＋N」可以成為「Ｖ＋著」的物件的話，句子可以表達狀態持續，例如：

25. 牆上有一幅畫掛著。
26. 黑板上有兩個字寫著。
27. ＊屋子裡有皮鞋穿著。

例（25）、（26）中「CL＋N」是「Ｖ＋著」的物件而成句，所以可以表達狀態持續。（27）中雖然「CL＋N」是「Ｖ＋著」的物件，但是不能成句，因此不能表示狀態持續。

4. 屬於（III）類型的動詞，可以出現在[B][B-②]（只有及物動詞可以出現在[B-②]類型中，因為非及物動詞的句法結構在[B-②]和[B-①]中相同）及[E][F][G]類型中，表示動作進行。

5. 屬於（IV）類型的動詞（如「跳」「敲」等），出現在「著」前面時，「在」給「跳」提供較長的發生時間，「著」把

「在跳」情況內部結構全體解釋為連續。這時的連續性不是「跳」一次性動作的連續，而是「跳」反覆進行的連續。

6. 屬於（V）類型的動詞（如「愛」「恨」等）沒有定位性，因此不能以「著」將情況內部結構全體解釋為連續。如果以「著」將情況內部結構全體解釋為連續，這一情況在指示時點上被看作狀態持續的話，一定要帶著定位性才可以成句。假使在外部時點上該情況所發生的地點不確定，我們就不能把該狀態的持續看作具有合適的真值，狀態持續只有在確定的地點中，我們才可以觀察到。但是動作進行的情形不同，動作進行即使是在不確定的地點，也可以用感覺機能認識到情況的連續性。而狀態持續本身是靜態的，我們觀察這種狀態持續的方法只是靠視覺和觸覺來認識。假如狀態持續發生的地點不確定的話，我們就無法看到或摸到，即不能斷定該狀態的持續是否發生，因此我們不能用「著」把「愛」的情況內部結構全體解釋為連續。

### 5.2.4.2. 「在」的語法功能

1. 「在」在指示時點上把情況解釋為連續。因而「在」在指示時點中可以給情況提供具有合適真值的資訊。

2. 屬於（I）類型的動詞，不能只用「在」表示連續義。

3. 屬於（II-①）類型的動詞出現在[C][D][E][F][G][H][I]類型中，表示動作進行。

4. 屬於（II-②）類型的動詞出現在[J][K]類型中，表示狀態持續。

5. 屬於（III）類型的動詞出現在[C][D][E][F][G][H][I]類型中，表示動作進行。

6. 屬於（IV）類型的動詞出現在[C][D][E][F][G][H][I]類型中，表示動作進行。

7. 屬於（V）類型的動詞出現在[C][D]類型中，表示狀態持續。

## 5.2.4.3. 「呢」的語法功能

1. 「呢」在指示時點中把情況解釋為連續，因而「呢」在指示時點中可以給該情況提供具有合適真值的資訊。

2. 屬於（I）類型的動詞，如果是單音節的話，前後附加「才」、「可」、「著」等，可以用「呢」來表示狀態持續義。因為「呢」不能在「S＋V」（V是單音節非及物動詞）類型中表示連續義。

3. 屬於（II-①）類型的動詞在句末附加「呢」出現在[A][B][D][I]類型中，表示動作進行，出現在[J][L]類型中，表示狀態持續。

4. 屬於（III）類型的動詞在句末附加「呢」表示動作進行。

5. 屬於（IV）類型的動詞，一定要帶「在」或「在NP」，才可以用「呢」來表示動作進行。

6. 屬於（V）類型的動詞出現在[A][C][D]類型中，表示狀態持續，但是不能附加在「V＋著」後面。

## 5.3. 複合結構中「著」的語法功能

### 5.3.1. 「V1著（NP）V2（NP）」結構中「著」的語法功能

為了行文方便，我們把「V1著（NP）V2（NP）」結構稱為「著」複合結構，其中把「V1著（NP）」看作「著句」，把「V2（NP）」看作「主句」。[8] 對「著」複合結構的研究，Li & Thompson（1976）和Ma（1983）都提出過系統的見解，以下比較分析這兩人的主張：

#### 5.3.1.1.

Li & Thompson（1976）主要討論三點：第一，「著」複合結構是如何構成的；第二，「著」複合結構中「著」的意義特徵是什麼；第三，「著句」中動詞能否出現的限制因素是什麼。

Li & Thompson（1976：515-516）認為，「著句」在句法結構方面從屬於主句，「著」表示兩個事件或兩個動作的起始和終結點在時間軸上同時發生。

　　（28）張三上著課說話。

例（28）中「上課」和「說話」同時發生，特別是「說話」發生在「上課」的過程中。因此，這裡除同時性的概念以外，也有附

---

8　參照Jing-heng Sheng Ma（1983：35-48）。

加的意義——即「著句」的動作時間比「主句」動作進行的時間
長，在時間軸上表示如下：

著句……|…………|……
主句　　…………

### 5.3.1.2.

Ma（1983）認為，「著」複合結構中的「著」不帶有時間長
度，並否定「著」複合結構中「著」具有連續貌的功能。Ma認
為，「著」複合結構中「著」的語法功能是對主句表示從屬，因
此這裡的「著」是從屬標識。他舉了以下的例子：

（29）爸爸戴著眼鏡兒看書。
（30）爸爸戴眼鏡兒看書。

Ma認為，「著」被省略的例（30）中不再包括從屬的意義，因此
例（30）的意義可以以四種方式進行解釋：1.兩個事件或動作是
同時發生的；2.兩個動作是連續發生的；3.第一事件是為了執行
第二事件而出現的；4.第一動片語為第二動詞組中的動作提供出
現的環境。Ma認為這裡的「著」以副詞的形態表達從屬的意
義，而且這種「著」只出現在有起始和終結過程的動詞後，Ma
認為下面的例子中：

（31）他笑著說。

「著」的語法功能是：1.補語；2.確定動詞的語法範疇；3.強調動詞的狀態性。

Ma認為「著句」和「主句」的連續時間是一樣的。換句話說，「著句」以副詞的形態修飾「主句」，因此兩個動作或事件是在同一時段上發生的，可以表示為：

Ma（1983：43）提出下面例子作為證據：

（32）他跑著去上學。[He went to school running.]

（33）她穿著高跟鞋跳舞。[She wears high-heeled shoes to dance.]

### 5.3.1.3. 「著」複合結構中「著」的連續貌功能

我們認為「他笑著說」中，「笑著」和「說」的語法關係，是由於有了「說」這一成分，整個句子才具有了合適的真值，且「說」和「笑著」兩個事件在整個語境中充當一個述語。

Ma認為「著」複合結構中的「著句」，以副詞的形態修飾「主句」，且「著句」從屬於「主句」，因此Ma把「著」稱為從屬標識，把「著」複合結構中的「V2（NP）」看作「主句」。

「V1著（NP）V2（NP）」結構中，「著句」是「從屬句」還是「主句」？這個問題和「V1著（NP）V2（NP）」結構中，「著句」是述語還是修飾「V2（NP）」的從屬句相關。我們認為，

「V1著（NP）V2（NP）」結構在實際語境中，整體充當述語
（下面簡稱為複合述語）。

首先拿這種看法解釋Ma的見解。Ma主張，「V1著（NP）V2
（NP）」結構中，「V1著」和「V2（NP）」之間，就語法關係而
言，具有從屬之義。但是我們認為，不能從這一現象斷定「V1
著」是從屬句，「V2（NP）」是「主句」。例（33）「她穿著高跟
鞋跳舞」中，決不是只有「跳舞」是述語，而「穿著高跟鞋」是
狀語。因為該句可以出現的前提條件，是要求「V1著（NP）V2
（NP）」整體被看作複合述語。因而，就語法關係來說，不能判
斷在整個語境中「V1著（NP）」是主要述語，還是「V2（NP）」
是主要述語。實際語境中，例（30）用來回答「她在舞臺上幹什
麼？」等的問題，當回答者說「她穿著高跟鞋跳舞」時，要想傳
遞的資訊並不只是「跳舞」這個單一的事件，也要表達「穿高跟
鞋」的事件，並且要傳遞這兩個事件存在著一定關係的資訊。
「穿著高跟鞋」和「跳舞」，在整個語境中，我們不能判斷哪個
事件是重要的，沒有能證明兩個事件中哪一事件的動詞組是主要
述語的客觀依據，因此我們把它們一起看作主要述語組，即為複
合述語。

如上內容可整理為：

1. 實際語境中，「V1著（NP）V2（NP）」結構在句子中共
   同充當複合述語。
2. 複合述語「V1著（NP）V2（NP）」結構內的「V1著
   （NP）」和「V2（NP）」之間，只就語法關係來講，有
   邏輯上的從屬意義。

3. 實際語境中,「V1著(NP)V2(NP)」結構中的兩個事件發生時間具有一樣的長度。

4. 複合述語「V1著(NP)V2(NP)」結構內的「V1著(NP)」和「V2(NP)」之間,只就邏輯意義來講,「V1著(NP)」的持續時間比「V2(NP)」的長,而「V2(NP)」是在「V1著(NP)」發生的時段中出現的。

Li & Thompson(1976)認為:

1. 「著句」在句法形式上從屬於「主句」;
2. 「V1著(NP)」的持續時間比「V2(NP)」長。可見,Li & Thompson(1976)的看法是從「V1著(NP)」和「V2(NP)」之間的邏輯意義講的。

Ma認為:

1. 「著句」對「主句」以狀語的形式表達從屬;
2. 「著句」和「主句」的事件發生時間是一樣的長度。Ma的第一條是就邏輯意義解釋的,第二條卻是根據實際語境中的意義觀察的結果。

## 5.4. 「著」在其他幾類句式中的語法功能

這裡我們主要討論「著」在比較句、命令句的語法功能,以及「著呢」中「著」的語法功能。

## 5.4.1. 比較句中的「著」的語法功能

Ma（1983：48-49）主張：狀態動詞「聰明」「貴」不能帶
「著」，但是在比較句中可以帶「著」，例如：

（34）＊這個車貴著。

（35）＊他聰明著。

（36）這個車比那個車貴著一千塊錢。

（37）他比你聰明著點兒。

Ma（1983：99）在文中說明了：

1.「比」字比較句中「著」的語法功能；

2. 相對的狀態動詞為何能和「著」一起出現的問題。

宋玉柯（1963：230）說明：比較句中「著」的語法功能是
表示比較的程度之增加。[9]

孟琮（1963）認為比較句中「著」是表示狀態持續的連續
貌。[10]

Ma反對孟琮（1963）的看法，Ma（1983：50）認為：這裡
的「著」強調被比較的兩個物件之間差異的程度。而且帶「著」
的比較句常常表達斷言、主張，因此帶「著」的比較句表明說話
者自己的主張，不帶「著」的比較句表達的是對情況的陳述，所

9 引自 Jing-heng Sheng Ma（1983：49）。

10 引自 Jing-heng Sheng Ma（1983：50）。

以「著」不能用於回答真實的疑問（相對於修辭疑問 rhetorical question），例如：

（38）這所屋子比那所屋子貴多少錢？
（39）這所屋子比那所屋子貴兩千塊錢。
（40）這所屋子比那所屋子貴著兩千塊錢。

Ma認為，例（39）可以用於回答例（38），但是例（40）不能用於回答例（38）。

（41）你比弟弟大著好幾歲。
（42）你比弟弟大好幾歲。

例（41）中強調年齡之差的原因，是對大兒子的行為表示驚訝，例如：大兒子和小兒子因為爭玩具打架了，結果小兒子哭了，這時母親會用例（41）的方式說話，例（42）用於回答真實的疑問，或對情況的陳述。

狀態持續應當具備定位性，這樣該情況才能具有合適的真值。「坐著」、「寫著」、「掛著」所表達的狀態持續被視作具有一定的定位性。狀態持續中有無定位性的問題很重要，因為在實際語言生活中，狀態持續是缺乏動態性的，沒有確定該狀態存在的地點，在實際語境中就不能認識該情況的發生。因此「坐著」、「寫著」、「掛著」表達的狀態持續一定需要該情況存在的地點。而「大」、「好」等形容詞表達的狀態，和上面提到的動作結果產生的狀態持續有所區別，即「大」、「好」本身包括定位性，該狀

態的主體就是表示定位性出現的地點。因此，只要提供狀態持續
的範圍，該情況就可以被視作具有合適的真值。換句話說，只要
確定「大著」「好著」所表達的狀態的持續範圍（如例（40）的
「兩千塊錢」；例（41）的「好幾歲」），該情況就可以被視作具
有合適的真值。

## 5.4.2. 命令句中「著」的語法功能

趙（1968：249）提出「著」用在命令句的例子：「拿著！」
「記著！」「等著！」「坐著！」「戴著帽子！」「慢著！」「慢慢
著！」「慢著點兒！」

Lin（1979：111-3）說明命令句中「著」的語法功能時認
為：添加「著」的動作，意味著在一定的期間中留在那兒，如此
的持續和狀態是用「著」表達的。

Ma（1983：57-62）把命令句中的「著」解釋為狀態命令標
識（static imperative marker），Ma的看法如下：

|  |  |
|---|---|
| A組（1）拿著！ | B組（1）＊跑著！ |
| 　　（2）記著！ | 　　（2）＊過來著！ |
| 　　（3）等著！ | 　　（3）＊想著！ |
| 　　（4）坐著！ | 　　（4）＊快著！ |
| 　　（5）戴著帽子！ | 　　（5）＊吃飯著！ |
| 　　（6）慢著點點兒！ |  |
| C組（1）聽！ | D組（1）聽著！ |
| 　　（2）坐！ | 　　（2）坐著！ |
| 　　（3）穿衣服！ | 　　（3）穿著衣服！ |

　　Ma認為A組類型的動詞帶「著」成為命令句的原因，是由A組動詞的語義引起的。A組動詞在本質上是狀態性（static in nature）的，B組類型本質上是動作性的，因此例子都是病句。C組類型是單純命令句，命令未來動作的起始，D組類型命令留在已到達的狀態。

　　我們對上面例子的解釋和Ma有所不同，「著」命令句中的焦點是命令情況的連續。在命令句中，命令情況的連續，一般來說除幾種行為動詞之外，只能命令狀態持續。動作的進行是無法命令的，只能命令動作的起始或終結。因為在實際語言生活中，在我們發出某一動作指令前，動作一般存在於兩種狀態中：一是動作尚未開始，發出指令後，動作隨之開始，因此這時命令的是動作的起始；一是動作已經做出，為了維持動作所產生的結果而發出的指令，這時命令的是動作的終結，對聽話者命令動作的進行是無法實現的。假如「跑著！」能成句的話，聽話者要遂行這一動作時，會發現持續這一動作的進行是不可能的，因此這種不可能實現的命令在漢語中不存在。說話者命令聽話者時，該命令如果和動作相關的話，只能命令動作的起始。命令情況的連續，只有狀態的持續或行為的連續，而沒有動作的進行（這裡所說的「動作的進行」和「動作的起始」不同）。

　　命令句中，動詞後面要出現「著」的話，該動詞一定要具有〔＋狀態〕的性質，動詞就定位性來講，有兩種：〔＋定位〕和〔－定位〕。說話者給聽話者發出狀態持續的命令時，該狀態一定是〔＋定位〕，缺乏定位性的狀態持續的命令，在實際語言交際中不能確認是否持續，聽話者也無法執行說話者的命令，因而狀態持續的命令只適用於狀態持續出現的地點確定的動詞。所謂

的定位性，應是可以看到的具體的地點，不能是非可視的地點。
在實際語言交際中，定位性意義所在的地點是人的精神時，如心
理狀態動詞表達的就是〔－定位〕。表達人們的反應時，具有
〔＋定位〕的動詞表達的資訊較單純，是可視的行為動詞。但是
像「愛」、「想」等心理狀態動詞，在人們的意識中非常複雜而籠
統，不容易究明該詞的內涵，難以確定情況的所在，因而不能命
令這種情況的持續。行為動詞「記」、「聽」所表達的情況是可以
看到的行為，因此在命令句中可以以「著」命令列為的連續，這
種行為動詞和動作動詞不同。在實際語言交際中，這種行為的連
續和動作的連續有所不同。持續這種行為時，只要有執行的意志
就能達到行為的持續，而動作動詞則不同，在執行某一動作時，
除了執行的意志之外，還需要物理動作，因此執行時自然會有限
制，所以不能命令動作的進行，只能命令動作的起始。

　　總之，「V著」中，「著」在情況內部時點中把情況內部結構
全體解釋為連續，這種形式在陳述句中被看作不合法的句子，但
在命令句中可以成句。在指示時點中，「V著！」表達命令狀態
的持續或行為的連續，不能命令動作的進行或心理狀態的連續。

## 5.4.3.　「著呢」的語法功能

### 5.4.3.1.　諸家對「著呢」的看法

　　關於「著呢」的語法功能，趙（1968：797）提出以下意見：

　1.「著呢」是複合助詞（compound particles）。

2.「著呢」是連續的助詞（successive particles）。連續助
詞中的「著」，是進行貌標識，是和「呢」屬於不同範
疇的別體，複合助詞「著呢」是表示強調（intensity）
的同一個體。

　　Ma（1983：71-80）把複合助詞「著呢」記為「zhene」；把
連續的助詞「著呢」記為「zhe ne」。Ma認為，這兩種語法功能
和語境以及前面的動詞意義特徵相關，而且不受「zhe」和「ne」
形式上隔開或結合與否的影響。「zhe ne」、「zhene」兩個形態中，
「著」和「呢」本質上意義之間沒有差別，只受語境和前面動詞
意義的影響，產生不同的語法功能。Ma指出這兩種「著呢」的
共通點：1.全部以輕聲來讀；2.「zhe ne」和「zhene」的「ne」
都出現在句末；3.表達的意義中都有反意的（adversative）或論
駁（refutation）的意思。「zhe ne」在動詞後面強調：指示時點中
的動作進行用於表達矛盾和論駁。這時，「zhe」是連續動貌標
識，「ne」是對先設假定表示論駁的語氣。「zhene」在狀態動詞
後面，用於對別人的見解表達反對的看法，因此「zhene」不能
用在疑問句和要求同意的句子中，例如：

（43）＊他是不是聰明著呢？
（44）＊他有沒有錢著呢？
（45）王小姐很漂亮。
（46）對了，王小姐漂亮極了。
（47）＊對了，王小姐漂亮著呢。

Ma認為：「zhe ne」能出現在帶賓語的動詞後面，Ma提出了如下
例子：

（48）他看著書呢。

（49）書，他看著呢。

Ma又認為：狀態動詞後面的「著呢」也能隔開，例如：

（50）他比你聰明著點兒。

（51）他比你聰明著好幾倍呢。

因此，Ma把「著呢」的兩種語法功能看作同一的，只是「著呢」
出現的語境和動詞語義特徵的不同而產生了不同的意義。

### 5.4.3.2. 「著呢」的語法功能

關於「著呢」的語法功能，我們的看法和Ma相同。但是說
明「zhene」的語法功能時，Ma忽視了「著」和「呢」的連續意
義，把「zhene」只解釋為矛盾標識（contradiction marker）。下
面討論「V＋著＋（N）＋呢」結構中「著」和「呢」的語法功
能，並討論如上的「著呢」和表示情況連續的「著」或「呢」是
否同一。

1. 在「V＋著＋（N）＋呢」結構中，假如V是非及物動
   作動詞，或是賓語省略的及物動詞時，就成為「V＋著
   ＋呢」結構，例如：

（52）他跑著呢。

（53）他們吃著呢。

「V」是帶賓語的及物性動詞時，成為「V＋著＋N＋呢」結構，例如：

（54）他們吃著飯呢。

（55）他們讀著書呢。

上面兩種形式中，「V」是動作動詞時，其後的「著呢」是表達動作進行的「著」和「呢」同時出現的形態。這裡的「著」把情況內部結構全體解釋為連續，「呢」表達該情況在指示時點上具有合適的真值，同時也表達反意或論駁。

2. 「V＋著＋（N）＋呢」結構中，V是狀態動詞時，構成「V＋著＋呢」結構，例如：

（56）中國人口多著呢。

（57）他身體好著呢。

下面分析「狀態動詞＋著＋呢」結構中的「著」和「呢」。給「多」「好」等狀態動詞添加「著」的話，「著」能把情況內部結構全體解釋為連續，而「呢」能表達該情況在指示時點上具有合適的真值，同時也表達反意或論駁的語勢，因此，像「多著呢」「好著呢」等的句子都能成句。

從以上的分析可知，「著呢」只依照結構上的需要一起出現，但「著」「呢」的語法功能和隔開時的作用相同。

## 5.5. 小結——「著」的出現頻率和音節

本節以劉寧生（1985：125-127）的調查作為本章的補充。劉寧生（1985：125-127）從「著」的出現頻率探討「著」的語用特徵，劉氏使用的語料包括：巴金《春》1-40頁；茅盾《子夜》1-40頁；丁玲《太陽照在桑乾河上》1-40頁；《浩然短篇小說選》1-40頁；魯迅小說七篇《狂人日記》、《孔乙己》、《藥》、《一件小事》、《故鄉》、《阿Q正傳》、《祝福》；曹禺《雷雨》；老舍《駱駝祥子》；趙樹理《三理灣》，上面語料中「著」字共出現3587次。其中，「著」在雙音節動詞後共出現335次，佔「著」字總數的8.47%；「著」在單音節動詞後共出現3252次，佔「著」字總數的91.53%。因此劉（1985）認為，「著」主要出現在單音節動詞後擔任動貌功能之外，還起到補音作用。

我們引用劉（1985：126-127）的一段話作為本章的小結。

現代漢語中表示動作進行的形式不止一種。通常認為「（正）在」「著」「呢」都可以表示動作進行，也可以配合使用。那麼三者的主要差別是什麼？與其從語法意義中去找，不如從功用上去找。「呢」只用於對話：一方告訴另一方一個正在發生的事件。如，他吃飯呢；小明做功課呢；庵長會客呢。呂叔湘先生指出（1982：8）：「『呢』字之表確認，有指示而兼鋪張的語氣，多用於當前和將然的

事實，有『若，你看！』『我告訴你，信我的話』的神氣」。因此，在非對話的場合，比如場景描寫，就不能用「呢」。查《雷雨》《日出》《北京人》，場景描寫中沒有一例用「呢」表示進行，包括與「（正）在」「著」配合使用的例子。這種用法常見於口語而少見於書面語，老舍作品中也用的不多。書面語常常加「著」，如：他吃著飯呢；小明做著功課呢；庵長會著客呢。單用「呢」表示進行，有一定的地方性，不是所有官話區都這樣。而值得注意的是，北京人口語對話中通常用「V」而不用「V著呢」。「著」的作用主要在於「描寫」，這一點前面已經談到。「著」與「呢」的區別是明顯的，此外，加「呢」肯定能成句，加「著」有時則不能成句，似乎句子未完。「（正）在」則具有「著」、「呢」兩種功能。既可以用於對話，告訴別人一個正在發生的事件：「小明在幹嘛？」──「小明（正）在吃飯。」也可以用於描寫：「小明（正）在吃飯，妹妹（正）在玩洋娃娃，爸爸在燈下學文化。」這裡要注意的一點是：「著」不能出現在「述語＋補語」後面。[11]

這點是和「了1」的不同的，原因是「著」的語法功能是把情況內部結構全體解釋為連續性的。因此由「述語」所表達的情況被補語解釋為述語處於某種樣態的話，不能再被「著」解釋為連續性。例如：*他看見著那本書，例子中由於述語所表達的情況已

---

11 參照劉寧生（1985：118）。

經有「見」解釋為在情況的終結時點上，所以「著」不能附加在補語後面。這點說明不像「了1」一樣，「著」解釋情況的範圍只局限於述語所表達的情況本身的內部結構全體，並不包括補語。

# 6. 否定與動貌之關係

## 6.1. 動作否定和狀態否定的不同

### 6.1.1. Teng認為「把字句」中的「了2」是動貌標識

Teng（1973）認為「把字句」中的句末「了2」是動貌標識，他舉例說明如下：

（1）他還沒有把他的車賣了。

Teng認為例（1）中的「了2」是動貌標識，但是，我們認為這裡的「了2」不是動貌標識根據是：

1. 我們否定整體化的情況時，最簡單的方法是否定該情況的存在，而不需要否定被整體化的情況全體，這是否定的一種形式。假如否定效果相同的話，最好是用最經濟的形式。動貌標識「了1」的作用在於：在情況內部時點（事件時間）上，將情況內部結構（事件本身）全體解釋為整體。否定帶「了1」的句子時，否定該情況的發生就可以達到否定的目的，因此句子被否定時，「了1」一定要刪除，這個原則我們覺得是理所當然的。

2. 就邏輯的觀點而言，所有漢語語法現象中，表動貌的「了1」被否定時，一定都會被刪除。那麼Teng要說明由「沒

有」否定的句子中「了2」表示動貌，就需要提出「了2」是表動貌的原因，否則就不符合漢語語法現象中大家公認的原則。但是Teng沒有說明該「了2」被認作動貌標識的原因，我們認為，例（1）的「了2」不是動貌標識。

## 6.1.2. 動作否定和狀態否定

帶動貌標識「了1」的情況被「沒有」否定時，「了1」一定要被刪除。我們在前文解釋過，「著」用在動詞之後，根據動詞性質的不同，即可以表示動作進行，也可以表示狀態持續。帶動貌標識「著」的情況被「沒有」否定時，表示動作進行的「著」也要被刪除，但是表狀態持續的「著」不能被刪除。以下舉例說明：

（2-1）我讀了一本書。
（2-2）我沒有讀一本書。
（2-3）＊我沒有讀了一本書。
（3-1）他打著電話呢。
（3-2）他沒有打電話。
（3-3）＊他沒有打著電話（呢）。

對於已被否定存在的情況，去解釋它的內部結構如何，是沒有意義的，所以一般的語言交際中看不到。因而例（2-3）（3-3）不能成句。

（4-1）他在手術。

（4-2）他不在手術。

（4-3）他沒在手術。

「在」被「沒有」或「不」否定時，都不刪除。

（5-1）他讀完一本書了。

（5-2）他沒有讀完一本書。

（6-1）他吃過中國菜。

（6-2）他沒有吃過中國菜。

「完」「過」被「沒有」否定時，也不能刪除，表示連續動貌的「著」被否定時，「著」出現在動詞類型（Ⅰ）後面，不被刪除。「著」出現在（Ⅱ-②）後面，有時不被刪除，有時可以刪除。

（7-1）他坐著呢。

（7-2）牆上掛著畫。

（7-3）黑板上寫著字。

例（7-1）（7-2）（7-3）中「著」被刪除時，都會成病句。那是因為「V＋著」可以表達狀態持續，是由動詞語義特徵、句法環境和「著」的結合而產生的。換句話說，「坐」一定要帶「著」才能表示狀態持續，「掛」、「寫」帶「著」才能表示狀態持續和動作進行，根據它們出現的句法環境可以辨別它們的語法功能。例

（7-2）（7-3）的句法環境可以表示狀態持續，因此上面例子中刪除「著」時，例（7-2）（7-3）就會成為不合法的句子。用「沒有」來否定例（7-1）至（7-3）時，句子轉變為如下的形式：

（7-4）他沒有坐著。

（7-5）牆上沒有掛著畫。

（7-6）黑板上沒有寫著字。

從例（7-1）至（7-6）的情形可知，表示狀態持續的「V＋著」被「沒有」否定時，「著」不被刪除的原因，可能是由於狀態持續的結構特點而產生的。我們否定整體化的情況時，只否定情況發生的存在，就可以達到否定效果。一個帶有連續性質的情況，在指示時點中，該連續性被看作動作進行的話，我們只用「沒有」否定那個動作發生的存在，即刪除「著」，就可以達到目的。但是該連續性被看作狀態持續時，情形就不同了，我們不能只否定那個動作發生的存在，而應該否定整個狀態持續，才能達到目的。

對於動作進行過程，該過程在每個時點上都需要維持「進行」的「動作」。因此在某個時點上，除去那個「動作」，「進行」便不存在了。而對於狀態持續過程，「狀態持續」一旦開始，就不需要維持「持續」的狀態，除去某個時點上的狀態後，該狀態以前既存的「持續」仍然存在。

Hirtle（1967：26）認為動作和狀態的結構不同，如下所示：

動作：I＝i1＋i2＋i3＋……＋in
狀態：I＝i1＝i2＝i3＝……＝in

（I）表示整體，（i1）表示第一個時點上（i）的存在。

從上面的說明可知，否定狀態持續時，應該應當否定「狀態持續」本身的存在。例（7-4）至（7-6）是在否定整個「狀態持續」的存在，而不是否定「狀態」本身。Li & Thompson（1983：329-330）舉例：

（8-1）牆上掛著一幅畫。
（8-2）牆上沒有掛畫。

他們說，「著」表示行為的狀態持續時，否定狀態最簡單的方法就是否定其存在性，也就是用「沒」字來否定存在動詞「有」。我們認為例（8-2）也許對例（8-1）最簡易的否定方式，但不是最合適的否定方式。例（8-1）最恰當的否定對當是例（7-5）（即，牆上沒有掛著畫），而不是例（8-2）。例（8-2）中「掛」不再是表示狀態，而是表示動作，因此我們認為，例（8-2）是表示「動作進行」情況的對當否定，而不是表示「狀態持續」的正確的對當否定。

## 6.2. 否定完成式的歷史演變

### 6.2.1. 宋代《張協狀元》戲文中否定完成式的情形

　　否定和完成式一起出現，指的是「不＋述＋了＋賓或補」的
情形，宋以前幾乎沒有看到，到了宋朝，才漸漸出現，例如：

　　　　（9）這一對不虧了口。（63）

　　　　（10）不虧了口。（84）

　　　　（11）莫非不第了羞歸鄉里。（147）

　　　　（12）莫管我的女孩兒，為你爭些不見了性命。（153）

「不虧了口」「不第了羞歸鄉里」和「不見了性命」，都是「否定
詞｜述｜了＋賓」的結構。我們認為，例（9）至（12）中的
「了」表示終結義。「了」當時雖有虛化的痕跡，但是我們仍然
把它放在終結義的範疇之中。如果這裡的「了」字語義是終結義
的話，那麼述語前面的否定詞「不」的語義，就值得討論了。因
為現代漢語中，我們否定「述＋了＋賓」時，用的是「沒有＋述
＋賓」，而不是「沒有＋述＋了＋賓」，此時「了」字不能出現。
然而《張協狀元》時代和現代的狀況不同，《張協狀元》時代，
否定完成式的方式，是對情況（或事件）「終結」的否定；現代
漢語中，否定完成式的方式，是否定情況的發生，是把事件當作
一件根本未曾發生的事件。《張協狀元》時代，否定完成式時，
用「否定詞＋述＋了＋賓」的原因，是由於此時的「了」在句子
中充當結果補語的功能，對述語提供終結意義。此時的「了」還

帶著較強的動詞性，而且可以把「虧了」「第了」和「見了」等「述＋了」形式看作複合動詞。因而否定完成式的形式，是對「終結」的否定。這種否定方式，隨著「了」字的語義弱化而發生了變化。

## 6.2.2. 金代董解元《西廂記》中否定完成式的情形

大致上和《張協狀元》戲文的情形一致，例文如下：

（13）只被你兀的不引了人意馬心猿。（8）

（14）不枉了十年窗下無人間。（48）

（15）兀的不送了他三百僧人。（48）

（16）卻不辱沒了俺家譜。（49）

## 6.2.3. 元代《小孫屠》戲文中否定完成式的方式

和《張協狀元》時代一樣。用加「不」字來否定完成式。例如：

（17）不枉了真心真誠意。（286）

元雜劇中的否定完成式情形如下：

（18）我不與了大姐一分飯來。（66）

（19）不枉了一世做郎君。（69）

（20）可不羞訖了四時節令。（141）

（21）兀的不慌殺了海王龍王。（142）

（22）我又不曾搬了你家墳墓。（223）

（23）我又不曾殺了你家眷屬。（223）

（24）不曾壞了一個。（223）

（25）兀的不傾了人性命。（380）

（26）這般叫，可不折了你。（390）

（27）我不曾受用了一些。（415）

（28）兀的不眯了老天的眼也。（419）．

（29）我也不壞了他的。（437）

（30）你久已後不可忘了我的思念。（490）

（31）那李秀才不離了花街柳陌。（498）

（32）兀的不送了我也這條老命。（519）


例（18）-（32）都是「否定詞＋述＋了＋賓」結構，此時的「了」還帶著動詞性，所以否定完成式的方式，是以添加「不」字來造成相反的情況。例（22）-（24）、（27）是「否定詞＋表示過去時間的副詞或助動詞＋述＋了＋賓」結構。

## 6.2.4. 現代漢語和北京方言中否定完成式的情形

我們曾對老舍作品中的「老妞沒有懷了孕」（《駱駝祥子》）、「他丟了官與錢財，但是還沒有丟失了自信與希望」（《偷生》）等句子產生疑問。因為這些「沒（有）＋述＋了＋賓」的結構，在現代漢語中很難看到，漢語中都是「沒（有）＋述＋賓」，現

在我們也許可以說明這些結構「沒（有）＋述＋了＋賓」的形成原因及其過程了。

這種「沒（有）＋述＋了＋賓」結構，和宋、金、元代戲曲中否定完成式的方式一樣，都是對情況終結的否定，並不像現代漢語那樣，否定情況的發生。宋、金、元戲曲中，否定完成式時用「不＋述＋了＋賓」，這種「否定詞＋述＋了＋賓」的句法結構，在北京方言中一直到20世紀還沒有改變。這階段中，結構上雖然沒有變化，但是詞彙上有替代的現象，否定詞「不」已變為「沒（有）」。

太田辰夫（1957：58）認為：「沒」和「沒有」是明代以後開始使用的。[1]明代以前，否定完成式的否定詞都是「不」，而不是「沒」「沒有」，到了《紅樓夢》以後，已經有了「沒（有）＋述＋了＋賓」形式，例如：


（33）他沒折了手，叫他自己般去。（第三十一回，355）
（34）兩個人好玩笑，這可見還沒改了淘氣。（356）


但是，《紅樓夢》中，否定完成式的普遍方式，還是「沒＋述＋賓」形式。

老舍作品中「沒＋述＋了＋賓」的例子出現得也不少：


（35）一回也沒成了事實。（《二馬》，19）
（36）這沒回答了我的問題。（《二馬》，133）

---

1　太田辰夫（1957:58）說：「沒」、「沒有」ともに元代では動詞を否定することはなく，明代以後に動詞を否定するようになった。

（37）他還是愛瑪力，沒忘了她。（《二馬》，249）

（38）二妹妹雖是著急，可是沒忘了北京的土話。（《離婚》，18）

（39）好像他心中始終沒忘了這句。（《離婚》，130）

（40）可是心裡並每忘了他。（《離婚》，200）

（41）自然我也沒饒了她。（《離婚》，261）

（42）在家沒住了幾天，我又到外邊去了兩個月。（《柳屯的》，68）

（43）始終你沒忘了我。（《微神》，106）

（44）他們還似乎沒有苦到了家。（《駱駝祥子》，2）

（45）看祥子仍然拉車，並每改了行當。（《駱駝祥子》，50）

（46）他的心中也沒忘了這件事。（《駱駝祥子》，70）

（47）還沒忘了在鄉間的習慣。（《駱駝祥子》，100）

（48）病並沒有除了根。（《駱駝祥子》，263）

（49）大姐還沒梳好了頭，過去請安。（《正紅旗下》，12）

（50）他可是沒有忽略了神佛。（《正紅旗下》，57）

（51）他既然來了，就一定沒挑了眼。（《正紅旗下》，68）

如上的用法，在北京口語裡很常見，但在普通話中，述語前的「沒（有）」和述語後的「了＋賓（或補）」不能共存，是現代漢語語法的常識。我們通過重新整理宋、金和元以來的否定完成式，得出以下結論：現代漢語中，否定完成式有兩大類型：一為漢語中的「沒＋述＋賓」形式，另外一種為「沒＋述＋了＋賓」

形式，後者來源於宋金元時期的「不（曾）＋述＋了＋賓」。

毛敬修（1985：78-86）認為：北京話「V（C）了」的「了」主要有兩個，「了1」是時態（aspect）語氣助詞，「了2」是動詞「了」的輕讀形式，作補語。補語「了2」與結果、趨向補語相對當。毛氏拿如上的看法解釋北京話中「沒＋述＋了＋賓或補」結構，他認為：

這是北京口語裡常見的說法⋯⋯結果、趨向補語不因「沒」在動詞前的出現而消失，補語「了2」在北京話裡也具有這一性質，例如：

（52）肉切得好不好的，總算切出來了，沒耽誤了事。

（53）他還沒打好了主意。⋯⋯

可見北京話的「沒V（C）了2」沒有違背現代漢語的一般語法規則。

「沒有V（C）了2」的「了2」與結果、趨向補語的對當關係當然也相應地存在著。⋯⋯「沒V了2」可能是部分否定，也可能是全部否定，而「沒V」只能是全部否定，這種差別在下面一組句子裡可以看得很清楚。

（54）排隊擠了半天也沒買了菜。

（55）就在百貨商場轉了轉，沒買菜。

（54）是說雖然想買，但沒買上，例（55）是說根本沒去買。⋯⋯全部否定的，普通話一般使用「沒V」，可是北京話卻

可以（並非一定）用「沒V了2」，這是該形式帶有北京方言色彩
的原因之一。

　　從毛氏談到的內容可知，對「述＋補」的否定形式有兩種：
1.全體否定，即是否定情況發生的存在；2.部分否定，即是只否
定「補語」所表達的情況。

# 7. 動貌在北京口語中的情形

## 7.1. 「了」在北京方言中的情形

值得注意的是,「了1」在北京方言裡有兩種讀法,意義也不同。(但有人把「了」都說成le。)馬希文(1982:1)認為:

> 北京話裡輕聲的「了」有兩種讀音:le和lou,二者語法功能不同。lou是動詞「了」(liao)的輕聲形式;lou的功能是在動詞後頭作補語。

他(1982:1)舉例說明如下:

(1) 母親(對兒子):小華,應該吃完一碗飯再吃另一碗。看你,吃了1兩碗飯,哪一碗也沒吃了2。

這個例子中的「了1」不能改讀「了2」。更明顯的例子可舉:

(2) 吃了1兩個菜了1。(兩個菜都吃到了)
(3) 吃了2兩個菜了1。(兩個菜都吃光了)

毛敬修(1985:78-86)也有和馬氏(1982)類似的看法:

北京話「V（C）了」的「了」主要有兩個，了1是時態語氣助詞，了2是動詞「了」的輕讀形式，作補語。補語了2與結果、趨向補語相對當。了2出現在句中，也出現在句尾，了1只出現在句尾。

毛氏拿如上的看法解釋北京話中「沒＋述＋了＋賓或補」結構，他認為：

動詞的前後，「沒」和了1不能共存，這是現代漢語語法的常識問題，下面這些句子是否符合這一規律呢？

（4）在家沒住了幾天，我又到外邊去了兩個月。
（5）這樣發洩一陣，他覺得痛快了一些，沒有發了財，
　　　可是發了威……

這是北京口語裡常見的說法……結果、趨向補語不因「沒」在動詞前的出現而消失，補語了2在北京話裡也具有這一性質，例如：

（6）肉切得好不好的，總算切出來了，沒耽誤了事。
（7）他還沒打好了主意。……

可見北京話的「沒V（C）了2」沒有違背現代漢語的一般語法規則，「沒有V（C）了2」的了2與結果、趨向補語的對當關係當然也相應地存在著……。「沒V了2」可能是部分否定，也可能是全

部否定，而「沒V」只能是全部否定。

　　馬、毛二人的補語「了」，和我們現在討論的問題有些距離，但我們認為，北京方言中由於表示終結的「了」也可以用作補語，有時會影響我們對「了」的分析，引起混亂。

## 7.2. 「著」在北京方言中的情形

　　讀成輕聲的助詞「著」，附加在動詞或形容詞後面表示連續貌，木村英樹（1983）把這種「著」解釋為補語性的和尾碼性的。馬希文（（1987：18）說：

> 其實，北京方言裡作為補語的「著」是zhao（輕聲zhao，往往弱化成[tʂəu]），作為尾碼的「著」是zhe（甚至弱化成[tʂ]），它們是不同形的，很容易區別。例如：
>
> （8-1）錢我拿著（zhe）呢。
> （8-2）錢我拿著（zhao）了。

這兩個句子是口語，大概沒有人（指說北方方言的人）會弄錯。可是書面語有許多句式跟口語距離比較遠，如果「著」出現在這類句式裡，就會發生麻煩。例如：

　　（9）一場熱烈的討論正在進行著。

這個句子裡的「著」怎麼念的都有，甚至有人念成zhuo。書面語的這類句子不但帶來了讀音上的麻煩，還帶來了句法上的麻煩。

馬（1987）認為：

> 這種表達方式與口語距離很大。不但北京方言，其他漢語
> 方言（至少大多數已知的方言）中都沒有這種表達方式。
> 其實，北京方言中，表示動作正在進行的主要手段是句末
> 助詞「呢」，例如：我們幹活兒呢。

但馬氏說：

> 最終的結論很可能是：北京方言（以及多別的方言）裡根
> 本沒有「進行態」這種東西。「著」「呢」「正」「在」「正
> 在」各有自己的意義。只是在一定的語境裡，要說明某個
> 「進行」中的動作時，可以利用這些詞當中的一個或若干
> 個來表示。

對於北京方言裡「著」不是「進行態」標識的根據，馬氏（1987）
只有兩條說明：

第一，馬氏認為，「一場熱烈的討論正在進行著」中去掉
「著」，變成「一場熱烈的討論正在進行」後，意義仍然不變。
但是我們認為，決定「著」是否是連續貌的關鍵，不是指示時點
上有無表示進行或持續的語義，雖然上面兩例的意義的確類似，
但很不相同。

第二，馬氏認為：「我們正在前進著」中沒有「著」，卻表示
「進行」，「我們正在前進」中加上了「著」，反而不能說。可見
說這種句式裡的「著」是「進行態」的尾碼是有問題的。但是我

們認為，不能因為第二句子不成句而證明「著」不是連續貌，因為第二句的環境不是「著」能出現的。「前進」表達的語義和「著」的語法功能不相和協，呂叔湘（1987：594）列舉過以下例子：

（10-1）他正開著門呢。
（10-2）門開著呢。
（11-1）他正穿著衣服呢。
（11-2）他穿著一身新衣服呢。

認為每一條的第一個句子都表示動作正在進行，第二個句子表示狀態的持續。但是馬氏（1987：19）不同意呂氏的看法，認為這至少不符合北京方言的實際情況。他說：

如果要談論「進行」和「狀態的持續」，那麼，實際情況應該是這樣：

（12-1）他開門呢。
（12-2）他正開門呢。
（13-1）他開著門呢。
（13-2）他正開著門呢。

例（12）表示動作正在進行，例（13）表示狀態的持續。這就很容易明白：「正」和「呢」都不能用來區別「進行」與否；表示進行的動詞不帶「著」，表示狀態的動詞才帶「著」，這是北京方

言跟書面語句法上的重大差別。必須說明，「他（正）開著門呢」這樣的句子還有一個值得注意的地方，就是這句話並沒有說「門」是「他」開的（極而言之，這個「門」可能自存在之日起就從來沒有「關」過，也從來沒有「開」過），因此，「他」不是「開」的施事主語。總之，這個句子並未說出「他」跟某個「開」的動作發生過什麼及物關係。不如說這個句子的謂語是主語在後的主謂結構，其中「門」是主語，「開著」是謂語；而「他」與「開著門」的關係不是及物關係，而是更高一層的語義關係，這樣便於解釋「汽車開著門呢」這樣的句子。與英語比較，「他開著門呢」決不是「He is opening the door.」，而是近乎「He has the/his door opened.」。

馬氏認為口語和書面語的情形不同，書面語中可以用「著」來表示動作進行，但是在北京口語中沒有這種用法。對上面分析，我們的看法如下：

第一，首先討論馬氏把物件解釋為貌相的問題。我們認為動貌標識「著」和「進行」或「持續」之間的問題並不是關鍵性的問題，「著」表達的是情況內部全體（事件本身）的連續性，而「著」所表達的動作進行和狀態持續是由語境決定的，和「著」本身無關。

第二，我們也認為，「正」和「呢」都不能用來區別「進行」與否，帶「正」或「呢」的句子所表達的動作進行和狀態持續，是由實際語言交際中的語境決定的，和「正」「呢」本身無關。屬於動詞類型（II）的動詞（如「掛」「寫」「開」「關」等動作到達終結點以後產生狀態的動詞）帶「著」時，「呢」「正」「著」本身不能決定該情況是否進行，進行或持續的問題只靠該

詞出現的語境決定。

第三，因此我們不能確定「他（正）開著門呢」中，「著」表達的是否是動作進行。看完該句出現的語境以後才能確定，即有兩種可能性，

一是：

他（正）<u>開著</u>　門。
　　　　述語　施事（當事）

這種語境中的「著」表達狀態持續。

二是：

他　（正）　<u>開著</u>　門。
主語　　　　述語　賓語

這種語境中的「著」表達動作進行，產生這兩種歧義的原因是，有時「他」和「開」之間有主謂關係，有時「他」和「開」之間沒有主謂關係。因此，「汽車開著門」只有一種解釋：

汽車　<u>開著</u>　門。
　　　述語　施事（當事）

第四，馬氏認為：表示進行的動詞不帶「著」，表示狀態的動詞才帶「著」，這是北京方言跟書面語句法上的重大差別。書面語常常加「著」，如：「他吃著飯呢」，「小明做著功課呢」，「局

長會著客呢」。我們也認為如此，即：「他打著電話呢」這句書面
性較強。(在口語裡常用的說法是：「他在打電話」等等) 該句中
用「呢」的主要原因是，「呢」能把情況在指示時點上解釋為連
續，因而「呢」能成句，加「著」有時則不能成句，似乎句子未
完，即「著」本身在指示時點中不能將情況解釋為連續。

　　北京人口語對話中通常用「Ｖ呢」，而不用「Ｖ著呢」，書面
語中才有「Ｖ著呢」句式，從這裡我們可以窺見使用「著」的一
個原因。

　　　　Ａ組他們開會呢。
　　　　媽媽看信呢。
　　　　孩子們上課呢。
　　　　外邊下雪呢。
　　　　我吃飯呢。
　　　　Ｂ組他們開著會呢。
　　　　媽媽看著信呢。
　　　　孩子們上著課呢。
　　　　外邊下雪著呢。
　　　　我吃著飯呢。

馬氏 (1987：19) 說：

　　　　首先，很容易看出來，不管怎樣解釋上邊這兩組例句的差
　　　　別，也不應該說由於有了「著」而使Ｂ組裡的句子有了
　　　　「進行」的意義。恰好相反，表示動作進行通常都用Ａ組

裡的句子。其次，B組裡的句子通常用於這樣的語境，即說明主語所指明的事物正處於某一狀態之中。這往往可以從句子裡隱含著預設或暗示看出來。例如：

（14）媽媽正看著信呢。（別去叫她）。

（15）局長正開著會呢。（不是不願見你）。

我們認為，第一，從A、B的比較分析可以知道，「不應該說由於有了『著』而使B組裡的句子有了『進行』的意義」，但是也不能拿這種現象來否定「著」和進行意義存在著聯繫。對於這點，只能說，B組中的進行意義不只是由「著」表達的。而且和「著」聯繫的語法功能，不只是「動作進行」或「狀態持續」，「著」本身所表達的是整個情況內部結構的連續性。因此我們認為，拿A組中所表達的進行意義不能判斷「著」不是表達進行義的。漢語中表達進行義的方式可分為兩種：一是用動貌標識「著」來表達，一是用貌相表達。

第二，B組裡的句子裡隱含著預設或暗示。我們認為並不是有了「著」才產生的，這種預設可能是「著」和「呢」共同的語法功能，否則無法解釋為何下面例中沒有這種隱含意義。

（16）媽媽正在看著信。

（17）局長正在開著會。

「著」具有把情況內部結構全體解釋為連續的基本語法功能，而在實際語境中的指示時點上功能則很複雜的功能。我們在這裡無

法提出「著」在語用上的所有功能，只能提出較明顯的一兩個而已。即「著」語用上的功能主要是：表達複合述語（如「V1著（NP）V2（NP）」結構中「著」的語法功能，和「呢」結合時，表現反駁、論駁的預設意義，描寫情況的連續性，例如：

（18）這盞燈很亮。
（19）門口亮著一盞燈。

「這盞燈很亮」，有時用於描寫情況——即，用於回答那盞燈怎樣；有時於判斷情況——即，用於回答那盞燈亮不亮。但是「門口亮著一盞燈」，只能用於回答描寫情況——即，用於回答門口的情形如何等的疑問，而不能用於回答判斷情況——即，不能用於回答「門口一盞燈亮不亮」等的疑問。

總之，這裡要闡明的是，普通話和方言中「了1」和「著」分別把情況內部結構全體解釋為整體和連續，這種整體和連續的意義屬於動貌範疇，因而「了1」和「著」本身在指示時點中不能說明該情況具有合適的真值。換句話說，就對當前情況的描寫而言，「了1」和「著」本身在指示時點上，對當前情況不能提供該情況發生、發展或終結等的資訊。但是，屬於貌相範疇的「在」、「完」、「過」、「下去」和「起來」等詞彙在指示時點上可以表達該情況具有合適的真值。

# 8. 動貌助詞「了」的歷史演變[1]

## 8.1. 「了」用作主要述語的時代及意義

王褒的《僮約》及《甘泉宮頌》的動詞「了」有兩種意思：「明白、瞭解、了悟」義和「終了、了結」義。以下把「明白、瞭解、了悟」義的「了」字稱為甲類，「終了、了結」的「了」字稱為乙類。

（1）奴當從百役使，不得有二言，晨起早掃，食了洗滌。《僮約》

（2）意能了之者誰？《甘泉宮頌》

例（1）中的「食了洗滌」意思是「吃飯這些結束以後，再作洗滌的工作」。因此例（1）中的「了」是表達「終了、了結」義的動詞。有些人把「食」看作充當述語用的動詞，這恐怕是不對的。因為根據我們的研究，「了」用作結果補語是從南北朝才開始的，因此我們認為這裡的「了」字是在句子中擔任主要述語的動詞。例（2）的意思是「誰能夠瞭解那個意義」，此處「了」是表達「瞭解、明白」義的動詞。

---

1　參照張（1986）。

東漢《大藏經》中「了」字的使用狀況：

| 甲類 | 乙類 |
|---|---|
| 「曉了」「解了」「了」151次 | 「了」2次 |
| 「了了」19次 | |

此外，還有「了＋不＋動詞」或「了＋無＋名詞」的例子（以下簡稱為「了＋不＋動詞」），出現了79次，後漢譯經中「了」字總計出現了251次。

乙類的例子如下：

（3）無餘滅藥所作已成，知慧已了。（No.184,P.471,C）[2]

（4）五種此裁，於今始畢。……吾所償對。於此了矣。
（No.196,P.163,C）

例（3）中的「了」「成」互文見義，可見「了」就是「成」的意思。例（4）中的「畢」「了」也是互文見義，「了」就是「畢」的意思。以上兩個「了」是在句中擔任主要述語的動詞，屬於乙類義。

根據以上乙類義「了」字的語義，加上《廣雅・釋詁四》有「了、訖也」的解釋，我想後漢動詞「了」字應當已經有「終了、了結」的意義了。

魏晉時期的吳國譯經中，有乙類義的「了」字用作主要述語的例子，如下：

---

2 楊秀芳教授（1991:12）認為這裡的「了」屬於甲類。

（5）我財物了盡。（No.206,P.513,b）

（6）父母小大供養畢訖，行香澡水，如法皆了，佛為說
　　法。（No.206,P.522,b）

（5）「了盡」很可能是同義複詞，也有可能「了」是表達「完
全」義的副詞，可是在這裡我們看作動詞。例（6）中「畢訖」
與「皆了」也是互文見義，因此「了」字可能是屬於乙類的動
詞。西晉的譯經中也有乙類義的「了」字用作主要述語的例子，
如下：

（7）度世之法不以俗養而可畢了。（No.585,P.25,a）

（8）非以世俗希僥供法而可畢了。（No.585,P.25,a）

（9）名號國土，已經畢了。所住法輪，具無佛國。
　　（No.292,P.618,a）

（10）所作餘罪殃最後當畢了。（No.199,P.197,b）

　　例（7）（8）（9）（10）中的「了」，很可能是表示「終了」
義的動詞。

　　兩漢魏晉時代，「了」字的主要用法，大致可歸類為兩類：
一種表達「明白、瞭解、了悟、明顯」的語義，另外一種表達
「完全、完了、終了、了結」的語義。

　　還有表達「辦妥」義的「了」字用法，我們把這種用法的
「了」看作「完全、完了、終了、了結」義的引申。

　　潘維桂、楊天戈（1980：17）說：

「了」字除了表示「完成」的意思外，有時還表示「妥當」「完善」的意思。如⋯⋯嶠見太子不令，因侍坐曰：「皇太子有淳古之風，而季世多偽，恐不了陛下家事。」（《晉書》1283頁，《和嶠傳》）「陛下家事」指宗廟社稷之事，也就是治理國家之事，「不了陛下家事」顯然不只是說「辦不完」，更重要的是說「辦不好」「辦不妥」。

兩漢魏晉時代的所謂乙類義「了」字（表「終了、了結」義），在句子中的功能是充當主要述語，此時期，乙類義動詞的功能只限於此。到了南北朝，動詞「了」才產生了新的用法，即在句子中充當結果補語。

兩漢魏晉的「了＋不＋動詞」形式中，「了」字語義不容易解釋。《大藏經》所收後漢譯經中「了＋不＋動」形式一共出現79次。這種「了」屬於「明白」義，還是「終了、了結」義，不容易判定，其理由是：

後漢《大藏經》中「了」字一共出現251次，其中屬於甲類義的170次，屬於乙類義的2次，而「了＋不＋動」形式出現79次。我們不明白的是，如果「了＋不＋動」中的「了」是表示「完全」義的副詞，為何表「完成、終了、了結」義的動詞「了」只出現2次？「完全」與「完成」之間語義差別很細微，雖有副詞、動詞的差異，但漢語中一個詞可因在句子中不同的位置而分屬不同詞類。因此某個詞的不同詞類和不同語義的區別，往往只是由它在句子中的位置來決定的。因此當《大藏經》中表完全義的副詞

「了」出現了79次，可是表完成義的動詞「了」竟只有2次時，我們就不能不懷疑後漢譯經中的「了＋不＋動」中的「了」字是否真的表達完全義。因為同一來源的兩種「了」——完全義的副詞「了」及完成義的「了」，不應在出現數目上相差如此懸殊。

若是後漢「了＋不＋動」形式中的「了」字意思是明白義的話，後人為什麼卻又都把它解釋為完全義呢？可見也不宜解作明白義。

我們目前沒有足夠的證據處理這些問題，前漢王褒《僮約》《甘泉宮頌》中的「了」字的例子是孤證，因此不能用那些例子作為判斷的根據，只能用作參考而已。

《大藏經》的後漢譯經中，有些口語成分，我們對「了」字作了統計，並分析它的語義及用法。看來漢代已經有表示完成義的「了」字用法了，同時我們也利用吳、西晉譯經中的「了」字使用情形，來說明「了」字的此種用法（表完成義動詞「了」的繼續性）。

總之，此時期完成義「了」字表達「了結、終了」的意思，且在句子中充作述語。

## 8.2. 「了」用作結果補語的時代與意義

### 8.2.1. 「了」字用作結果補語的時代

表「完了、了決、終了」義的動詞「了」，在句子中本只是充當主要述語，到了南北朝逐漸用作補語，舉例來說：

（11）如是時間天已明了，爾時佛精舍邊迴旋蓮華。
（No.268，P.256，a）

（12）父已死了。（No.202，P.429，a）

No.268是劉宋智嚴翻譯的《佛說廣博嚴淨不退轉輪經》，No.202
是元魏慧覺等翻譯的《賢愚經》。例（11）中「天已明了」所表
達的是由未明時到天空大白的變化的完成。「了」表達的是從
「不太明」的狀態到「明亮」狀態的變化的完成，而不是「明」
的結束。例（12）中「父已死了」所表達的是由未死時到氣絕的
變化的完成，並不是「死」的結束（即不是再復活）。

　　我們可以把這種「了」字補語歸類為結果補語。可見南北朝
譯經中，「了」字已有結果補語的用法。這時期與潘允中及潘維
桂、楊天戈等人利用別的語料而訂的時期剛好相符合。

　　潘允中（1982：48）說：

　　到了中古時期的南北朝，「了」作為表示完成了的形尾，
　　已經逐漸明顯，它經常緊接在動詞後面了，如：

（13）禾秋收了，先耕蕎麥地，次耕餘地。（《齊民要術‧
　　雜說》）

（14）自地兀（仰著）後，但所暵地，隨向蓋之，待一段
　　總轉了，即橫蓋一遍。（同上）

（15）切（近）見世人耕了，仰著土塊，並待孟春。（同
　　上）

雖然潘允中把這種「了」看作形尾值得商榷，但他對「了」作為補語最早出現的時期所作的判斷卻是對的。

這裡的「收」「轉」「耕」是述語，「了」字充當結果補語表完了義，除了潘氏所舉的三個例子之外，《齊民要術》還有三個例子：

（16）其所糞種黍地，亦刈黍了，即耕兩遍，熟蓋，下糠麥。（《雜說》）

（17）又方：淨洗了，搗杏仁和豬脂塗。（《養牛馬驢騾》）

（18）淋法，令當日即了。（《作酢法》）

例（16）中的「刈黍了」是「述＋賓語＋了」形式，這個例子恐怕是「述＋賓語＋了」形式中最早出現的例子。但是經過整個《齊民要術》的語言特色的考察，我們認為《雜說》編很可能是後人的偽作。例（17）是「述＋了」形式，「了」充當結果補語。例（18）是表「了結、終了」義的動詞，在句子中充當主要述語。

潘維桂、楊天戈（1980：18）說：

> 另一種是「了」字用於另一動詞之後，充當這一動詞的補語。例如：……曇深妻鄭氏，字獻英，滎陽人，時年二十，子文凝始生，仍隨楷到鎮。晝夜紡織，傍無親授，年既盛美，甚有容德，自厲冰霜，無敢望其門者。居一年，私裝了。乃告楷永還。（《南史》，689頁，《坦護之傳》）這

裡的「裝」是「置裝」「費裝」的意思，是動詞。「裝了」
即「置裝完畢」，「了」字充當「裝」字的補語。

他們舉的「了」當作結果補語的例子，也剛好是南北朝時期的，
和我們對劉宋、元魏時期譯經中「了」字的考察所得到的結論
一致。

　　因此我們可以說，在南北朝之間，「了」字由兩漢魏晉時的
充當述語，逐漸變為在句子中充當結果補語，而且「了」字語義
本身也從兩漢魏晉時的「了結、終結」義，漸漸發展為「完了」
義。「了」字在句子中充當結果補語的用法一直延續到明代，也
是這時期「了」字最常見的用法，不過「了」字的述語用法在南
北朝和明代之間也仍然在使用。

## 8.2.2.　「了」字用作結果補語的情形

　　南北朝到明代「了」字的大致用法可見下表：

| 朝代 | 出處 | 語義分類 | | 乙類使用情形 | | | 用作補語的「了」字例子 |
|---|---|---|---|---|---|---|---|
| | | 甲類 | 乙類 | 述語 | 補語 | 其他 | |
| 南北朝 | no202 | 13 | 4 | 1 | 1 | 2 | 例1.父已死了。（P.429,a） |
| | no268 | 26 | 1 | | 1 | | 例2.如是時間天已明了。（P.256,a） |
| | 齊民要術 | | 6 | 1 | 5 | | 例3.亦刈黍了，即耕兩遍。（《雜說》） |
| 唐 | 王梵志詩 | 1 | 11 | 4 | 7 | | 例4.既能強了官，百姓省煩惱。（300） |

| 朝代 | 出處 | 語義分類 | 乙類使用情形 | | | 用作補語的「了」字例子 |
|---|---|---|---|---|---|---|
| | | | | | | 例5.借物莫交索，用了送還他。（338） |
| | | | | | | 例6.親客號不踈，喚即盡須喚，食了寧且休，只可待他散。（395） |
| | | | | | | 例7.欺枉得錢君莫羨，得了卻是輸他便。 |
| | | | | | | 例8.若還都塞了，好處卻穿破。（484） |
| | | | | | | 例9.不是人強了，良由方孔兄。（114） |
| | | | | | | 例10.未作與錢，作了擘眼你。（117） |
| | 龐居士語錄 | 13 | 7 | 2 | 1 | 4 | 例11.此大衣披了，直入空王殿。（238） |
| | 雪峰語錄 | 18 | 15 | 1 | 14 | | 例12.已前早共你商量了也。（248）<br>例13.僧與師造龕子了云：……（261） |
| | 臨濟語錄 | | 29 | 8 | 17 | 4 | 例14.雖然如是，子已喫吾三十棒了也。（53） |
| | 靈祐語錄 | 1 | 4 | | 3 | 1 | 例15.云盡卸了來，與大德相見，上林云：卸了也。（110）<br>例16.我適來得一夢，寂子為我原了。（107） |
| | 良介語錄 | | 6 | 1 | 5 | | 例17.云：已相見了也。（126）<br>例18.師先過了，拈起木橋云：……（127） |

| 朝代 | 出處 | 語義分類 | | 乙類使用情形 | | | 用作補語的「了」字例子 |
|---|---|---|---|---|---|---|---|
| | 本寂語錄 | 3 | 3 | | 2 | 1 | 例19.云：早時對賓了也。(140)<br>例20.即今三羯磨時早破了也。<br>　　（144） |
| | 文偃語錄 | 9 | 56 | 7 | 46 | 3 | 例21.云吃粥了也。(204)<br>例22.云：三世諸佛聽法了盡。<br>　　（179） |
| | 敦煌變文 | 52 | 229 | 98 | 131 | | 例23.世尊道了，從天降下，直入地獄。(653)<br>例24.各盞待君下次勾，見了抽身便複回。(648) |
| | 敦煌曲子詞 | 3 | 11 | 5 | 6 | | 例25.我是曲江臨池柳，者人折了那人攀。(58) |
| | 祖堂集 | 73 | 133 | 26 | 97 | 10 | 例26.在水中繞轉兩三市，困了。浮在中心。(65)<br>例27.和尚見了云：……（89） |
| 宋 | 張子語錄 | 4 | 14 | 3 | 11 | | 例28.則是此心已立於善而無惡了。（342）<br>例29.問：「橫渠清虛一大」恐入空去否？曰：也不是入空，他都向一邊了。(343) |
| | 河南程氏遺書 | 9 | 95 | 14 | 81 | | 例30.換了此不好底性者。(1)<br>例31.知者又看做知了也。(42)<br>例32.自分明，只作尋常本分事說了。(6) |
| | 默記 | | 12 | 2 | 6 | 4 | 例33.當時悔殺了潘佑，李平。(4)<br>例34.你今日殺了我，這回做也。（12） |

| 朝代 | 出處 | 語義分類 | 乙類使用情形 | | | 用作補語的「了」字例子 |
|---|---|---|---|---|---|---|
| | 燕云奉使錄 | 50 | 11 | 39 | | 例35.再添了二十萬。(128)<br>例36.張軫帶了本朝銀牌，走過南界。(138) |
| 元 | 西廂記 | 356 | 11 | 336 | 9 | 例37.回夫人話了，去回小姐話去。(30) |
| 明 | 朴通事諺解 | 290 | | | | |
| | 老乞大諺解 | 303 | | | | |

## 8.2.2.1. 南北朝中「了」字使用狀況

南北朝時，「了」字在句子中已經用作結果補語，說明「主要述語所表達的情況到達述語本身所趨向的終點」，如下例：

（19）如是時間天已明了。

例（19）中「了」表達的是，述語「明」所表達的情況到達「明」本身所趨向的終點，即是「不太明」的狀態向「明亮」的狀態的變化的完成。

南北朝的例子中，「了」字後面很少有帶著賓語成分的，「了」字後面帶賓語，到了唐代才逐漸普遍使用。

## 8.2.2.2. 唐代和唐以後「了」字的使用狀況

以下把唐代「了」字的使用狀況分成幾項來討論。

第一，唐代仍然承襲「了」字在句子中作主要述語的用法，例如《敦煌變文》中有如下的例子：

（20）天宮富貴何時了，地獄煎熬幾萬回。（349）

（21）君須了事向前，星夜不宜遲滯，以得為限，莫惜資財。（610）

（22）兒子不經旬月事了，還家。（685）

以上的「了」字都是句子中唯一的動詞，語義也很清楚，不必多說。

（23）懺悔已了，此受三歸，復持五戒，……（151）

（24）是時夫人誕生太子已了，無人扶接。（501）

（25）須達歎之既了，如來天耳遙聞，他心即知。（612）

（26）發言既了，排斂威儀。……（389）

（27）歎之未了，從弟三車上，有心條黑氣，……（894）

在以上的句子中，除了「了」字以外，都另有其他動詞，像「懺悔」「誕生」「歎」「發」等。以上句子中，雖然有另外的動詞，可是「了」字仍然充當主要述語。有些人把例（23）至（27）中的「了」字看作補語，其實不太妥當[3]，因為把例子中的副詞

---

3 參照趙金銘（1979：65）。

（如表時副詞「已」「既」，和否定副詞「未」）看作主要述語的修飾成分比較簡明，至少「已」字不適合看作補語中的副詞。因此我們把例（23）至（27）中「了」字以外的動詞看作主語，而真正的述語是由「了」字來充當的。「了」字的動詞性顯然可從「了」字受「已」「既」「不」「未」所修飾的事實抽出，可見唐代「了」字仍可用作述語。

第二，唐代也有「了」字作結果補語的用法，而且使用比例比南北朝高得多，以下我們只用《敦煌變文》的例子來說明。

南北朝的例子中，大都是使用「述＋了」形式的述補結構。到了唐代除了「述＋了」形式之外，還普遍出現了述語帶賓語的形式，以下我們把它分成三類來說明。

### 1. 「述＋了」的述補結構

「述＋了」形式在《敦煌變文》裡出現101次，大致上《敦煌變文》中的「述＋了」形式又可分兩種。

第一種是句子中根本沒有賓語成分，也就是說，述語是不及物動詞的情形。這總共有23次。

（28）死了，不知多與少。（390）

（29）成長了，身為大丈夫。（460）

（30）長大了，擇時娉與人。（462）

例（28）至（30）中的「了」字所表達的都是述語（死、長大、成長）本身變化的完成。

第二種是賓語雖不見於動詞後，但動詞是及物動詞。《敦煌

變文》中這樣的例子共有78次，例如：

（31）周遊雲水不為難，掌缽巡門化一餐，白納（衲）遍
　　　身且過日，一瓶添了鎮長閑。（135）

（32）遠公曰：「今債已常（償）了，勿致疑。……」
　　　（1070）

（33）且說漢書修制了。

以上例子中，賓語都在述語的前面。「一瓶」是「添」的賓語，
「債」是「償」的賓語，「漢書」是「修制」的賓語。例（31）
至（33）中的「了」字所表達的語義也是「完成、完了」義，例
文中「添」「過」和「修制」的共通點是它們都帶賓語，而且賓
語都在動詞前，這些例子中「了」字的語義如下：

　　「了」強調「添」「償」「受制」，到達「添」「償」「受制」
本身所趨向的情況的終點，也就是說，「了」表達述語本身所涵
蓋的變化已經完成了。例（31）可解釋為：把瓶子裝完酒（或飲
料），就長久沒有什麼事了（一瓶添了鎮長閑）；例（32）可解釋
為：現在已經償完債了，不要疑心（今債已償了，勿致疑）；例
（22）可解釋為，且說「修制完漢書了」（且說漢書修制了）。

　　例（31）至（33）的句子中還可見到賓語。另外有些例子雖
句子中用及物動詞，可是賓語因承前文而省略了，如：

（34）未降孩兒慈母怕，及乎生了似屠羊。（455）

（35）癸巳年三月八日張道書了。（965）

例（34）中「及乎生了」的前一句中已提過「生」的賓語「孩
兒」，所以該句就不再重複賓語「孩兒」。例（35）是出現在一篇
文章最後面的題記部分，因此不必提到「書」的賓語，也可以瞭
解它的賓語指的是整個文章，所以就省略了。事實上，例（34）
（35）中的「了」字語義和例（31）至（33）中的「了」字語義
並無不同。「生了」是「生完了」的意思，「書了」是「寫完了」
的意思，「了」還是「完了」的意思。

## 2.「述＋賓＋了」結構

「述＋賓＋了」形式在《敦煌變文》中出現了26次，例如：

（36）受三歸五戒了，更欲廣說無邊，窮劫不盡。（158）

（37）有一處士名醫，急令人召到，便令候脈，候脈了，
其人云：更不是別疾病，……（288）

（38）居士已作念了，便入王宮。（385）

（39）其姨母答曰：「大王！ 如人渴來何（河）頭水，飲
水了便來，……（547）

（40）目連剃除須（鬚）髮了，將身便即入深山。（687）

以上例子中的賓語分別是：「三歸五戒」「脈」、「念」、「水」和
「鬚髮」，都在述語和「了」之間，「了」字表達的是：

指出「受」、「候」、「作」、「飲」和「剃除」到達「受」、
「候」「作」、「飲」和「剃除」本身所趨向的情況的終點，也就
是說，述語本身所涵蓋的變化已經完成了。這些例文可解釋為
「受完三歸五戒了」、「候完脈了」、「作完念了」、「飲完水了」和

「把鬚髮剃除完了（或掉了）」。

像以上例（31）至（33）和例（36）至（40），（即包含賓語的「賓＋述＋了」和「述＋賓＋了」）中的「了」字語義（表完了義），不但涉及述語本身，而且也涉及賓語。因此，如「漢書修制了」中的「了」字語義，不但涉及「修制」述語本身所趨向的終點，也涉及到「漢書」，所以「了」可以表示「修制完漢書」的情況。

### 3.「述＋了＋賓」結構

趙金銘（1979：66）對唐代《敦煌變文》中的「述＋了＋賓」形式，提出過一些看法，他認為以下四個例子是「述＋了＋賓」的例子。

（41）說了夫人及大工，兩情相顧又回惶。（《歡喜國》）

（42）見了師兄便入來。（《難陀》）

（43）切怕門徒起妄情，迷了提多諫斷。（《維摩詰》）

（44）唱喏走入，拜了起居，再拜走出。（《唐太宗》）

趙氏（1979：66）說：「述＋了＋賓」和「述＋賓＋了」比較，又大大前進了一步，「了」跨過賓語，直接附著於前邊的動詞，可說完全虛化了，這種表示動作完成的真正的動詞尾碼「了」，在變文中也已經出現，不過用得尚不普遍。

趙氏認為變文裡，「述＋了＋賓」形式中的「了」是「完全虛化」的，我們覺得恐怕不太合理，而且他並沒有詳細地交代過所謂「虛化」是怎樣，「完全虛化」又是怎樣的。我們覺得至少

在語義方面，需要解釋「虛化」一詞所涵蓋的內容，「完全虛化」所指的具體情況。我們對唐代「述＋了＋賓」中的「了」字語義，將在（丙）項中探討。

以上我們簡單地考察了《敦煌變文》中的「了」字用作補語時的各種情況。我們把它歸納如下圖：

| 甲類，52次 | 乙類，229次 | | |
|---|---|---|---|
| | 述語，98次 | 補語，131次 | |
| | 述＋了＋賓，4次 | （賓）＋述＋了，101次<br>不及物動詞＋了，23次<br>（賓）＋及物動詞＋了，78次 | 述＋賓＋了，26次 |

可見，《敦煌變文》中，「了」字用作結果補語已經成為「了」字最重要的語法功能了。這裡值得注意的是：「述＋了」結構帶賓語時，賓語出現在「了」前面的情況佔絕對多數。賓語出現在「了」後面，也就是說「了」虛化的情況很罕見。我們再看看其他語料中的狀況（以使用補語「了」10次以上的語料為統計對象）：

| 補語「了」的資料來源＼形式 | 述＋了 | 賓＋述＋了 | 述＋賓＋了 | 述＋了＋賓 | 賓語出現在「了」前後的比率 |
|---|---|---|---|---|---|
| 雪峰語錄 | 10次 | 1次 | 2次 | 1次 | 3：1 |
| 臨濟語錄 | 10次 | 1次 | 6次 | 0次 | 7：0 |
| 文偃語錄 | 25次 | 2次 | 19次 | 0次 | 21：0 |
| 祖堂集 | 47次 | | 46次 | 4次 | 46：4 |
| 張子語錄 | 4次 | | 4次 | 3次 | 4：3 |

| 補語「了」的資料來源 形式 | 述＋了 | 賓＋述＋了 | 述＋賓＋了 | 述＋了＋賓 | 賓語出現在「了」前後的比率 |
|---|---|---|---|---|---|
| 河南程氏遺書 | 46次 | | 6次 | 29次 | 6：29 |
| 燕云奉使錄 | 14次 | | 0次 | 25次 | 0：25 |

以上內容中，值得我們注意的是：大致上，時期越晚，「述＋了＋賓」形式出現頻率越高。

## 8.2.3. 用作補語的「了」的虛化過程及它的語義變化

相對來看，「述＋賓＋了」形式中的「了」表達的完了（Completion）概念，比「述＋了＋賓」形式中的「了」所表達的完了概念更強。這很可能和「了」跟賓語之間的位置有關。因為在「述＋了＋賓」形式中，賓語出現在「了」字後面，比較不受「了」字語義的影響，但「述＋賓＋了」和「述＋了＋賓」的比例是逐漸在變化著的。

第一，「述＋賓＋了」形式出現得越來越少。變文中「述＋賓＋了」中的「了」佔所有含「了」補語例子的百分之二十，在《祖堂集》中佔百分之四十七，在《河南程氏遺書》中佔百分之七，《燕云奉使錄》中沒有，到了《老乞大》、《朴通事》幾乎就不見了。在此之後出現的「述＋賓＋了」形式中，「了」恐怕已經不再是用作補語，而是用作助詞了。

第二，「述＋了＋賓」形式出現得越來越多。《變文》中，「述＋了＋賓」中的「了」佔所有含「了」補語的例子的百分之三，在《祖堂集》中佔百分之五，在《河南程氏遺書》中佔百分

之三十六，在《燕云奉使錄》中佔百分之六十四。

值得我們討論的是，南北朝、唐代的「述＋賓＋了」或「述＋了＋賓」中，「了」是否用作詞尾。

潘允中（1982：48），王力（1958：305-306），和趙金銘（1979：66-67）都認為此時的「了」是完全虛化的詞尾（形尾）。可是我們認為不太可能，我們認為，「述＋了＋賓」和「述＋賓＋了」中的「了」之間，雖然動詞性有強弱之別，可是語法功能上都是用作結果補語的，比如說：「軍官食了，便即渡江」中的「了」，趙金銘（1979：66）認為是詞尾。他說：「了（c）動／形＋了，了（c）這類格式在性質上同了（b）沒什麼兩樣，只是因為後邊沒有賓語，『了』的詞尾性不突出罷了。」可是我們認為，它是用作結果補語的動詞，而不是用作詞尾的虛詞。因此我們把該句解釋為現代漢語就是：「軍官吃完了，立即渡江。」而不是「軍官吃了，立即渡江」的意思。許多人認為，唐五代之際的語料（比如變文）中，「述＋了＋賓」形式的「了」比「述＋賓＋了」形式的「了」更虛化。

我們認為這一點是不錯的，但不認為「了」已經完全虛化。我們對用作補語的「了」，和虛化為詞尾或語助詞的「了」大致的區別基準是：第一，「了」字如念為[liao]，那就表示「了」有動詞性，因此可以用作結果補語來表達「完成、完了」義。第二，「了」字念為[lə]，就表示「了」已喪失了動詞性，因此不能用作結果補語，而只能用作詞尾或語助詞來表達情況的整體性，所以真正的詞尾或語助詞是虛詞，而不是實詞。根據這個基準，我們認為「了」字語義虛化過程應該是這樣的：

虛化的第一階段：「了」字出現在賓語前面，「了」字語義基

本上還是表達完了義，只是比「述＋賓＋了」形式中的「了」字弱化而已，所以仍可以把它看做結果補語，這是唐代到明代中期的狀況，譬如《敦煌變文》中的「述＋了＋賓」中，「了」的狀況就是如此。

　　虛化的第二階段：「了」字開始虛化以後，到了宋代，「了」字語義虛化程度更深，其功能已經類似於詞尾或語助詞了，所以在句子中兩個「了」可以一起出現。也就是出現在詞尾位置的「了」表達尚未完全虛化的完了義（即接近整體性的語義），而出現在語助詞位置的「了」除了表達虛化的完了義之外，也有「變化、發展」的語義，這是從南宋前後開始到明朝之間的狀況，譬如《朱子語類》中有如下的例子：

（45）今見看詩不從頭看一過。雲……且等我看了一個了，卻看那個。(《語類，830》)

（46）……欲變齊則須先整理了已壞底了。(《語類，332》)

（47）自家是換了幾個父母了，其不考莫大於是。(《語類，121》)

以上三個例子是兩個「了」一起出現在句子中的例子，如此的用例在《朱子語類》中只不過出現了3次。

　　到了元代《西廂記》也有這樣的用例，而且使用得比《朱子語類》多一點，如下：

（48）〔潔云〕下了藥了，我回夫人話去，少刻再來相望。(126)

（49）〔紅云〕琴童在門首，見了夫人了，使他進來見姐姐夫有書。（166）

（50）〔紅云〕這一節話再也休題，鶯鶯已與了別人了也。（179）

（51）〔淨云〕中了我的計策了，準備筵席禮花紅，剋日過門者。（183）

（52）〔淨云〕兀的那小妮子，眼見得受了招安了也。（182）

一直到《老乞大》《朴通事》時代（即元末明初），也仍然使用這些用例，如下：[4]

（53）這店裡都閉了門子了。（《老乞大》，12前4）

（54）我寫了這一個契了。（《老乞大》，29後3）

虛化的第三階段：到了十八世紀中葉以後，這些「了」字完全虛化，原來由「了」表達的完了義，逐漸由「完」類補語來代替，「了」字只帶著把情況整體化的語義。

譬如上面《老乞大》中，「述＋了＋賓＋了」形式的句子，到了《老乞大新釋》和《重刊老乞大》中就有些不同了，如下例：

（55）a. 這店裡都閉了門子了。（《老乞大》，12前4）〉

b. 這店門都關上了。（《老乞大新釋》，11前8）

c. 這店門都關上了。（《重刊老乞大》，10後7）

---

4　參照康寔鎮（1985: 369）。

（56）a. 我寫了這一個契了。(《老乞大》，29後3)〉
　　　b. 我寫完這契了。(《老乞大新釋》，28前8)
　　　c. 我寫完這契了。(《重刊老乞大》，26後9)

上面例子中，已經出現了以「完」類補語代替《老乞大》中的「了」字。我們可以發現，在十八世紀以後的例子中，已經普遍使用不再帶完了義的虛詞「了」了。這些虛化的「了」，在句子中常常和用作補語的「完」字並用，也就是說「了」字的完了義已經由「完」類的補語來代替了。《紅樓夢》中，這樣的情況是很常見的，如下例：

（57）李紈道：「我們要看詩了，若看完了還不交卷，是
　　　必罰的。」（三十七回，四三四頁）
（58）先說頭一張，次說第二張，說完了，合成這一副兒
　　　的名子，……（四十四回，四七○頁）
（59）湘蓮道：「好東西，你快吃完了，饒你。」（四十七
　　　回，五五八頁）

可見「了」字已經喪失了它的動詞性語義，而轉變為虛詞了。

　　從南北朝到明代之間結果補語「了」所表達的語義，我們大致上可以把它叫做「完了」。雖然隨著時代的推進，「了」字所表達的語義不盡相同，可是我們還可以籠統地說，補語「了」所表達的是完了的語義。

　　總之，我們可以說，從南北朝到明代，「了」字的主要語義功能是以結果補語的身分來表達完了。這時「了」字的語法功能

大致上可以歸納為：出現在動詞（或動詞組）後面或句末，表達主要述語本身所趨向的終點的完成。

## 8.3. 「了」用作動貌助詞的時代

### 8.3.1. 結果補語「了」和詞尾或語助詞「了」的區別

從南北朝到明代這一階段中，「了」字可用作結果補語來表達完了的意義，此時期的「了」和現代的所謂詞尾或語助詞「了」的區別，這裡簡單地再說一遍：

「了」字如念為[liao]，表達的是「完成、完了」義，且帶著動詞性，可以用作結果補語。「了」字念為[lə]時，它已經喪失了動詞性，不再有完了義，而成為詞尾或語助詞。就現有的語料而言，至少到了明代，「了」的念法還是[liao]而不是[lə]，因為《朴通事諺解》、《老乞大諺解》中的「了」字發音是[liao]，而不是[lə]。

結果補語「了」跟詞尾或語助詞「了」所表達的語義，主要差異點是：詞尾或語助詞所表達的語義並不含「情況達到本身所趨向的終點的完成」的意思。「了」字還念為[liao]的時候，大致上在主要述語的位置或補語的位置都可以出現，而念為[lə]的時候，不能出現在述語位置，也不能出現在補語的位置。句子中如果另有補語「完」「好」時，「了」字一定出現在這些補語後面。也就是說，「了」字用作結果補語時，表達完了的語義，「了」字用作詞尾或語助詞以後，「完、好」等補語代替了「了」字原有的補語功能。

## 8.3.2. 「了」字完全成為詞尾或語助詞的時期

到底什麼時候「了」字完全虛化念作[lə]，並作為詞尾或語助詞，目前還不能確定。我們只能就現有的語料來推測、判斷「了」字成為詞尾或語助詞的時期，我們依據以下的標準：第一，「完」類結果補語的產生時期和「了」字虛化為詞尾或語助詞的時代大致上一致，所以我們可以利用它來推算「了」演變為詞尾或語助詞的時期。第二，「了」字念[lə]是詞尾或語助詞的時期，因此開始念[lə]的時期大致上也就是「了」成為詞尾或語助詞的時期。

### 1. 「完」字作為結果補語的時期

比《老乞大》晚三、四百年的《老乞大新釋》和《重刊老乞大》中，已經有「完」作為結果補語的用法了，例如：[5]

（60）a. 我寫了這一個契了。（《老乞大》，29後3）　　>
　　　b. 我寫完這契了。（《老乞大新釋》，28前2）
　　　c. 我寫完這契了。（《重刊老乞大》，26後9）
（61）a. 他也吃了飯也。（《老乞大》，16前2）　　　>
　　　b. 他飯也好吃完了。（《老乞大新釋》，15前4）
　　　c. 他飯也吃完了。（《重刊老乞大》，14前1）
（62）a. 吃了酒也。（《老乞大》，22前9）　　>
　　　b. 吃完了酒。（《老乞大新釋》，20後10）

---

5　以下五個例子取自康寔鎮（1985:203-203）。康氏（1985:11）說：A > B表示A變為B，A發展為B。

  c. 吃完了酒。（《重刊老乞大》，20前3）

（63）a. 我也了了。（《老乞大》，8前8）    ＞

  b. 我這裡也就好完了。（《老乞大新釋》，7後7） ＞

  c. 我也就完了。（《重刊老乞大》，7前10）

（64）a. 馳馱都打了也。（《老乞大》，16前5）   ＞

  b. 朵了都打完了馱上。（《老乞大新釋》，15前7）

  c. 朵了都打完了馱上。（《重刊老乞大》，15後4）

到了《紅樓夢》，這樣的用法更普遍了，例如：

（65）次說第二張，說完了，合成這一副兒的名字，無論詩詞歌賦，成語俗語，比上一句，都要合韻。（四十回，四七〇頁）

（66）一面笑，一面慢慢的吃完了酒，還只管細味那杯子。（四十一回，四七五頁）

（67）鴛鴦笑道：「酒吃完了，到底這杯子是什麼木頭的？」（四十一回，四七五頁）

（68）只見寶釵說道：「寫完了，明兒回老太太去。若家裡有的就罷；若沒有的，就拿些錢去買了來，我幫著你們配。」（四十二回，四九七頁）

（69）湘蓮道：「好東西，你快吃完了，饒你。」（四十七回，五五八頁）

（70）一日，黛玉方梳洗完了，只見香菱笑吟吟的送了書來，要換杜律。（四十八回，五六六頁）

（71）寶玉忙勸道：「這又自尋煩惱了，你瞧瞧，今年比
舊年越發瘦了。你還不保養，每天好好的，你必是
自尋煩惱，哭一會子，才弄完了這一天的事。」
（四十九回，五七八頁）

（72）道：「你有本事，把『二蕭』的韻全用完了，我才
服你。」（五十回，五九〇頁）

以上所舉的都是包含「述＋結果補語（完）＋了」的形式。
無疑在《紅樓夢》時代，「完」類字代替「了」作結果補語已經
相當普遍了，這時「了」不再有充當結果補語的功能，因此應已
是詞尾了。

## 2.「了」字念為[lə]的時期

至少在明初以前，「了」字都念為[liao]，不念[lə]。《朴通
事》及《老乞大》分別有290次，202次的「了」。根據《老乞大
諺解》和《朴通事諺解》的譯音，「了」都念為[liao]，沒有念[lə]
的。可見「了」讀[liao]一直延續到十七世紀。我們雖然不能因
此斷定「了」字念為[lə]的正確時期，但也還可以利用「了＋
也」形式消失的時期來推測「了」字念為[lə]的時期，以下先簡
單地介紹一下「了＋也」的使用狀況。

用於句末的「了＋也」在唐代已經出現了，《敦煌變文》中
的「了＋也」形式一共只出現了4次。

（73）說不念重德了也。（467）

（74）如是與君解了也。（221）

（75）我們解了也。（229）

（76）明成長教示了也。（463）


「了＋也」形式在全部《敦煌變文》中的「了」字句中，比例是百分之一點八，出現的不多。以下是禪宗語錄中「了＋也」的使用情形：

| 出處 | 「了」字<br>使用次數 | 「了＋也」<br>使用次數 | 「了＋也」<br>使用比例 |
|---|---|---|---|
| 江西馬祖道一禪師語錄 | 8 | 1 | 12% |
| 鎮州臨濟慧照禪師語錄 | 29 | 13 | 45% |
| 潭州溈山靈祐禪師語錄 | 5 | 1 | 20% |
| 瑞州洞山良介禪師語錄 | 6 | 3 | 50% |
| 撫州曹山本寂禪師語錄 | 6 | 3 | 50% |
| 金陵清涼院文益禪師語錄 | 5 | 2 | 40% |
| 韶州雲門匡真文偃禪師語錄 | 65 | 26 | 40% |
| 雪峰真覺禪師語錄 | 33 | 5 | 15% |
| 福州玄沙宗一禪師語錄 | 20 | 4 | 9% |
| 祖堂集 | 206 | 39 | 25% |
| 總計 | 383 | 97 | 25% |

這些《禪宗語錄》中的「了＋也」形式使用得很多，元代《西廂記》中，「了」字共出現356次，其中「了＋也」出現了20次，到了比《老乞大》《朴通事》晚四百年的《老乞大新釋》就已經有「也」字消失的現象了，例如：[6]

---

6 參照康寔鎮（1985:369）。

（77）a.雞兒叫第三遍了，待天明了也。（《老乞大》13後
4）　　　　　＞

b.雞叫第三遍了，不久東開了。（《老乞大新釋》12
後5）

c.雞叫第三遍了，不久東開了。（《重刊老乞大》，
12前4）

（78）a. 那矬金舍倒了也。（《朴通事諺解》，中51前9）　＞

b. 這矬漢倒了。（《朴通事新釋》，43前7）

（79）a.雨晴了也。（《朴通事諺解》，中51前2）　　　＞

b. 雨再晴。（《朴通事新釋》，43前5）

（80）a.咳，都猜著了也。（《朴通事諺解》，上38前7）　＞

b. 咳，你都猜著了。（《朴通事新釋》，15後8）

「了＋也」中的「了」，按照《朴通事諺解》《老乞大諺解》來
念，應為[liao]，不是[lə]，兩本書各刊行於1670、1677年，因此
「了」字可能一直到十七世紀還念為[liao]。到了十八世紀中葉
以後，「了＋也」形式幾乎很難找到了。十八世紀中葉的《紅樓
夢》中已經幾乎找不到「了＋也」形式，而十八世紀中葉刊行的
《老乞大新釋》《朴通事新釋》中也有「了＋也」消失的現象。
作者認為「了」字念[lə]的時候，「也」字不能再跟「了」（lə）
一起出現，因為這階段還不是兩種句末助詞連用的時候。因此
「了」跟「也」不再連用的時期，很可能就是「了」字虛化為詞
尾或語助詞的時期，所以十八世紀中葉以後，「了」字逐漸念為
[lə]，並成為詞尾或語助詞。

我們根據以上兩種事實推測，「了」字成為詞尾或語助詞的時期很可能是在十八世紀中葉前後。

## 8.3.3. 現代漢語中兩種「了」的來源

### 8.3.3.1. 表完成貌的「述＋了＋賓」形式的來源

梅祖麟（1981：69）對現代漢語「述＋了＋賓」形式的來源提出如下的看法：

> ……（1）「動＋賓＋完」這種結構在南北朝已經出現，「動＋賓＋訖／已／畢」這些句式南北朝在用，唐代也在用；（2）「竟、訖、畢、已」在南北朝的用法和唐代變文中的「了」字相同。唯一不同就是沒有「動＋完＋賓」這種結構。結論是：從南北朝到唐代，「動＋賓＋完」這個結構的框子沒變，填框子的詞彙發生變化；「了」字在這框子裡替代了其他詞彙，變成最常用的完成動詞；「訖、已、畢」唐代還在用，但已漸被「了」字淘汰。這樣形成了變文和其他唐代文獻中的「動＋賓＋了」。

他在結論中又說：

> 本文主要的意思是說，現代漢語完成貌的形成可以分成兩個階段：
> 從南北朝到中唐，「動＋賓＋完成動詞」這個句式早已形成，但南北朝表示完成主要是用「訖、畢、已、竟」，後

來詞彙發生變化，形成唐代的「動＋賓＋了」。從中唐到宋代，完成貌「了」字挪到動詞和賓語之間的位置。

我們認為他的說法中有幾點是值得商榷的。

第一，他認為「述＋賓＋完成動詞」這種結果在南北朝普遍出現。事實上，「述＋賓＋完成動詞」形式在東漢中已經使用得很普遍了，譬如：

（81）塗香著新衣畢。（No.184,P.462,C）

（82）受五戒已。（No.196,P.149,C）

（83）說是法已。（No.196,P.148,C）

（84）經七年已。（No.553,P.898,a）

（85）得此物已。（No.553,P.898,a）

第二，他認為「竟、訖、畢、已」在南北朝的用法中，只有「述＋賓＋完成動詞」形式，還沒有「述＋完成動詞＋賓」形式的用法。事實上「述＋完成動詞＋賓」形式在東漢中也早就有了，譬如：

（86）時祇域入詣長者婦所。問言。何所患苦。答言。患如是如是。復問。病從何起。答言。從如是如是起。復問。病來久近。答言。病如許時。彼問已語言。我能治汝。彼即取好藥以煎之。（No.553,P.898,b）

例（86）中「彼問已語言」是「述＋完成動詞＋賓」形式。

　　梅祖麟認為，從南北朝到唐代，「述＋賓＋完成動詞」這個結構的框子沒變，詞彙卻發生了變化，即「了」字代替了其他表完成的動詞而成為「述＋賓＋了」。他的這個觀察和我們的看法是一致的。但他認為「述＋賓＋了」形式和「述＋了＋賓」形式中的「了」字語義相同，我們對此感到懷疑。梅祖麟認為「了」字詞序的不同，和「了」字本身語義或功能全無關係。也就是說，他認為從「述＋賓＋了」形式轉變到「述＋了＋賓」形式只涉及到語句位置的問題，和「了」字本身語義或功能無關。到了唐宋之間，「了」字用作結果補語的「述＋賓＋了」形式出現頻率越來越少，「述＋了＋賓」形式卻越來越多。梅祖麟對這種現象的解釋是，「述＋了＋賓」和「述＋賓＋了」是同義的，兩者之間詞序的差異是由於時間上的早晚不同。我們認為，到了宋代以後，「述＋賓＋了」形式中的補語「了」漸漸消失，而「述＋了＋賓」形式漸漸增加，等於是說「了」字的動詞性到了宋代以後越來越弱。

　　我們認為從「了」字用作補語，到現在表完成貌，中間語義的變化有幾個階段（「了」虛化的階段），如下：

　　第一，從唐代開始，「了」字已經出現在賓語前面形成「述＋了＋賓」形式了。這時候，「了」字語義基本上還是表達完了義，只是比「述＋賓＋了」形式中的「了」字表達的完了義較弱而已。不過，還沒有影響到「了」字用作補語的功能。

　　第二，到了宋代，「了」字虛化程度更深，因此幾乎可以看作詞尾或語助詞了。所以有時候，句子中兩個「了」可以一起出現。也就是說，出現在詞尾位置的「了」表達尚未完全虛化的完了義（即接近整體性的語義），而出現在語助詞位置的「了」，除

了表達虛化的完了義之外，也有變化、發展的語義，這是從南宋前後開始到明朝之間的狀況。

第三，到了十八世紀中葉以後，這種「了」字完全虛化，由「了」表達的完了義逐漸由「完」類補語所代替，「了」只帶著將情況整體化的功能。

### 8.3.3.2. 表示變化義的「了₂」的來源

前人對「了₂」的來源，大致有三種看法：

第一，趙元任（1968：133）等人主張，「了」字從「來」字弱化而成。他提出的證據，除了現代吳語與廣州話中的現象以外，還提出了其他的看法：

> 「了」跟「來」同源有兩點證明：（1）在寧波話中，動詞「來」跟語助詞「了」都念為[lə]；（2）有些古書裡現在該用「了」的地方，都用「來」字，比如：百丈一日問師：「什麼處去來？」曰：「大雄山下採菌子來。」（取自宋朝景德年間[1004～1007]成書的《景德轉燈錄》，見《四部叢刊》）。楊聯升提供給我的這個例子時，認為這兩個「來」字，跟現在說「來著」的作用很接近。事實上：「來」跟「料」發音很像，在這段引文裡，若用「了」字也非常合適。

我們照宋本《廣韻》來看，「來」是平聲「蟹」韻，「了」是上聲「篠」韻，兩者之間發音不會很像，古書裡現在用「了」的地方，有些用「來」字，譬如《龐居士語錄》中有如下的例子：

（87）士曰：好來！好來！

在話本小說中也有類似的例子：

（88）你許多年那裡去來。（《清平堂》36頁）

（89）你和誰鬧來。（《水滸》25，362頁）

在元劇中也有類似的用法：

（90）小的每，我後堂中去來。（《還牢末》一折）

（91）也不干母親事，也不干兩個兄弟事，是小的打死人
　　　來。（《蝴蝶夢》二折）

「來」字的這種用法一直沿用到明代，《朴通事》、《老乞大》系
列中也有「來」字。

（92）你誰根底學文書來。（《老乞大》，1後2）

（93）我在漢兒學堂裡，學文書來。（同上，1後3）

（94）你學什麼文書來。（同上，1後3）

（95）是你自心裡學來，你的爺娘教你學來。是我爺娘教
　　　我學來。（同上，2後2）

（96）那裡去來。（《朴通事諺解》，上14前7）

（97）這門時，咱們一同去來。（《老乞大》，3前9）

（98）別個的牽馬去來。（同上，12前4）

（99）離了主人家去來。（同上，13前5）

（100）咱們教場裡射箭去來。（《朴通事諺解》，上48後
　　　11）

（101）構欄裡看雜伎去來。（同上，中1前2 ）

在《老乞大》《朴通事》中，「來」字使用得很普遍。（以下《老
乞大》《朴通事》例子取自康寔鎮，368至376頁）

　　以上的「來」字大致分兩類：一類（例92至96）後來轉為
「來著」，表達近過去；在《老乞大新釋》《重刊老乞大》和《朴
通事新釋》中，有的轉變為「來著」，有的還用「來」，有的是整
個消失了。如下：（例92→例102、例93→例103、例96→例104、
例94→例105、例95→例106）

（102）你跟著誰學書來。（《重刊老乞大》，1後1）

（103）我在中國人學堂裡，學書來著。（《老乞大新釋》，
　　　1後3）

（104）那裡去來。（《朴通事新釋》，6後7）

（105）a.你學的是什麼書。（《老乞大新釋》，1後3）
　　　　b.你學的是什麼書。（《重刊老乞大》，1後2）

（106）a.是你自己要去學來啊，還是你的父母教你去學
　　　　的麼，是我父母教我去學的。（《老乞大新釋》，
　　　　2後3）

　　　　b.是你自己要去學來啊，還是你的父母教你去學
　　　　的麼，是我父母教我去學的。（《重刊老乞大》，
　　　　2後2）

可見「來」字到了十八世紀中葉漸漸使用得少了，而且在現代漢語中，「來著」只是北京及其附近區域所特有的，一般官話不用它，別的方言如吳閩粵語及客家話等更沒有它了。王力說（1946：103）：

「來著」所表示的是近過去貌。它所注重的不在「過去」，而在於「近」；凡事情過去不久者，都可用「來著」表示。它的位置是在句末（除非句末有語氣詞）。例如：

（107）同寶姐姐玩來著。（20）
（108）我往大奶奶那裡去來著。（32）
（109）我方才⋯⋯又打發人進去讓姐姐來著。（62）
（110）我剛才聽見⋯⋯師父誇你來著。（88）

《老乞大》《朴通事》中「來」字的另一類（例97至101），後來大致變為「去罷」，表示商量語氣。（例97→例111、例98→例112、例99→例113、例100→例114、例101→例115）

（111）a.這麼著，咱們一同去罷。（《老乞大新釋》，3前7）
　　　　b.這麼著，咱們一同去罷。（《重刊老乞大》，3前5）
（112）a.這兩個拉馬去罷。（《老乞大新釋》，11前7）
　　　　b.這兩個拉馬去罷。（《重刊老乞大》，10後7）
（113）a.告辭主人家去罷。（《老乞大新釋》，12後7）
　　　　b.告辭主人家去罷。（《重刊老乞大》，12前5）

（114）咱們到教場裡射箭去罷。（《朴通事新釋》，20後2）

（115）咱們到構欄院裡看雜技去罷。（同上，26後6）

可是「來」字一直到明代仍在使用。到了清代以後，有的轉變為「來著」，繼續表達近過去，有的漸漸不見了。因此我們可以說，「來」字有它自己的演變系統，我們認為趙元任提出的「來」和「了」同源的兩點恐怕是不足為據的。我們認為，「了」和「來」是類似義的詞，彼此之間有平行的發展關係，目前為止，看不出來兩者之間有淵源關係。

第二，有些人主張「了」字是從「也」字來的。

「也」出現在句末，表達肯定事態出現了變化，或將來出現的變化，有成句的作用。「也」的這種用法比「來」字用得多，而且使用得非常廣泛。《敦煌變文》裡常常看到如下的例子：

（116）上來第一，說不念重德了也。（467）

（117）上來總是第一，明成長教示了也。（463）

（118）有于（相）夫人于石室飛丘尼所，受戒了，歸來七日滿，身終也。（761）

（119）唱聲未了，即有一人不識姓名，來睡婦耳中，更無漁，遂還未去也。（1236）

《祖堂集》中也使用得很多：

（120）僧曰：問則問了也。（78）

（121）共和尚商量了也。（146）

（122）云：早個對和尚了也。（187）

（123）云：到了也。（189）

（124）已來了也。（202）

（125）早個入門了也。（212）

（126）吃食了也。（251）

（127）已相見了也。（270）

《老乞大》《朴通事》中也有，而且用得還很多。

（128）我去也。（《老乞大》，13後6）

（129）日頭卻又著早晚也。（同上，16前7）

（130）參兒高也，敢是半夜了。（同上，20前2）

（131）明星高了，天道待明了。（同上，20前7）

（132）讀到那裡也。（《朴通事諺解》，上44後7）

（133）雞兒叫第三遍了，待天明了也。（《老乞大》，13後4）

（134）雨晴了也。（《朴通事諺解》，中51前9）

（135）那矬金舍倒了也。（同上，中51前2）

（136）咳，都猜著了也。（同上，上38前7）

（137）你也吃了飯也。（《老乞大》，16前2）

（138）馬敢吃了草也。（同上，12前1）

（139）吃了酒也。（同上，22前9）

（140）我照覷了門戶睡也。（同上，9後1）

在《老乞大》《朴通事》中，「也」字使用得很普遍，以上的

「也」字在《老乞大新釋》《重刊老乞大》和《朴通事新釋》中轉變為兩類：

第一，「也」字被「了」字所代替，「也」字消失了。（例128至例137、例139）（例128→例141、例129→例142、例130→例143、例131→例144、例132→例145、例133→例146、例134→例147、例135→例148、例136→例149、例137→例150、例139→例151）

（141）a. 我們去了。（《老乞大新釋》，12後7）

　　　　b. 我們去了。（《重刊老乞大》，12前6）

（142）a. 你看這個時候卻又張晚了。（《老乞大新釋》，15前9）

　　　　b. 你看這個時候卻又張晚了。（《重刊老乞大》，14後5）

（143）a. 哎呀，參星高了，敢是半夜了。（《老乞大新釋》，18後9）

　　　　b. 哎呀，參星高了，敢是半夜了。（《重刊老乞大》，14後5）

（144）a. 明星高了，天待要明了。（《老乞大新釋》，19前3）

　　　　b. 明星高了，天待要明了。（《重刊老乞大》，18前7）

（145）讀到螺裡了。（《朴新》，18後7）

（146）a. 雞叫第三遍了，不久東開了。（《老乞大新釋》，12後5）

　　　　b. 雞叫第三遍了，不久東開了。（《重刊老乞大》，12前4）

（147）雨才晴了。（《朴通事新釋》，43前7）

（148）這矬漢到了。（同上，43前5）

（149）咳，你都猜著了。（《朴通事新釋》，15後8）

（150）a. 他飯也好吃完了。（《老乞大新釋》，15前4） ＞

　　　　b. 他飯也吃完。（《重刊老乞大》，14前1）

（151）a. 吃完了酒。（《老乞大新釋》，20後10）

　　　　b. 吃完了酒。（《重刊老乞大》，20前3）

第二，「也」字仍然使用。（例138、140），（例138→例152、例140→例153）

（152）a. 我這馬吃了草也。（《老乞大新釋》，11前5） ＞

　　　　b. 這馬吃了草也。（《重刊老乞大》，10後5）

（153）a. 我查看了門戶了也，就去睡了。（《老乞大新釋》，8後9）

　　　　b. 我查看了門戶了也，就去睡了。（《重刊老乞大》，8後1）

雖然還有「也」字繼續使用，可是大部分的狀況是「也」字因「了」的代替而消失了。我們認為，「也」字跟「了」字之間的關係只是功能上的相似。就像結果補語「了」（liao）字跟「完」一樣，雖因功能相同而被替換，但在來源上，看不出有淵源關係，我們不能只憑「互相代換」的現象來斷定兩者之間有淵源關係。

其實，語助詞「了」跟「來」之間關係也一樣，兩者之間只有代替現象，沒有證據斷定兩者之間有淵源關係。「來」和

「了」的讀音在中古音時代有相當的距離（平聲「蟹」韻和上聲「條」韻），只用某些方言中現代讀音相近的現象，來判斷兩者之間有同源關係，恐怕是不足信的。因此，我們目前只能說，語助詞「了」跟「也」「來」之間的關係是平行發展的，而語助詞「了」其實是從結果補語「了」逐漸發展而成的。

### 8.3.3.3. 語助詞「了」來自於結果補語「了」

唐宋元明之間，出現在句末的「了」多少含有語助詞的功能，這樣的用法古書裡還可以找得到。到了十八世紀中葉以後，「了」完全虛化成為真正的語助詞。

> （154）景龍二年三月十四日於神泉觀寫了。（《敦煌寫本題記》）
>
> （155）天寶元年十二月八日於郡學寫了。（同上）
>
> （156）乾元二年正月廿六日義學生王老子寫了。（同上）
>
> （157）大中十三年四月四日午時寫了。（同上）

以上句末的「了」字，我們認為除了表達結果補語的語義以外，多少含有一些「變化、發展」的意思。這一語義近似於語助詞，但意思中仍含有著完了義，並不是真正的句末語助詞，北宋理學家語錄中的「了」字已經很接近現代語助詞「了」字的用法了。

> （158）有言「靜處便是性，動處是心」，如此則是將一物分作兩處了。（《張子語錄》，339）

（159）既知所立，則是此心已立於善而無惡了。（同上，342）

（160）問：「橫渠『清虛一大』恐入空去否？」曰：「也不是入空，他都向一邊了。」（同上，343）

（161）事，往往急便壞了。（《河南程氏遺書》，98）

（162）坐井觀天，非天小，只被自家入井中，被井筒拘束了。（同上，100）

（163）天地中如洪爐，何物不銷鑠了？（同上，148）

（164）孟天其書，雖是雜記，更不分精粗，一衮說了。（同上，160）

（165）曰：「此事何止大人不為？」曰：「過恭過與是細人之事，猶言婦人之仁也，只為它小了，大人豈肯如此？」（同上，213）

（166）學本是修德，有德然後有言，退之卻倒學了。（同上，232）

在這些句子裡，「了」字雖然還沒有完全虛化，可是動詞性不很強。由於「了」字出現在句末，也多少含有「變化」或「發展」的語義。

到了南宋元明以後，「了」字幾乎完全虛化，形成詞尾或語助詞，所以在句子中兩個「了」有時候可以一起出現。

（167）今見看詩不從頭看一過，云：且等我看了一個了，卻看那個。（《朱子語類》，830）

（168）⋯⋯欲變齊則須先整理了已壞底了。（同上 332）

（169）自家是換了幾個父母了，其不孝莫大於是。（同上，121）

（170）下了藥了，我回夫人話去，少刻再來相望。（《西廂記》126）

（171）琴童在門首，見了婦人了，使他進來見姐姐，姐夫有書。（同上，166）

（172）這一節話再也休題，鶯鶯已與了別人了也。（同上，179）

（173）中了我的計策了，準備筵席茶禮花紅，剋白過門者。（同上，183）

（174）這店裡都閉了門子了。（《老乞大》，12前4）

（175）我寫了這一個契了。（同上，29後3）

到了十八世紀中葉以後，這些「了」字完全虛化，原本由「了」字表達的「完了」義逐漸被「完」類的補語代替，如下：

（176）我寫完這契了。（《老乞大新釋》，28前8）

（177）看完了，還不交卷，是必罰的。（《紅樓夢》，三十七回，四二四頁）

（178）先說頭一張，次說第二章，說完了，合成這一副兒的名子……（四十四回，四七〇頁）

（179）湘蓮道：「好醃臢東西，你快吃完了，饒你。」（四十七回，五五八頁）

從以上的例子可以看出結果補語「了」被「完」替換的現象。

如：例（175）「我寫了這一個契了」，在例（176）是「我寫完這契了」，當表達完了的「了」字被「完」類新補語代替的時候，「了」字很可能就是句末語助詞，而不再是結果補語了。也就是說，「了」字附隨的「變化」或「發展」義，到了十八世紀中葉以後，已經正式成為「了」字的主要功能。

綜以上述，我們不同意「來」弱化為「了」和「也」字變為「了」字的說法。無疑，在唐宋元明之間，「來」和「也」字多少含有「變化、發展」的意思。這一時期，動詞「了」多少也表達「變化、發展」義，可是「了」的這種用法是伴隨完了義的，不是主要的語義功能。到了十八世紀以後，「了」字正式成為句末語助詞。因此，我們可以說，「來」、「也」和「了」字是平行發展的。雖然功能有類似之處，但彼此之間沒有直接的淵源關係。

# 9. 連續貌「著」的歷史演變

## 9.1. 前言

　　現代漢語中，表示連續的「著」在漢代是「附著」的意思，句中作述語。隨著時間的遷移，從述語演變為補語，進而虛化為尾碼。「著」除了自身原有的與「附著」相關的意義以外，還可以用作處所補語和時間補語。以後逐漸成為一個表示「連續」概念的虛詞。即，「著」作為動詞在句中作述語時，主要表示「附著」的意思，是一個具有空間概念的實詞。「著」作為動詞在句中作補語時有兩種情況，用來指出述語動作發生或終結的地點時，「著」是處所補語；表示「完了」的時間概念時，「著」是時間補語。「著」成為時間補語以後，其動作性完全虛化，成為在一定的語境中表示時間概念的虛詞。

| 時代 | 漢 | 魏晉南北朝 | 唐宋明清 | 現代 |
|---|---|---|---|---|
| 詞性 | 動詞 | 動詞 | 動詞 | 助詞 |
| 語法功能 | 述語 | 補語 | 補語 | 尾碼 |
| 所包含的語義 | 附著 | 附著 | 完結 | 含有「連續」的語義 |
| 時空間意義 | 強調空間 | 強調空間 | 強調時間 | 強調時間 |

　　「著」用作述語時的句法形式有：單獨用作述語，這是（1）式。跟詞意相近的動詞，或語義上有某種關聯，可以形成

互補關係的動詞一起構成複合述語「V著」或「著V」形式，這是（2）式。述語「著」後可以帶受事賓語，也可以帶處所賓語，指示動作發生或終結的處所（Locative）資訊。

用作補語時的句法形式有：述語後面帶「著」構成（3）式「V著」。「V」帶賓語時，有兩種類型：帶處所資訊構成（4）式「V著L」，L是V的準賓語；帶受事賓語構成（5）式「V著O」，O是V的真賓語。魏晉南北朝時期，賓語大多不是真賓語，而是指出動作發生或終結地點的處所資訊。唐代以後，真賓語大量出現，這時，「著」的意義是表示述語動作的完結。

「著」虛化後，逐漸演變為現代漢語中用作動詞尾碼的「著」。這類「著」出現在述語後，述語帶賓語時，構成（5）式「V著O」。隨著這類「著」的使用，形成了嚴密的歷時發展規律。但是如果排除語料形成的時間因素，及語料的特殊性，而只考慮「著」出現的句法形態，就很難判斷「著」確切的用法。

第一，我們很難判斷「V著」中的「著」在句中，是作為複合述語，表示「附著」義的空間概念，還是作為處所補語，指出「V」發生或終結的地點，例如：

（1）自家們如今把這事放著一邊……（《燕云奉使錄》）

例文中的「自家」「們」「把」等是唐代以後的早期白話詞彙，如果忽視了句子的上下文，或不能準確把握語料的時代背景，就很難判斷「放著」中的「著」在句中是述語還是補語。

第二，「V著O」句式中，「著」表示的是述語動作的完了，還是動作結束後狀態的持續，有時也很難判斷，例如：

（2）堆著黃金無買處。（王建《北邙行》）

　　第三，「V著」中的「著」是述語動詞還是虛詞尾碼，有時也很難判斷。漢代佛經中，某些「著」的用法跟現代漢語中的尾碼「著」類似，唐代變文中也有這樣的例文，如：

（3）戀著五欲。
（4）三者設有災變妄起。至罵詈數數輕易及搰捶閉著牢　　　獄。（後漢，支婁迦讖譯《遺日摩尼寶經》）

由於語料性質的不同，「著」還有一些只在與佛教相關的語料中出現的特殊用法，如「愛著」、「貪著」等。考察「著」的用法時，應結合不同類型的語料，相互補充，才能準確把握「著」的歷時演變規律。

　　第四，現代漢語中，尾碼「著」所在的句法結構與其他補語不同，與同樣可以看作尾碼的「了」的用法也不同。我們認為，包含尾碼「著」的句法結構，跟「著」的歷時變化和生成原因有關，分析「著」時，除了歷時考察以外，還應充分考慮「著」在語義、語用方面的使用情況。

　　本文為了解決以上問題，首先從歷時、共時的觀點考察「著」的使用情況，並分析「著」在現代漢語中具有哪些語用方面的特徵。考察「著」的歷時演變時，從處所補語到時間補語的變化過程，再從時間補語到尾碼的變化過程，是本文的研究重點。「著」在句中是述語還是補語，到目前為止還沒有很具說服力的區分方法，一般多是根據語料的出現時期，或述語和「著」

之間的語義關係所做出的主觀推測，而沒有客觀的區分方法。這個問題以後再討論。本文根據「著」的語義形態和語法功能，把「V著」中的「著」作補語時的功能分為兩類。

第一，「著」在句中作處所補語。述語動詞是不及物動詞，「著」後面帶處所詞，或可以指明動作發生或結束地點的處所資訊，或處所資訊雖然省略了，但句中隱含著這一信息。我們把這時的句法形式歸納為「不及物動詞＋著＋L」。另外，述語動詞是及物動詞，它的賓語出現在述語之前，述語和「著」後面只有處所資訊，我們把這樣的句法形式歸納為「O＋及物動詞＋著＋L」。第二，「著」在句中作時間補語。述語動詞是及物動詞，帶一個受事賓語，句子要表達的資訊焦點不是動作發生或終結的處所資訊（即，所強調的不是在某處是否發生了某一事件，或某個動作是否終結於某處的空間資訊），而是時間概念上的事件終結，「著」強調的是事件內部的時間性。這時「著」後面出現的資訊，一定是述語的真賓語。

我們對處所補語的設定有以下看法：首先，不明確劃分「著」的詞性，這樣有助於新概念的整理。魏晉南北朝的語料中出現的「棄著」「散著」「置著」等用法，前面的動詞「棄」「散」「置」等跟「著」在詞意上仍然具有關聯性，「著」在句中承擔輔助作用。動詞「V」是否起主要述語的作用還值得深入討論，但很難看出「著」跟前面的動詞在句中具有同等的述語地位。因為雖然「置」和「著」具有相同程度的語義指向點，但是「棄」和「著」的語義結合是從屬性的。或者說，「著」和前面動詞的語義結合程度帶有兩面性，很難統一處理。但是大致上我們認為，含有「放置」義的「著」都可以看作述語，與「放置」

的具體意義、直接意義沒有關聯的「著」，看作補語是無可厚非的。處所補語「著」，是在句中體現述語功能的動詞「著」向時間補語演變過程中出現的用法。處所補語的用法始於漢代，到魏晉南北朝達到頂峰，唐代以後，出現了以表示結果為主的時間補語的用法。

## 9.2. 「著」作為述語的語法功能

「著」作述語的用法從先秦一直延續到現代。根據「著」的詞意，述語「著」的用法如下：「著」屬於附著義，例如：

(5) 譬如樹葉著枝。癡惡行著五種成聚五種意計。（後漢，安世高譯《道地經》）

(6) 持摩尼寶著其中。（後漢，支婁迦讖譯《阿閦佛國經》）

(7) 設百種味及穢麥飯，在於腹中等無有異，舉食著口，嚼與唾合。（西晉，竺法護譯《阿閦佛國經》）

(8) 年少得熱痛不能忍。掣指著口。（同上）

(9) 或置鐵虎口中燒，或安銅釜中，或著鐵釜中煮。（東晉，瞿曇僧伽提婆譯《天使經》）

(10) 是時辟支佛舒左手，以右手挑眼著掌中，而告之曰……（東晉，瞿曇僧伽提婆譯《力品經》）

(11) 若有人以一波羅毒。著彼池中。乃至千斤即無毒氣。（元魏，曇摩流支譯《信力入印法門經》）

（12）著草瘡上，待相著已，然後擊發。（元魏，曇摩流
　　　支譯《正法念處經》）

　　以上是「著」在句中單獨作述語的例文，「著」後面帶一個
具有處所意義的成分，或具有方位性的處所資訊。下面是與
「著」的詞意具有某些關聯，或詞意相近的動詞同「著」連用，
在句中共同作述語的例文：

（13）時㮈女即以白衣裹兒，敕婢持棄著巷中。（後漢，
　　　高世按譯《㮈女祇域因緣經》》）

（14）取其一花咒之一遍散著像上。（北周，耶舍崛多譯
　　　《佛說十一面觀世音神咒經》）

（15）每顆咒一遍置著火中。（同上）

（16）若過二日不差，還取咒索更咒一百八遍，絞著像頸
　　　復逕一宿。（同上）

　　以上例文中，「V著」後面也帶有處所資訊。「著」的這種述語用
法，一直沿用到今天，現代北方話中仍在使用，如：

（17）例著一草衫，兩膊成「山」字。（王梵志詩）

（18）燒的鑊熱時，著上半盞油……（《老乞大》）

（19）著點鹽！（現代北方話）

　　劉寧生（1984）把《大藏經》中的單用動詞「著」分成四類：
一為「附著」，並舉例：

（20）己身近極苦相著，便欲自歸醫。（後漢‧安世高譯《道地經》）

（21）譬如樹葉著枝，癡惡行著五種成聚五種意計。（同上）

（22）於雪山崗嶺，藥名無根著。（西晉‧竺法護譯《佛說如來興顯經》）

（23）一為邊地王，一為著翅蟲。（姚秦‧竺佛念譯《中陰經》）

（24）整其衣服，右膝著地。（僧祐錄雲安公涼士異經在北涼錄第二《不退輪法輪經》）

二為「穿」「戴」，舉例為：

（25）王阿闍世則以衣著菩薩上。（後漢‧支類迦讖譯《阿闍世王經》）

（26）我等敬信佛，當著忍辱鎧。（姚秦‧鳩摩羅什譯《妙法蓮華經》）

（27）若著淨身，臭腐爛身亦當應著；若不著臭身淨身亦應不著。（姚秦‧鳩摩羅什譯《坐禪三昧經》）

（28）菩薩即受八萬四千織成金縷袈裟，以道神力，而合為一袈裟著體。（姚秦‧竺佛念譯《菩薩瓔珞經》）

（29）枷鎖著身者自然解脫。（隋‧闍那崛多譯《大寶積經》）

三為「放置」，舉例為：

（30）或置鐵虎口中燒，或安銅釜中，或著鐵釜中煮。
（東晉・瞿雲僧伽提婆譯《天使經》）

（31）是時僻支佛舒左手以右手挑眼，著著掌中而告之
曰⋯⋯（東晉・瞿雲僧伽提婆譯《力品經》）

（32）若有人以一波羅汁，著彼池中，乃至千斤即無毒
氣。（元魏・雲摩流支譯《信力入印法門經》）

（33）所獻之食不著槃上，唯敷淨草上置飲食。（北周・
耶舍崛多譯《十一面觀世音神呪經》）

（34）持摩尼寶著其中。（後漢・支類迦讖譯《阿閦佛國
經》）

（35）設百種咪及穢麥飯，在於腹中等無有異，舉食著
口，嚼與唾合。（西晉・竺法護譯《修行道地經》）

（36）年少得熱痛不能忍，掣指著口。（同上）

（37）著草瘡上，待相著已，然後掣發。（元魏・瞿雲般
若流支譯《正法念處經》）

例（30）至（33）「著」後接方位結構，例（34）至（36）的謂
語是「V＋N＋著＋N」，且「著」後接名詞具有處所意義，例
（37）的謂語是「著＋受事賓語＋方位結構」。

四為「執著」，舉例為：

（38）是諸眾生悉著一欲。（西晉・竺法護譯《弘道廣顯
三昧經》）

（39）是為緣愛有求，緣求有利，緣利有分，緣分有染
欲，緣染欲有著，緣著有慳。緣慳有家。緣家有

守。（東晉・瞿雲僧伽提婆譯《大因經》）

（40）若彼眾生有愛欲心，偏著女色計好肥白，心玩不能
　　　去離。（姚秦竺佛念譯《十住斷結經》）

（41）不著己名利，但為眾生說。（僧祐錄雲安公涼士異
　　　經在北涼錄第二《不退轉法輪經》）

（42）不厭者專心著緣無有異想。（梁・僧伽婆羅譯《文
　　　殊師利問經》）

（43）著二邊者不為說中道，著中道者不為說二邊。
　　　（梁・曼陀羅仙譯《寶雲經》）

本文把這四種詞意的「著」歸為兩類：「附著、穿、戴、放置」
屬於一類，表示「把某物置於某處」等具體的行動，「執著」等
表示心理狀態的動詞屬於另一類。因為這類表示心理狀態的「執
著」「戀著」等有自身特有的用途，跟表示連續性的「著」在歷
時上具有不同的意義。

　　「著」在秦漢以前有「思念」的意思，《禮記・祭義》：「致
愛則存，致愨則著。（注）存著則謂其思念也」，《小爾雅・廣言》
中「著，思也」。文中的「著」即是現代漢語中的「著」，心理狀
態動詞「著」的用法，先秦時很少見。漢代以後，佛教傳入中
國，翻譯梵語佛經時，梵語中的「Kam」被翻譯成「著」，「Kam」
含有「願望」、「欲望」、「渴望」、「愛」、「看重」的意思。以後的
佛經翻譯中，「V著」逐漸在「思念」的意思上增加了新的含
義，出現了「執著」的意義，並成為佛教中的專門用語。[1]

---

1　參見劉寧生（1984）。

劉寧生（1984：63）認為，「執著」中的「著」是「附著」
的引申義。但是「執著」中的「著」，自出現以後，其語法功能
並未發生變化，一直是固定的專門用語，對「著」表示連續性變
化的來龍去脈沒有產生任何影響。我們認為，這類「著」與其他
幾種「著」的用法是不同的，因此本文排除對這類「著」的討
論。附著義、穿戴義和放置義的「著」表示「把某物置於某處」
等的具體行動。這裡不再細分，都看作附著類的「著」，以下將
分析這類「著」從補語到尾碼的演變過程。

## 9.3. 補語「著」的使用情況

### 9.3.1. 處所補語「著」的使用情況

《廣韻》：「著，附也」。「著」出現在主要述語和處所資訊之
間，表示述語動作所處於的位置。《世說新語》中出現了很多
「V著L」用法，如：

（44）長文尚小，載著車中……文若亦小，坐著膝前。
　　　（《德行》）
（45）藍田愛念文度，雖長大，猶抱著膝上。（《方正》）
（46）可擲著門外。（同上）
（47）玄怒，使人曳著泥中。（《文學》）

例（44）、（45）中的「著」相當於現代漢語中的「在」，例（46）、
（47）中的「著」相當於「到」。「著」前面的動詞承擔述語功

能,「著」承擔補語功能,《百喻經》中也有這樣的用法。如:

（48）我去之後,汝可齎一死婦女屍,安著屋中。（《婦詐
　　　稱死喻》）

例（48）中的「著」仍然帶有處所補語的性質。這類處所補語的
用法,在魏晉南北朝時使用得很普遍,下面是梅祖麟（1988）所
舉的例文:

（49）畏王制令,藏著瓶中。（劉宋,求那跋陀羅譯《過
　　　去現在因果經》）
（50）以綿纏女身,縛著馬上,夜自送女出。（《三國志·
　　　魏志·呂布傳》）
（51）雷公若二升碗,放著庭中。（同上《曹爽傳》
（52）負米一斗,送著寺中。（《六度集經》）
（53）先擔小兒,度著彼岸。（北魏,慧覺譯《賢愚經》）
（54）城南美人啼著曙。（江總《烏棲曲》）

魏晉南北朝時期,充當處所補語的動詞,除了「著」以外,還有
「在」。根據詹秀惠（1973）的統計,《世說新語》中「著（箸、
著）」充當處所補語,帶處所性成分的用例（「V著L」）有13例,
「V在L」有12例。

　　根據俞光中（1987）的統計,魏晉南北朝時期的《世說新
語》《百喻經》《法顯傳》中,「V著L」共出現23次,「V在L」共
出現13次。這類述語後面帶處所性成分的「V著L」句式中,

「著」承擔處所補語的功能，是動詞，語義上跟「V」具有密切關係，跟後面的「L」具有次要關係。而「V在L」中的「在」，語義上跟「L」具有緊密關係，跟前面的「V」則具有次要關係。那麼魏晉南北朝時期，跟「V在L」混用的「V著L」句式，後來發生了怎樣的變化，以下將具體分析。

先秦文獻和漢代的《史記》中，「在」都有帶處所性成分的「V在L」用法，例如：

（55）是時桓楚亡在澤中。（《項羽本紀》）
（56）孔子卒，原憲遂亡在草澤中。（《仲尼弟子列傳》）

《論衡》中也有「V在L」的用法：

（57）案宰予在孔子之門，序於四科，列在賜上。（《問孔篇》）
（58）草木在高山之巔，當疾風之沖，晝夜動搖者，能復勝彼隱在山谷間，鄣於疾風者乎？（《道虛篇》）
（59）先王之道，載在胸腹之內，其重不徒船車之任也。（《狀留篇》）
（60）筆墨之餘跡，陳在簡策之上，乃可得知。（《定賢篇》）
（61）以賢才退在俗吏之後，信不怪也。（《狀留篇》）
（62）韓非之書，傳在秦庭，始皇歎曰：……。（《佚文篇》）

　　這類「在」的用法，魏晉南北朝以後也在繼續使用。現代漢語中仍然存在，只是「V在L」中「在」的詞性由動詞轉化為了介詞，「在」和「L」之間的語義關係變得更加緊密了。「在L」給述語動作的發生或結果提供相關的處所資訊，「V在L」後來逐漸成為漢語中的一種常見句式。

　　漢代「V著L」句式中的「著」，有時跟「V」一起構成複合詞，有時作「V」的補語。魏晉南北朝時期的「著」，在句中主要充當處所補語。但考察「著」的歷時演變會發現，「著」的處所補語功能並非其作為補語的唯一語法功能。王力（1958）認為，現代漢語中的尾碼「著」，由魏晉南北朝時期的處所補語「著」發展而來，與唐代以後出現的時間補語「著」沒有關係。但是，漢代以前「著」的附著義中就已經含有「執著」、「想」等抽象的附著意義。「著」後的成分不一定是處所性資訊，也可以是述語動詞的受事賓語；有時「V著」出現在句末，這時「著」不具有指示處所資訊的功能。所以，表示附著義的「著」，只有當其後帶有具體的處所性成分時，其在句中承擔的才是處所補語的功能。當「著」與主要述語動詞在語義上具有某種關聯，表示動作「完了」的意義時，在句中承擔的則是時間補語的功能。即，（1）「V著」後可以帶與述語動作發生、結束地點相關的處所資訊。（2）「V著」後也可以帶述語動詞的受事。（3）「V著」出現在句末，後面即沒有與述語動詞相關的處所資訊，也沒有述語動詞的受事。也就是說，「V著L」中的「L」不是必需的句子成分，根據「V」的種類和「著」的語義形態，在句中具有一定的任意性。而「V在L」中，「L」跟「V」的語義形態無關，必須出現。隨著時代的變遷，「在」只有詞性發生了變化，其詞意

中包含的語義形態並沒有發生大的變化，漢語中，「V在L」句式用於指出與動作發生或結束相關的處所資訊，這種用法一直延續到現代。

「V著L」句式中，「V」是具體的附著類動詞，與動作相關的處所資訊是否出現具有選擇性。這種用法大致始於漢代以後，魏晉南北朝時期廣泛使用，到了宋代，處所補語的用法開始弱化。唐代以後，作為動作受事的「NP」出現了，「著」的主要功能在於指出作為主要述語的動詞其動作的完了時間，「著」在句中充當時間補語，這時的時間補語「著」，除了附著類動詞以外，也可以出現在其他語義類別的動作動詞後面。到了宋代，原先表示「完了」意義的時間補語「著」，其語法功能出現了分化：在單謂結構（「NP VP」）的句子中，根據「V」的語義形態，「著」分別表示「完了」「動作的進行」或者「狀態的持續」等意義。在連謂結構（「NP VP1 VP2」）的句子中，「著」出現在「VP1」後面，「VP1著」在句子的語義構成中不能被看作是中心語成分，屬於附加成分，指示「VP2」的動作方式等。這一句式在當時使用得很廣泛，並一直延續到現在。現代漢語中，「著」表示「連續」時，一般都出現在連謂結構中，而在像「NP V著（NP）」這樣的單謂結構中，幾乎沒有只以「V著」表示動作進行的用法了。這是因為「著」與述語動詞結合後，「著」在結構中表達的不是原有的動詞詞彙意義，而是語法意義上抽象的時間概念，另一個原因是「著」具有動貌（aspect）的功能。

綜上所述，「著」作為處所補語的用法廣泛使用於魏晉南北朝時期，唐代以後衰落，表示動作完結的時間補語用法逐漸興起。

## 9.3.2. 時間補語「著」的使用情況

王力（1958）認為，在句中充當處所補語的「著」，是現代漢語尾碼「著」的前身，時間補語「著」與尾碼「著」之間沒有關聯性，我們認為，王力的這一看法值得討論。我們全面考察了「著」的使用情況，注意到：處所補語「著」的使用在魏晉南北朝時期盛行，到唐代以後衰落，同時唐代以後，「著」作時間補語的用法佔絕對優勢。宋代以後，一方面「著」作為時間補語，表示動作結果的用法繼續使用，並一直延續到現代；另一方面出現了類似於現代漢語尾碼「著」的用法，這兩種用法在宋代是共存的。換句話說，我們認為時間補語「著」是處所補語功能的引申，這一表示結果的補語功能一方面延續至今仍然保持著補語功能，另一方面演變為表示「連續」的尾碼。

強調「處所」的空間意義向時間意義的變化，在漢語的其他例文中也能看到。「在」位於行為動詞之前，表示動作進行的「在V」結構，《紅樓夢》中尚未出現，形成於現代漢語。這類「在」的用法，其實來自於「在NP V」結構，「在」於結構中強調空間意義。於「在某處進行某事」的命題中，排除對場所的強調後，就會轉變為表述更簡單的「在進行某事」的命題。由於「在」後面沒有處所資訊，「在」的意義也跟著變得模糊了，這可能是「在」由空間概念轉向時間概念的一個原因。與強調處所的「在 NP V」向強調時間性的「在V」的變化生成類似，處所補語「著」的作用，除了補充說明述語動作的空間以外，在句中也可以承擔指示時間的功能。

下面回到「著」，討論「著」作述語，表示執著義的使用情

況，「著」原意表示「附著」。當「著」後缺少處所資訊，或所帶
賓語不是具體事物、而是與心理狀態等相關的抽象事物時，
「著」的意義就會發生變化，變為「執著」的意思，例如：

（63）不著己名利，但為眾生說。（僧佑錄雲安公涼士異
　　　經在北涼錄第二譯《不退轉法輪經》）

（64）不厭者，專心著緣，無有異想。（梁，僧伽婆羅譯
　　　《文殊師利問經》）

（65）著二邊者不為說中道，著中道者不為說二邊。
　　　（梁，曼陀羅仙譯《寶雲經》）

下面是跟執著義「著」詞義相近、相關詞彙的連用形式，在句中
共同作述語的例文：

（66）我剎女人，惡色醜惡舌，嫉妒於法，意著邪事。
　　　（後漢，支婁迦讖譯《阿閦佛國經》）

（67）度著國土財色萬物。（西晉，竺法護譯《佛說阿惟
　　　越致遮經》）

（68）持想著味者則致惡罪。（同上）

（69）是時辟支佛問曰：「大妹，今為染著何處？」（東
　　　晉，瞿曇僧伽提婆譯《力品經》）

可以看出，上面例文中「著」後面的成分，作為「著」（執著）
的抽象事物賓語，都包含有時空間因素。對於我們觀察思考的物
件，無論它是具體的事物還是抽象的觀念，都存在於一定的空間

和時間中。那種將空間和時間看作不同範疇，或將空間和時間看作上下位關係，存在於不同範疇的觀點，都是對認知思維方式不恰當的解釋，在人類的思維方式中，對空間和時間的認識是同時發生的。只是語言表達中，根據側重點的不同，所強調的那個部分，最終在它們的語言系統中得到了保留。隨著時代的變遷、語言環境的變遷，語言系統也會發生改變。所以「在NP V」不是只強調空間性，而也含有時間性的結構。同樣，「在V」也不是只用於強調時間性的語言系統，其中也包含著空間性的意義。另外，趨向補語「到」後面的成分是空間資訊時，「到」被賦予空間意義（如「走到教室裡」）；後面是時間成分時，「到」被賦予時間意義（如「讀到三點」）。

　　以此類推可知，在詞彙內部的意義解釋中，隱含著對空間和時間的強調，這種強調在語言中帶有很強的可變性。在這一推論的基礎上，可以說明處所補語和時間補語的關係，以及「著」用法上的系統性，並可以有效地解釋王力提出的隋唐時期所存在的空白期的問題。下面以我們的推論為基礎，對例文作一分析：

　　1. 處所補語「著」的意義是「在（某處）」。

　　（70）長文尚小，載著車中……文若亦小，坐著膝前。（《世說新語・德行》）

　　（71）藍田愛念文度，雖長大，猶抱著膝上。（《世說新語・方正》）

　　2. 處所補語「著」的意義是「把（某物）置於（某處）」。

（72）玄怒，使人曳著泥中。（《世說新語·文學》）

（73）我去之後，汝可齎一死婦女屍，安著屋中。（《婦詐稱死喻》）

（74）畏王制令，藏著瓶中。（劉宋，求那跋陀羅譯《過去現在因果經》）

（75）以綿纏女身，縛著馬上，夜自送女出。（《三國志·魏志·呂布傳》）

（76）雷公若二升碗，放著庭中。（同上《曹爽傳》

以下是處所補語「著」解釋為「某種動作達到某種狀態」的用法。首先看「著」後面帶處所資訊的例文：

3. 處所補語「著」的意義是「使（某物）到達（某處）」、「把（某物）送達（某處）」，或「（某人／某物）到達（某處）」。

（77）可擲著門外。（《世說新語·方正》）

（78）負米一斗，送著庭中。（《六度集經》）

（79）先擔小兒，度著彼岸。（北魏，慧覺譯《賢愚經》）

「著」後面帶時間資訊的例文如下：

4. 處所補語「著」是「到……為止」，或「直到」的意思。

（80）城南美人啼著曙。（江總《烏棲曲》）

例（77）至（80）中，「著」作為補語，相當於現代漢語中的

「到」，特別是例（80），「著」後面帶有時間資訊，這時很難把「著」看作處所補語，看作結果補語也不合適。這種情況可以看作是前面所說的，漢語中空間和時間概念相互轉換的例子，即，「著」後面的成分由時空間概念轉為動作的目的。中國人在魏晉南北朝時期的語言生活中，對動作在空間上的解釋或許優先於時間上的解釋，社會生活不斷複雜化、產業化，生活中開始重視時間概念的時期，可能並不是對這類動作在時間上補充說明規範化的時期。魏晉南北朝時期的補語「著」，以指示動作到達某一空間或時間作為主要功能，對動作進行補充說明，其中，說明空間的補語功能佔絕對的優勢。但是到了唐代，指示動作到達某一空間或時間不再是「著」解釋動作的重點，而是向著──通過表明動作本身的內部構成，及指示動作的受事物件，在時間概念的基礎上對動作自身進行解釋──的語言系統發展。出現在這一語言系統的就是像「著」這樣的時間補語，「著」作為時間補語，具體使用情況如下：

（81）乃看著左眼……（《搜神記》）

《搜神記》中「著衣」的用法出現了3次，帶處所性成分，充當處所補語的用法有4次[2]，充當時間補語的用法出現了1次，上面的例文「看著」是時間補語的用法。「V著L」是處所補語「著」

---

2　例文如下：

　　行欲至宛市，定伯便擔鬼著肩上，急執之。（《宋定伯賣鬼》）

　　徑至宛市中，下著地，化為一羊。（《宋定伯賣鬼》）

　　乃書符著社中。（《葛玄》）

　　以膏散著瘡中。（《華佗》）

後帶處所性成分的句式，唐代以後，原來「L」中的「上」「中」「下」等方位詞被省略了，只保留了NP，如果這個NP可以看作是「V」的受事賓語，那麼這時「著」在句中的功能是表達結果的時間補語。唐詩及敦煌變文等作品中，「著」作為時間補語的用法很多。如：

（82）馬前逢著射雕人。（杜牧詩）
（83）堆著黃金無買處。（王建《北邙行》）

我們以羅宗濤教授對敦煌變文的時代考證為依據，對8、9、10世紀敦煌變文作品中帶「著」的例文進行了考察，共71例。敦煌變文中，除了充當述語的「著」和句末語氣助詞「著」以外，其餘「著」的用法大都可以看作是補語，其中又以時間補語居多，共有二十多處時間補語的例文，幾乎看不到處所補語的用法。從比例上看，時間補語「著」的用量佔「著」全部用量的28%，這二十多處時間補語的例文中，除去重複的「述語＋著」形式，各例文如下：

（84）逢著目連，遙報言……（701）
（85）西邊黑煙之中，總是獄中毒氣，吸著，和尚化為灰塵處……（701）
（86）……相去一百餘步，被火氣吸著，而欲仰倒。（702）
（87）風吹毒氣遙呼吸，看著身為一聚灰。（703）
（88）圖書且載著往聲。（920）

（89）朦朧睡著，乃見夢中十方諸佛，悉現雲間，無量聖賢。（1052）

（90）擊分聲淒而對曰：「說著來由愁煞人！……」（1002）

（91）皇帝此時論著太子，涕淚交流。（1097）

（92）微塵可得遇著風。（116）

王實甫《西廂記》第一本第一折中，有38個「著」的例文，與現代漢語中表示結果的時間補語相比，一半以上更接近尾碼的用法。除了尾碼、語氣助詞，以及述語用法以外，我們查到的，可以看作是時間補語的，只有「撞著」「睡著」。

（93）正撞著五百年前風流業冤。（7）

（94）兩廊僧眾都睡著了。（31）

（95）到晚來向書幃裡比及睡著，千萬聲長吁怎捱到曉。（40）

《京本通俗小說》的《碾玉觀音》中，「著」的用例共有35個，尾碼用法出現了27次以上，時間補語則很少見。

（96）郡王教我下書來潭州，今遇著你們。（9）

（97）睡不著如翻掌……（22）

《水滸》三十五、三十六回中有20個「著」的例文，都是尾碼的用法，沒有時間補語的用法。

由此可知，唐代廣泛使用的，作為時間補語表示結果的「V
著」形式，進入宋代以後，用量逐漸減少，逐漸成為在句中充當
動詞尾碼的虛詞。

## 9.4. 尾碼「著」的語法功能

王力（1958）只把行為的進行看作連續動貌的典型，而沒有
提及狀態持續的動貌。太田辰夫（1958）設定了持續貌後面的尾
碼，對王力的論述中沒有提到的部分在動貌範疇中作了研究。太
田辰夫（1958）針對唐以前和唐以後的差異，提出了以下的看法：

> （98）先擔小兒，度著彼岸。(北魏，慧覺譯《賢愚經》)
>
> （99）城南美人啼著曙。(江總《烏棲曲》)
>
> （100）負米一斗，送著庭中。(《六度集經》4)
>
> （101）其身坐著殿上。(《六度集經》2)
>
> （102）嬰妾懸著床前。(《六度集經》4)
>
> （103）畏王制令，藏著瓶中。(劉宋，求那跋陀羅譯《過
> 去現在因果經》)
>
> （104）法力素有膂力，便縛著堂柱。(《述異記·廣記》)

他認為上面例（98）至（100）的「著」是「到」的意思，
（101）至（104）是「在」的意思，並認為（98）至（104）的
例文仍是「持續態的一種」，唐代以前和以後的差異，主要體現
在「述語＋著」後面成分的差異上，唐代以後，「述語＋著」後
面出現了動詞的受事賓語，跟現代漢語的用法大同小異。他所列

舉的唐代持續貌例文如下：

（105）還應說著遠行人。（白居易《邯鄲冬至夜思家》）
（106）堆著黃金無買處。（王建《北邙行》）
（107）看著閒書睡更多。（王建《江樓對雨寄杜書記》）
（108）房房下著珠簾睡。（王建詩）

例（105）至（108）跟現代漢語的持續貌大致相同。我們認為，太田辰夫（1958）在說明「著」時，對「著」歷時體系的構建，比王力更合理。梅祖麟（1988）把魏晉南北朝時期的「著」分為兩類：靜態「著」成為現代北方方言的持續動貌尾碼，動態「著」成為現代吳語等的完成動貌尾碼。王力（1958）認為元代「了」、「著」的分工還不明確。梅祖麟不同這種看法，認為敦煌變文和宋元時代的北方文獻中，「了」和「著」的分工已經很明確，只是南宋以後受到南方語言的影響，「著」出現了完成動貌的用法。但是根據我們的調查，唐代已經出現了跟現代漢語完成動貌類似的「著」，並且像王力所說的那樣，例文中有「了」「著」分工不明確的現象。

（109）細看只似陽臺女，醉著莫許歸巫山。（岑參《醉戲竇子美人》）
（110）乞取池西三兩竿，房前栽著病時看。（王建《乞竹》）

「著」充當時間補語，表示「動作的完成」或「某種結果的實

現」的用法在唐代使用得很普遍，例如：

> （111）昨者二千騎送踏布合祖至磧北，令累路逢著回鶻
> 殺。（李德裕《代劉沔與回鶻宰相書白》）
>
> （112）日暮拂雲堆下過，馬前逢著射雕人。（杜牧《游
> 邊》）
>
> （113）承禎頗善篆、隸書，玄宗令以三體寫《老子經》，
> 因刊正文句，定著五千三百八十言為真本以奏上
> 之。（《舊唐書》）
>
> （114）淺色暈成宮裡錦，濃香染著洞中霞。（韓偓《甲子
> 歲夏五月》）
>
> （115）黃鶴青雲當一舉，明珠吐著報君恩。（王昌齡《留
> 別司馬太守》）[3]

這種表示「動作完成」或「動作某種結果的實現」的「著」，同
時代也表示「動作自身的持續」，或動作結束後引申的「狀態的
持續」。

表示「動作的完成」或「動作某種結果的實現」的「著」，
與表示動作完結後引申的「狀態持續」的「著」，邏輯上的連貫
性很充分，可以把這兩個「著」看成同一個語素。

> （116）客嘗於飲處醉甚，孤乘馬至半路，沉醉，從馬上
> 倚著一樹而睡。（《太平廣記》）

---

3　參見劉堅（1992：98）。

（117）主簿因以函書擲賈人船頭，如釘著，不可取。（同上）

趙金銘（1979）認為，現代漢語的尾碼「著」，在敦煌變文中已經出現了，並舉了如下的例文：

（118）太子年登拾玖，戀著五欲。（《八相變》）

《敦煌變文集》中，表示心理活動的動詞後帶「著」的用法，只有「貪著」和「戀著」兩類，前者出現了5次，後者出現了4次。

（119）太子此來下界，救度眾生，何故縱意自恣，貪著五欲。（《八相變》）

（120）但凡夫人，虛妄貪著，妄計為實也。（《金剛般若波羅蜜經講經文》）

（121）但凡夫之人，貪著其事者……（同上）

（122）切思如此身，何處有貪著。（《維摩詰經講經文》）

（123）「……不應貪著，是故說不受福德也。」（《金剛般若波羅蜜經講經文》）

（124）太子年登拾玖，戀著五欲。（《八相變》）

（125）時為戀著是妻。（《難出家緣起》）

（126）且不肯來，便言語無端，亂說辭章，緣戀著其妻。（同上）

（127）不求佛教，戀著色身，合向于此鑊湯煎煮。（同上）

　　《敦煌變文集》收錄的變文，根據記載的內容可以分為兩類：一類是中國歷史故事和民間傳說，另一類是佛經，包含「貪著」「戀著」的9個例文都來自變文中的佛經內容。可知「貪著」「戀著」是當時佛經的專門用語，這些用語到後來也沒有發生變化，一直保持著原有的形態。所以把這種「著」看作尾碼不合適。另外《大藏經》中，這類「V著」後面帶「於」的用法也經常出現。[4]

　　（128）心常懷懈怠，貪著於名利。（姚秦、鳩摩羅什譯
　　　　　　《妙法連華經》）

　　（129）純根樂小法，貪著於生死。（同上）

　　（130）貪著於諸果。（僧佑錄雲安公涼士異經在北涼錄
　　　　　　《不退轉法輪經》）

　　（131）觸著於身能生悅樂。（唐，提雲般若等譯《大方廣
　　　　　　佛花嚴經修慈分》）

　　因此我們認為，趙金銘提出的現代漢語尾碼「著」始於敦煌變文的觀點還值得進一步討論。我們認為，類似於現代漢語的尾碼「著」，在宋代文獻中正式出現。王實甫《西廂記》第一本第一折中有38個「著」，一半以上是尾碼「著」的用法。

　　（132）官拜征西大元帥，統領十萬大軍，鎮守著蒲關。
　　　　　　（5）

---

4　參見劉寧生（1984）。

（133）見今崔老夫人領著家眷扶柩回博陵……（15）

（134）山門外看著，若再來時，報我知道。（15）

（135）遠著南軒，離著東牆，靠著西廂。（17）

（136）……卻怎睃趁著你頭上放毫光，打扮的特來晃。
（19）

（137）我與你看著門兒，你進去。（19）

（138）想著他眉兒淺淺描，臉兒淡淡妝，粉香膩玉搓咽
項。（21）

（139）他先出門兒外等著紅娘……（30）

（140）側著耳朵兒聽，躡著腳步兒行……（31）

（141）踮著腳尖兒仔細定睛……（31）

（142）早是那臉兒上撲堆著可憎，那堪那心兒裡埋沒著
聰明。（32）

（143）……他陪著笑臉兒相迎。……（33）

（144）對著盞碧熒熒短檠燈，倚著扇冷清清舊幃屏。
（33）

（145）妖嬈，滿面兒撲堆著俏，……（39）

（146）大師也難學，把一個發慈悲的臉兒來朦著。（40）

（147）扭捏著身子兒百般做作，來往向人前賣弄俊俏。
（40）


《京本通俗小說》的《碾玉觀音》中，「著」共出現35次，
近似於尾碼「著」的用法出現了27次以上：


（148）當時怕春歸去，將帶著許多鈞眷遊春。（3）

（149）只見車橋下一個人家，門前出著一面招牌，寫著
「璩家裝裱古今書畫」。（3）

（150）鋪裡一個老兒，引著一個女兒，生得如何？（3）

（151）……看見令嬡身上繫著一條繡裹肚。（4）

（152）……當時叉手向前，對著郡王道……（5）

（153）崔待詔既不見人，且循著左手廊下入去。（3）

（154）當日有這遺漏，秀秀手中提著一帕子金珠富貴……
（6）

（155）……沿著河走到石灰橋……（6）

（156）崔寧指著前面道……（6）

（157）崔寧叉著手，只應得諾。（6）

（158）四更已後，各帶著隨身金銀物件出門。（7）

（159）……寫著「行在崔待詔碾玉生活」。（7）

（160）……穿著一領白段子兩上領布衫，青白行纏紮著
褲子口，著一雙多耳麻鞋，挑著一個高肩擔兒，
正面來，把崔寧看了一看。（8）

（161）……這個人卻見崔寧，從後大踏步尾著崔寧來。
（8）

（162）……一路尾著崔寧到家，……（9）

（163）……即時差一個緝捕使臣，帶著做公的……（10）

（164）那兩口刀，鞘內藏著掛在壁上。……（10）

（165）……見一頂轎兒，兩個人抬著，……（11）

（166）……且低著頭只顧走。（11）

（167）來人去門首看時，只見兩扇門關著，一把鎖鎖
著，一條竹竿封著。（11,12）

（168）……至今不知下落，只恁地關著門在這裡。（12）

（169）看到底下，下面碾著三字「崔寧造」……（12）

（170）抬起頭來，看櫃身裡卻立著崔待詔的渾家。（13）

（171）兩個轎番便抬著逕到府前。（14）

（172）……開著口則合不得。（14）

　　《水滸》三十五回、三十六回中「著」出現了20次，都是類似於尾碼「著」的用法，沒有時間補語的用法。

（173）那婆娘哭著告饒。（403）

（174）晁天王聚集著三五千軍馬，把住著水泊，官兵捕盜，不敢正眼覷他。

（175）宋江便與花榮引著四五十人，三五十騎馬簇擁著五七輛車子，老小隊仗先行……（405）

（176）後面便是燕順、王矮虎、鄭天壽三個引著四五十匹馬，一二百人。（405）

（177）旗號上又明明寫著「牧捕草寇官車」……（405）

（178）且說宋江，花榮兩個騎馬在前頭，背後車輛載著老小，與後面人馬，只隔著二十來里遠近。

（179）……盡是紅衣紅甲，擁著一個穿紅少年壯士。（405）

（180）……也擁著一個穿白少年壯士，……（405）

（181）搭上箭，拽滿弓，覷著豹尾絨絛親處，……（406）

（182）後隊人馬已都齊，一個個都引著相見了。（407）

（183）……八搭麻鞋，桌子邊倚著短棒，橫頭上放著個
　　　　衣包……（407）

（184）酒保卻去看著那個公人模樣的客人道……（407）

（185）那漢大怒，拍著桌子道……（407）

（186）宋江接來看時，封皮逆封著，又沒「平安」二
　　　　字。（409）

（187）……討了一幅紙，一頭哭著，一面寫書，……
　　　　（410）

（188）次日，辰牌時分，全夥都到。燕順，石勇接著，
　　　　備細說……（410）

（189）……當先一隻船上擺著三五十個小嘍囉，船頭上
　　　　中間坐著一個頭領，……（410）

（190）眾人跟著兩個漁人，從大寬轉……（411）

（191）……眾多好漢，隨著晁頭領，……（412）

（192）心中十分大怒，便指著宋清罵道……（413）


　　由此可知，唐代廣泛使用的時間補語的用法，宋代以後逐漸
減少，進而演變為尾碼。現代漢語尾碼「著」的真正出現與入聲
消失、輕聲zhe的出現相關，這是一個主旨的事實。但是「著」
大致18世紀後半以前一直讀為[zhao][5]，從什麼時候開始發音變為
了[zhe]，到現在還沒有找到可以證明的材料。宋代以後到發音
讀為[zhe]以前，尾碼形態的「著」發音上雖然還沒有完全弱
化，但通過考察句法形式及上下文意的演變，可以知道現代尾碼

---

5　參照康寔鎮（1985:34-38）《老乞大朴通事研究》（臺灣師範大學博士學位論文）。

「著」的前身。我們推測：讀為[zhao]的尾碼形態「著」，始於時間補語「著」[zhao]的另一個意義的弱化。「著」用作補語時，可以充當處所補語，指示述語動作發生或終結的地點；也可以充當時間補語，表示完了的時間概念。以後，「著」的動作性完全虛化，在一定的上下文中表示連續的時間概念，體現虛詞的功能。

## 9.5. 小結

通過對「著」歷時現象的整理，可以看出「著」的意義變化：從表示附著義具體動作的用法，演變為表示完了義的時間補語，再到現代漢語中表示動作進行和狀態持續的尾碼。「著」用作述語時是動作動詞，表示「附著」的意義，以後演變為提供處所資訊的處所補語；到了唐代，普遍用作時間補語；宋代以後，演變為表示連續性的尾碼形態。

# 10. 經驗義「過」的語法研究

## 10.1. 動貌定義

　　目前語法學界一般認為，「過」有兩種語法形式：「過1」表示「動作完畢」，「過2」表示「曾經有過這樣的事情」，具有「經驗」的意義（呂叔湘，1999；246-248，孔令達，1986；劉月華，1988；戴耀晶，1997等）。呂叔湘認為，「過1」雖具有補語性質，但屬於表示「完畢」的動貌助詞，而「過2」是表示「曾經」的動貌助詞。說明「過」的語法特徵時，把「過」看成動貌助詞的學者之所以意見不一致，大體上是由於對動貌的理解不同。

　　本文首先理清動貌的語法特點，然後通過考察「過」的各種語義形式，討論「過」能否被看作動貌助詞。

　　本文將從句法和語用角度，對與「過」相關的動貌作一討論。迄今為止，關於漢語動貌現象的研究有兩種相反的觀點，動貌有廣義和狹義之分。廣義上說，動貌助詞或動貌動詞體現述語動作或狀態等存在的形式，具體包括所謂的起始貌、重疊貌、暫時貌、經驗貌、完成貌及進行貌等。從這個觀點上看，動貌是一個包含動作或狀態個別貌相（phase）的概念。因此，廣義上的動貌包含語法範疇（grammatical category）和詞彙範疇（lexical category）兩個方面。

　　狹義上的動貌，排除了表示動作或狀態個別貌相的詞彙範

疇，以動貌助詞說明認識情況本身內部結構的方式。這一觀點中，動貌屬於語法範疇，而不屬於詞彙範疇。本文是狹義觀點上的動貌研究。我們將討論「過」在句中的語法意義。

## 10.2. 「過」是否是動貌助詞？

### 10.2.1. 句子的指稱（sentencial reference）

本節將討論兩個內容：一、王力等學者提出的經驗義的「過」是否屬於動貌助詞；二、完了義的「過」的語法特點，及跟「了」的關係。

說明動貌之前，我們首先對「指稱」概念作一解釋，指稱原來主要針對的是固有名詞和一般名詞所指的物件。「句子的指稱」（sentencial reference）最早由Frege（1949）系統地提出。他的基本觀點是：句子的指稱就是句子的真值。而所謂「句子的真值」，指的是句子是真的還是假的。[1]「句子是真的」，意味著在一定的語境中，那個句子所表述的內容符合客觀事物或客觀現象。所以我們認為，這裡所說的「句子的指稱」是一個句子在實際語境中的指示時點上，句子和句中反映的客觀事物或現象相互一致的概念。

### 10.2.2. 認識情況的方式

認識情況有兩種方式：一是以指示時間（reference time）為

---

1　G. Frege（1949:91）.

基點從外部認識情況，一是以情況本身的時間——事件時間（event time）為基點從內部認識情況。所有情況都構建于時空間的基礎上，情況本身就包含著事件時間——即情況內在的因素，但這一事件時間——情況內部的時間要素，在指示時點上不能提供與「句子的指稱」相符的資訊（如例（1））。若要使例（1）成為合法的句子，一定要在指示時點上具有滿足「句子的指稱」條件的句子成分（如例（2）至（6）），即，言談中提及的情況，都是基於指示時點、以外部觀察法對情況的認識。如果我們以內部觀察法對情況進行表述，得到的往往是一個不完整的句子或言談，句子被認為處於不完整的狀態中。

（1）＊他吃了飯。
（2）他吃了飯了。
（3）他吃了一碗飯。
（4）他吃了那碗飯。
（5）他在食堂吃了飯。
（6）他早就吃了飯。

例（2）至（6）分別給例（1）添加了語氣助詞「了」「一碗飯」「那碗飯」「在食堂」和「早就」等可以賦予「句子指稱」意義的資訊，使例1的句子指稱具有真值，成為合法的句子。所以，情況內部認識，是基於事件時點上的解釋，只有添加了現實語言環境中指示時點上的資訊，才能被看作合法的句子。

## 10.2.3. 句子的指稱和指稱資訊要素

　　「句子的指稱」就是「句子的真值」，是指句子或者是真的或者是假的。一個句子在具體語境的指示時點上，應包含哪些資訊，我們才可以說這個句子具有真值呢？一般來說，句中應當具有聽話者和說話者之間可以共同認知的資訊，這一資訊來自經驗或由經驗類推而來。實際語境中，使言談或句子具有真值的方式有幾種：第一，漢語中，述語後的賓語成分一般是無定的，給這樣的賓語添加數量詞，成為殊指（specific）（例（3）），或添加代詞，成為特指（definite）（例（4））；第二，添加情況出現的時空間資訊（例（5）、例（6））；第三，言談內容是雙方已知的具體化情況，且句中包含句末語氣助詞（例（2））。[2]

---

2　從指稱概念上看，「了2」表示的是特指。這是句末語氣助詞「了2」眾多語法功能中最基本的一項意義。我們根據以下例文，驗證「了2」是否含有這種把情況特指化的功能。
　（1）a.他吃飯了。（不用準備粥）
　　　　b.他吃飯了。（剛開始吃飯，還在吃）
　例（1）a.、b.兩例中的「了2」表示情況在指示時點上的變化。在指示時點上為情況提供一個起始（a）或終結（b）的界限。動貌是解釋情況內部結構全體以何種方式存在的語法範疇。而「了2」的語法功能在於表明新情況的出現，具有變化的意義。我們認為，「了2」在情況外部時點上，為言談或句子提供使內容具體化的資訊，以符合「句子的指稱」要求，可以說，「了2」承擔了「句子指稱」上的功能。這種看法的根據如下：
　例（1）的「了2」在指示時點上，指出「我吃飯」跟其他情況的界限，但並不把「吃飯」的內部情況解釋為整體，只是表明情況開始或終結的界限。
　（2）a.他喝一杯酒了。（不能開汽車）
　　　　b.他喝一杯酒了。（前天說戒酒，不到三天，就又開始喝酒了）
　（3）他去了美國。
　例（3）中「了1」把「去美國」的情況內部結構全體解釋為整體，而不能提供「他是否還在美國」，或「他現在是否在這裡」等和情況外部相關的指示時點上的資

## 10.2.4.　情況內部結構和情況外部結構

　　陳述句的句末添加「了2」或「呢」，句子就能變成合法的句子。其原因是：「了2」在指示時點上為情況提供開始或結束的界限（bounded）[3]（例（7）、（8）），而「呢」在指示時點上表示情況發生後狀態仍然存在（例（9））。

　　　　（7）我們吃了飯了。
　　　　（8）我們上了課了。
　　　　（9）（有人認為他不在唱歌時，說：）他唱著歌呢。

　　「了2」表示開始或終結的界限意義，「呢」表示情況發生後的連續性。「了2」和「呢」的這些語法意義都是指示時點上的，與「句子的指稱」所要求的時點相匹配，這時句中包含了可以確認「句子真值」的資訊。言談中，如果判定句子具有真值，那麼這句話表述的整體內容，會被認為所指的是某個特定的情況，從「句子的指稱」角度看，整句話屬於特指。這樣，說話者和聽話者才可以把對話內容跟內容指示的具體現象或抽象觀念聯繫起

---

　　訊。例（2）中的「了2」在起始或終結時點上，為「他喝酒」，及由此引起的另一情況之間提供界限。如果「了2」表示的是將情況內部結構解釋為整體，就很難在其後出現基於情況外部的表述。

3　參見黃美金（1988：186-187；198）；J.C.YUNG（1986）對界限概念有如下解釋：界限，一般是時間上的界限，也可以是其他的抽象連續體的界限。例如，如果是以相互不同程度的性質形成的連續體，就可以為其劃分界限。也就是說，界限意義是出現在一個情況和另一個情況之間的「了2」的一種語法功能。因為如果沒有這變化意義，就不會產生界限意義。

來，在語言交流中不致引起資訊模糊或混亂。例（7）至（9），
句子的整體內容可以被視為特指，就在於句中分別包含「了2」
和「呢」這樣的語法要素。

　　雖然「了2」和「呢」都是在指示時點上說明言談以怎樣的
形式發生，並以此體現出句子的整體內容屬於特指，但它們在表
述情況存在的形式時，意義是互不相同的。陳述句中的「呢」在
於向聽者暗示，言談內容是對聽者的主張、預想或信念作出的反
應。[4]即，「呢」的作用就是要提醒聽者注意，說者說的話是基於
聽者的立場、預想、信念而說的，[5]「了2」在於表明言談針對的
是新情況。

　　為情況發生提供時空間背景的「在」，從句子指稱地角度
看，也具有表明言談內容為特指的語法功能。這種在指示時點上
以「句子的指稱」方式對情況的認識，我們稱為情況外部的認
識。「了1」（perfective aspect）和「著」本身在指示時點上不具
備「句子的指稱」功能。因此，在包含「了1」和「著」的句子
中，如果談話內容在指示時點上沒有表明「句子指稱」的成分，
這個句子就會被看作是不完全的。因為指稱概念本身只有出現在
指示時點上才具有意義，在事件時點上，其存在是沒有意義的。

　　本文把以「了1」和「著」認識情況的方式稱為情況內部的
認識，這是基於事件時點上的認識方式。

---

4　參照Li & Thompson（1983:252）。

5　參照Li & Thompson（1983:255）。

## 10.2.5. 情況內部認識和情況外部認識的差別

　　情況內部的認識與指示時點無關，不能觀察基於指示時點上的情況的開始、過程或終結，對情況需看作整體加以認識，而不能把情況分為階段。情況外部的認識立足於情況的起始、終結點，或過程中觀察情況，因而可以將情況解釋為「開始」、「進行」「繼續」等若干種狀態。但是以情況外部認識方式不能觀察狀態的持續。因為對於一個持續的狀態，在時間軸上它是無始無終的，我們無法將一個持續的狀態分為起始、過程或終結等階段。所以要認識狀態的持續，一定要以情況內部的認識方式加以觀察。即，觀察狀態的持續時，要用「著」，或者「著」和「在」同時使用，而僅以「在」不能表示狀態的持續。

　　漢語中，我們認識述語表述的情況時有兩種方式：在情況外部時點──指示時點上對情況的認識，以及在情況內部時點──事件時點上對情況的認識。情況內部的認識只能基於事件時點，情況外部的認識只能基於指示時點。所以，基於內部時點對情況的觀察、描述，往往缺少只在外部時點──指示時點上才能出現的「句子的指稱」資訊。「他吃了飯」是情況內部的認識。句中的「飯」是虛指，述語後沒有任何成分可以表明這個句子在指示時點上包含「句子的指稱」資訊。通過情況內部的認識方式觀察情況時，會出現以下兩種情形：第一，將情況看作一個整體進行解釋，這時情況是一個不能分解為開始、過程或終結等階段的整體。第二，解釋情況時，如果除掉提供「句子的指稱」資訊的成分，在指示時點上就不能構成合法的句子。所謂的「句子的指稱」資訊包括：表明情況發生的時間、空間的背景資訊，賓語本

身的特指資訊，以及句末語氣助詞「了2」、「呢」等。以情況內部認識方式解釋情況時，情況是一個不可分解的整體或連續體。這樣的內部認識缺乏言談中要求的「句子的指稱」資訊，所以基於內部認識產生的句子在指示時點上不能被看作是有用的資訊。

　　基於指示時點的情況外部認識方式如下：

　　　　（10）（他不抽煙嗎？）他抽煙。

例（10）不是回答抽煙這個動作進行與否，而是針對詢問是否有抽煙的習慣而作出的回答。如果是針對「現在是否在抽煙」或「是否抽完了煙」這樣的詢問，而作出例（10）那樣的回答，說話者就不能向聽者傳達聽者想知道的未知資訊。因而這個句子會被認為不具有「真值」，或者說「句子的指稱」性質不恰當。因此，要以例（10）去表述「他在抽煙」或「他抽完煙了」等的行為時，在指示時點上是不具有「句子的指稱」性質的。「V＋O」結構所表達的意義，常常用於對觀念或狀態等靜態行為的判斷，也用於對習慣性行為作出判斷。描述一個動態性的動作時，句子一定要在指示時點上具有適當的「句子的指稱」，所以，趙元任（1968：245）認為像例（10）那樣的句子，只能用來表示該情況是習慣性動作、即將性動作，或在句中作非敘述性謂語（non-narrative predication）。例（11）的「了2」為句子提供相應的「句子的指稱」資訊，表明該言談內容在指示時點上屬於特指，並根據述語的性質，在句中為動作提供一個開始或終結時點的界限（bounded）。

（11）A. 他吃了。（不能再吃了）

　　　B. 他吃了。（剛開始吃飯，還在吃）

（12）A. 他倒了。（真遺憾）

　　　B. ＊他倒了。（剛開始倒，還在倒）

（13）A. 他死了。（非常可惜）

　　　B. ＊他死了。（剛開始死，還在死）

（14）A. 他燙衣服了。（現在可以出去玩了）

　　　B. 他燙衣服了。（剛開始燙，還再燙）

（15）A. 鞋子小了。（不能穿了，給弟弟吧）

　　　B. ＊鞋子小了。（剛開始小，還在小）

（16）A. 花紅了。（真漂亮）

　　　B. ＊花紅了。（剛開始紅，還在紅）

　　動作的進行過程可以持續較長時間的動詞，稱為持續性動詞，「了2」出現在這類動詞後時，表示動作開始或終結的界限。例（11）、（14）的A表示情況的終結，B表示情況的開始，A、B兩句都成立。例（12）的「倒」，和例（13）的「死」是瞬間性動詞，「了2」出現在這類動詞後時，只表示動作終結時點的界限，而不能表示開始時點的界限。例（15）的「小」、例（16）的「紅」屬於狀態動詞，同瞬間性動詞的情形類似，「了2」在句中只表示動作終結時點的界限，而不能表示開始時點的界限。例（11）至（14）的A句中，「了2」為動作提供終結時點的界限，因而都具有「完成」的語法意義。但 B句的「了2」沒有完成義。由此可見，「了2」所表示的完成義只是根據述語的性質引申而來的，並非「了」的原意。

「了1」以情況內部認識方式描述動作，當它出現在過去時點上時，表示動作的完成。許多人誤把「了1」看成完成貌，進而把表示終結的「了2」也看作完成貌。這是因為不瞭解動貌（aspect）和貌相（phase）的差異——即情況內部認識和情況外部認識的不同而造成的誤解。

（17）（你看完了這本書嗎？）我看完了。

（18）我走進屋子的時候，他唱起歌來。

（19）天氣這麼熱下去，怎麼受得了。

例（17）結果補語「完」的語法功能是表示情況在終結時點上的貌相，例（18）的「起來」是表示情況在開始時點上的貌相，例（19）的「下去」是表示從先前某個時點到將來某個時點之間動作或狀態的貌相。這裡所說的時點都是指示時點，例文都是以外部認識方式對某一情況的描述。

## 10.3. 表示經驗的「過」是否是動貌

我們把表示終結義的「完」、「好」、「到」等，表示開始義的「起來」，表示連續義的「下去」看作是基於情況外部認識的貌相（phase）。「過」表示的經驗義是情況內部的認識，還是情況外部的認識？我們通常把動詞後帶「過」的情況解釋為「經驗」，雖然這一情況不能被分解，但我們認為「過」不是動貌。原因在於，包含「過」的句子解釋情況的時點不是事件時點，而是情況的外部時點——指示時點（比言談時間早的過去某一個時

點上的），句子在情況外部時點上具有「句子的指稱」資訊，因而不能把表示經驗的「過」看作動貌。

（20）（你除了白米以外，吃過什麼？）我吃過小米。

（21）我看過麒麟。

（22）我讀過書。

例（20）至（22）中，除去表示虛指的「小米」「麒麟」和「書」，句子裡沒有其他可以提供「句子指稱」資訊的成分。可以提供「句子指稱」資訊的成分包括：表明情況發生的時間、空間的背景成分，賓語本身為特指，或句末語氣助詞「了2」「呢」等。上述三個例文中並沒有這些成分，但例文在指示時點上，「句子的指稱」仍屬於特指，句子具有真值，所以我們認為，「過」說明情況的時點不是事件時點而是指示時點。

（23）＊他曾經吃過了牛肉麵。

（24）牛肉麵，他吃過了。

例（24）的「了2」是表示貌相的語氣助詞，因而不能將謂語表述的情況看作整體加以認識。例（23）的「了1」雖然出現在動貌的句法環境中，但不能把述語「吃過」表述的情況解釋為整體。原因在於：「述語＋過」結構中的「過」出現在情況外部時點上，表明情況是在指示時點以前的某一時點上曾經發生的經驗。「過」本身表示的時點不是事件的內部時點，而是情況的外部時點。「了1」無法將「述語＋過」表述的情況解釋為整體。因

此表示經驗的「過」不能出現在動貌助詞「了1」前，只能出現
在基於外部時點認識情況、被看作貌相的語氣助詞「了2」前。

## 10.4. 「過」的語法意義

本節將通過比較表示動貌的「了1」「著」的語法功能，考察
「過」的語法意義，並繼續討論「過」是否具有動貌的功能。

### 10.4.1. 「了1」

（1）* 我吃了飯。

例（1）是一個不合法的句子，如果賓語中包含表示殊指
（specific）或特指（dcfinitc）的詞彙或數量詞，就能成為合法
的句子。

（2）他念了兩年大學。
（3）我吃了那頓飯。

添加語氣助詞「了2」，全句表示新情況的出現，或情況發生了變
化。這時句子可以被看作是合法的。

（4）我們吃了飯了。

添加時間詞，也可以使句子合法。

（5）他們三天就完成了任務。

## 10.4.2. 「著」

（6）＊他坐著。

例（6）是一個不合法的句子，如果句子中包含表明情況發生地點的成分時，句子就是合法的。

（7）他在牆上掛著畫。

句子中包含可以說明情況的進行是發生在外部時點上的成分時，也是合法的句子。

（8）他在唱著歌。

具有表述情況發生或存在方式的成分時，句子是合法的。

（9）他在屋裡來回地走著。

## 10.4.3. 「過」

表示經驗的「過」出現在以下情形中：

（10）他讀過那本書了。

（11）我們談過這個問題。

（12）去年我去過南京。

像例（12）那樣，「過」出現的句子中，表明動作過去發生時間的時間詞，其時間意義必須是確定的，而不能是大概的。例（13）句子不能成立，只有像例（14）或例（15）那樣才能成立。

（13）＊兩三年前，我去過長城。

（14）兩三年前，我去了長城。

（15）來中國以後，我們參觀過一些公司和學校。

「來中國以後」是情況外部時點上的表述。

（16）＊我吃了飯。

（17）＊我吃著飯。

以上兩個句子都不合法。

（18）我吃過小米。

例（18）是合法的句子。「我吃飯」用於陳述句時，由於缺少與情況發生相關的資訊，因而不合法。但以表示習慣義的貌相理解時，就是合法的句子。例（18）中，「過」的作用在於表明：在情況外部時點上，情況發生於現在以前的某一時點。因此，解釋情況時所需的「句子的指稱」資訊──表示情況發生的

時間、空間背景，賓語本身為特指，或句末語氣助詞「了2」「呢」等都沒有出現。即使如此，例（18）仍然被看作在指示時點上具有適當的「句子指稱」，是具有真值的句子，可知以「過」解釋情況的時點不是事件時點，而是指示時點。

## 10.5. 「過」是表示經驗的貌相助詞

所謂助詞，是具有虛詞意義的詞彙或片語，以及附著於其他成分後在句子中表達語法意義的詞彙分類。漢語的助詞是另一種表示語法關係的詞彙集合，不能獨立使用。貌相助詞位於述語後面，在情況外部時點上對動作或狀態進行描述。「過」在動詞後面充當貌相助詞時，表示動作已經在過去出現了。這時，帶一個與過去時點相關的確切時間，即包含「過」的句子裡所表示的時間一定是過去的某個確定的時間，「兩三年前我去過長城」不合語法，應說成「兩三年前我去了長城」。

1. 「過」主要跟過去時間有關

「了」不僅跟過去時間有關，也跟未來時間有關。

（19）前天我聽過這句話。

（20）前天我聽了這句話。

（21）晚上吃了飯再去看電影。

2. 「過」用於表示動作已經結束。

（22）那本小說我讀過一半。

（23）＊那本小說我讀過一半，還在讀。

（24）那本小說我讀了一半。

（25）那本小說我讀了一半，還在讀。

3.「過」用於述語後，不一定表示動作的有了結果。
　「了」用於動詞後時表示動作有了結果。

（26）我高中時候學過日語。

「學過」以後，可能會說，也可能不會說。但「了」不同，因為「學了」，所以會說。

（27）我高中時候學了日語。

4. 述語後帶「過」的句子，和述語後帶「了」的句子，以「沒有」否定時，「過」不能省略，「了」則要省略。這是因為以經驗義「過」表示的情況，已經不再具有動態性動作的意義，表示的是某種靜態性的狀態。對狀態和動作的否定形式不同，從而在表述上也造成了差異，動作是以每個時點上外部動力的總和來表示整個動作。所以，在任何時點上否定動作的發生，都可以理解為對動作本身的否定。但狀態在每個時點的存在形式都是相同的，以否定某個時點的方式無法否定狀態的全體。所以只有對已經存在的狀態整體加以否定，才能達到否定狀態的目的。

（28）我讀過這本雜誌。

（29）我沒有讀過這本雜誌。

（30）我讀了這本雜誌。

（31）我沒有讀這本雜誌。

（32）門開著。

（33）門沒有開著。

例（29）、（33）是對狀態的否定，「過」和「著」仍然出現在「沒有」後面。

「過」認識情況的時點不是內部時點，而是說明動作貌相的情況外部時點，「過」是表示經驗的貌相。「過」與指示時間相關，一般不指明說話時間。表示經驗的貌相「過」不能與完成貌助詞「了1」同時出現。不過表示完了的結果補語「過」，以「過了」的形式出現在述語後面，表示動作的完了，這時「過」是表示完了的結果補語。

（34）你吃過了飯沒有？

（35）客廳裡的鐘錶叮叮噹當敲過了十二點。

（36）吃過飯再走。

例（34）至（36）中的「過」表示完了。但也應該承認，這三例表達方式帶有濃厚的方言色彩。

# 11. 結論

　　我們在前文中討論了漢語動貌的體系，和其語法功能，這裡再扼要地陳述一遍。

　　1.1. 本文把動貌解釋為：動貌是解釋情況內部全體的方法。漢語中動貌有兩種：一種是把情況內部全體解釋為整體；一種是把情況內部全體解釋為連續。即，動貌是把情況內部全體解釋為整體或連續，而不是整體和部分的對立的觀點。

　　1.2. 就語義來講，和動貌類似的另一個概念是貌相。漢語中，貌相和動貌有所不同，動貌是語法範疇（grammatical category），貌相是詞彙範疇（lexical category）。許多人把動貌和貌相混同起來，嚴格地說，兩者是互不相同的。以前學者提出的所謂起始貌、暫時貌、經驗貌、終結或完決貌、進行貌（「在」）等等其實是貌相，而不是動貌。

　　2.1. 給描寫當前情況的句子添加「了2」或「呢」，句子就成為合法的句子。「了2」表示和指示時點相關的情況的界限，「呢」表示和指示時點相關的情況發生事態。包含「了2」和「呢」的句子都與指示時點相關，因此句子所表述的情況可以被看作具有合適真值的意義。陳述當前時間情況的陳述句如果要被看作具有合適的真值，在指示時點中全句所表達的指稱一定要是特指。這樣，聽者在語言交際中，才能把話者所表達的內容和內容所指稱的具體現象或觀念聯繫起來，這種情況下全句所表達的

是特指。而該句所表示的特指主要是由和指示時點相關的「了
2」和「呢」引起的，一般來說，對當前情況的陳述，添加「了
2」或「呢」，該情況就可以被看作是在指示時點中具有合適真值
的句子。

2.2. 情況內部結構的意義和情況交談要素無關，不能被分
解。由於情況外部的觀察可以因觀察方式的不同而存在多種表
述，因此認識情況外部方式的特點是，可以把情況分解為若干階
段進行觀察。但是只用情況外部認識方式不能觀察狀態的持續，
因為狀態持續本身不能被分解，認識這種持續的狀態時，一定要
用情況內部的觀察方式。認識持續狀態時，有時只用表示狀態持
續的「著」就可以；有時表示狀態持續的「著」和表示動作進行
的「在」一起使用（這種現象主要因「著」出現的句法結構不同
而產生的），但是不能只用「在」等認識情況外部的方式觀察狀
態持續的情況。

3.1. 漢語中，由述語表述的情況，可以從情況外部時點（指
示時點或說話時點）和情況內部時點（事件時點）兩方面來觀
察。解釋情況內部結構時，只在情況內部時點中才認識得到。同
樣，從情況外部認識時，一定要在情況外部時點中才能作出解
釋。因此，如果只認識情況的內部結構，在情況外部時點（指示
時點）中就不會含有該情況具有特指的事實。例如：「他吃了
飯」中「飯」是虛指，全句對情況的表述在指示時點中並不是特
指，因此，該句不能被解釋為具有合適的真值。

判斷是否屬於情況內部的認識時，主要有兩種依據：1.解釋
情況時，是否可以把該情況分為階段；2.解釋情況時，除掉給情
況提供指稱資訊的補充成分（如表示和情況發生相關的時間、空

間等背景資訊，或賓語本身是特指等等）時，在指示時點中情況是否具有特指的意義（合適的真值）。

即，情況內部的認識方式是基於情況內部時點把情況內部結構全體解釋為整體或連續。如此的情況認識方式，缺乏交談所需的要素，因而在指示時點中該情況不會具有合適的真值。

3.2. 表示終結義的「完」、「好」、「到」等，表示起始義的「起來」，表示連續義的「下去」和「在」，或表示經驗義的「過」，這些詞彙對情況的解釋，都是情況外部的認識。

經驗義「過」把情況全體解釋為整體，而不把情況分為階段。但是解釋情況的時點是指示時點，因此，帶「過」的句子可以在情況外部時點上具有合適的真值。這點也許說明：「過」解釋情況的相關時點是情況外部時點，而不是情況內部時點。「在」和「著」所表達的語法意義不同：「著」是把情況全體解釋為連續的意義，「在」只解釋情況中動作的過程部分。「在」指涉的是——指示時點上被階段化的情況中，排除情況的起始和終結部分，而只涉及動作進行過程的那一部分，但是由「著」表達的連續性涉及情況的全體。

3.3. 情況內部的認識方式，所謂動貌只有兩種：1. 把情況全體陳述（判斷或描寫）為整體；2. 把情況全體解釋為連續（又可以分為動作進行和狀態持續）。

情況外部的認識方式，所謂貌相的種類很多，包括：1. 以起始的狀態進行的觀察，由「起來」表達；2. 以進行的狀態進行的觀察，包括「在」和「下去」等；3. 以終結的狀態進行的觀察，包括「好」、「完」和「掉」等等；4. 以經驗的狀態進行的觀察，由「過」表達。

### 3.4. 動貌定義

以上內容可以整理為：動貌和時間值有關，這裡的時間概念不是在談話時間中可以認知的交談要素，而是情況本身內包的事件時間。動貌指的是情況本身的內部結構如何被看認識的方式，與說話時間或指示時間無關的情況內部結構是一個抽象概念。因此，述語和動貌本身不能說明在指示時點中該情況具有合適的真值。我們無法從外部時間上理解這一抽象概念，應當從內部時間上把握。以內部認識方式觀察情況時，情況內部結構全體是一個不能被分為階段的整體，因此動貌體現的是，在情況內部時點中對情況內部結構全體進行解釋的方式，而不是單純地認識內部結構（如，進行、終結、起始等）的方式。

我們對動貌的定義是：動貌指的是在情況內部時點中，對情況的內部結構全體進行解釋的方式。漢語中「了1」和「著」具有解釋情況內部結構的功能：情況內部時點中，把情況全體解釋為整體，由「了1」表達；把情況全體解釋為連續（包括動作進行和狀態持續），由「著」表達。

### 4.1. 「了」的兩種語法功能

「了1」表現為動貌，「了2」表現為語氣。這兩種語法功能的「了」其實是同一個詞素，兩種「了」具有共通的意義——表示界限。

### 4.2. Thompson（1968：71-73）認為：「了」表示事件的界限。因此，「了」的多種語法功能可以被統合，不必再區分終結的「了」、狀況變化的「了」和起始的「了」。他還說：「了」出現在句末，表示說話者在心中有兩個事件的界限。

黃美金（1988）基本接受了 Thompson 的這一見解。

Thompson的看法中值得肯定的是，發現了表示「界限」意義的兩種「了」，因此兩種「了」也就可以被看作同一的詞素。但是Thompson和黃（1988）認為這兩種「了」不但是同一個詞素，而且在實際語言中都可以用於表達動貌，黃（1988）認為動貌的功能就是表達界限。我們不同意這種觀點，我們認為動貌有時可以表達界限，但表達界限的詞彙不一定都是動貌。換句話說，動貌和界限的關係是：表達界限是動貌的必要條件，而不是充分條件。

### 4.3.「了2」的語法功能

「了2」表示全句在指示時點上具有特指的性質，從指稱的觀點來講，這是「了2」在陳述句中最基本的語法功能。

許多人認為「了2」的語法功能是表示變化，我們認為，分析該詞時還要觀察其出現的整個語篇，才能確定該詞的語法功能。也就是說，以語用學分析時，我們不難發現「了2」的主要語法功能是表達情況外部時點（指示時點）上的界限，亦即變化義不能解釋「了2」重要的語法功能。

不考慮語境，而只孤立地看待一個句子時，變化義即是「了2」表達的意義。就單一句子來講，「了2」的語法功能是表示變化義。黃認為，通過例文「李四跳了繩了」，可以認識到「李四跳繩」和「他跳繩以前」的狀態之間的對立關係，「還沒有跳繩」和「已跳繩」這兩個情況之間的對立，是從表示兩者界限的句末「了」中產生的。

我們認為這一觀點值得商榷。例文中「還沒有跳繩」和「已跳繩」這兩個情況之間的對立，可能是從表示事件本身界限（即，事件的實現－未實現之間的界限）的「了1」中產生的，

這種界限也可以稱為情況內部的界限。該句句末「了2」表達的界限也許不是「還沒有跳繩」和「已跳繩」兩個情況之間的對立,「還沒有跳繩」和「已跳繩」之間的對立,至少不是「了2」表達的界限。主要由「了2」表現的界限是「已跳繩」的情況和另一情況間的對立,即「李四跳了繩了」和「他應該休息」等的情況之間的對立,我們認為這種界限是情況外部的界限。

我們認為,「了2」表達的界限意義來源於「了2」的變化意義。因此,具體語境中「了2」可以表達出情況具有合適真值的信息,不含有變化意義的連續體不可能含有界限義。

兩種「了」都表示界限,但是該界限屬於不同的語法範疇。「了1」表達的界限是一個事件(情況)本身的變化,即「未實現-實現」的界限;「了2」表達的界限是一個情況和另一個情況之間的界限。概念的定義,特別是定義詞彙的語法特性時,應當提出該詞和別的詞彙之間可以相區分的標題特徵(marked feature),假如其他語法範疇的詞彙也帶有相同的功能的話,我們就不能拿該功能當作該詞彙語法範疇的主要依據。如,「開始」可以表示界限,「了2」也是表示界限,我們就不能拿「了2」表示界限的事實,作為「了2」是動貌的根據,因為該功能不能成為「了2」和別的詞彙相區別的標題特徵。「我開始和他學拳」「我從今天起和他學拳」中,雖然都不帶「了2」,但是都可以表達界限意義,這種情形該如何解釋?

4.4.「了1」的語法功能(包括「述+了2」中的「了2」)

具體語境中「了1」表達的界限意義,是黃說的所謂動詞所表述的情況的界限。黃把「了1」表示的界限義和「了2」表示的句子、段落或言談單位的界限義看成同樣的語法範疇,兩者之間

的確有共通的意義成分──界限義。但是在具體語境中，因出現
的句法環境不同而各自充當不同的語法功能，即兩種功能屬於不
同的語法範疇。

「了1」表達的界限意義只是述語和賓語或補語之間產生
的、情況本身的對立意義，即「未實現─實現」的對立，並不是
和別的句子、段落或言談單位之間產生的對立意義。「了2」表達
的界限意義是該句表述的情況和其他情況之間的對立，這種界限
是指示時點上出現的情況的界限意義。因此這種「了2」一定出
現在句末，而不能出現在句中，「了1」表達的界限是情況本身的
界限。

4.5.「了1」出現的句法環境及其意義

我們認為，Li & Thompson 所說的「特定時間可以把情況解
釋為整體」的看法值得商榷。「了1」表達的情況內部結構（事件
本身）的整體性，並不是因為賓語表示特定物件而產生。無論賓
語表示的是非特指（即殊指[specific]）還是特指，都可以用「了
2」將該句表述的情況解釋為整體。「特定的事件可被視作整體」
的觀點，和漢語的情形不符。「了1」不只在包含特定賓語的句子
中把情況全體解釋為整體，句子表述的情況全體被視作特指時，
也可以把情況全體解釋為整體。「了1」在情況內部時點（事件時
點）中，以強調的意義表示該情況的實現，即「了1」本身在指
示時點中不能表示該句表述的情況的實現，因為「了1」本身和
指示時點無關。換句話說，「了1」表示情況的整體性和賓語本身
是否是特指無關。

漢語中有兩種不同語法功能的助詞「了」，在發音及書寫方
式相同而用法不同的情況，要判斷「了」是哪一種用法時，得由

該詞是否表達情況內部結構的整體性來決定。而判斷該詞是否表達整體性時，由語境中有沒有提供該情況是整體性的資訊來決定。給情況提供整體範圍的資訊，以句法關係中的補語、賓語等成分為載體而出現，而不是由述語本身包含的意義表達出來的。

Li & Thompson（1981）認為「死」等詞彙本來具有界限意義，因而述語本身可以表達情況的整體性。但是我們認為，這裡的界限是判別該詞所以存在的對立意義。「了1」表達的並不是和別的句子間的對立關係。而且「了1」表達的界限義，在具體語境中不能給情況提供整體性的依據。在具體語境中「了1」表達的界限義是一個情況本身「未實現」和「已實現」之間的界限義。判斷同一字形和同一發音的「了」是否屬於動貌，依據的是其能否把情況內部全體解釋為整體。要把情況內部全體解釋為整體，實際語境中一定要具有可以把情況內部全體解釋為整體的資訊才行，這樣的資訊是借句法關係中的補語、賓語成分等而產生的，而不是述語本身內含的。因為述語本身所表達的界限是該詞的基本意義，並不是和別的成分或句子等之間的對立而產生的。因此，述語本身表達的界限義，在具體語境中不能給情況提供整體性的依據。

Li & Thompson認為「因本身是連續事件中的第一事件，是受後句的限制而被視作整體」。

「看完了報就睡」中整體化的物件是「報」，因此，我們把「看完」的情況看作受限制的整體。「報」本身不是特指的話，在指示時點中不能提供該情況實在出現的資訊。說話者和聽話者之間對於那是「什麼報「沒有共通認識的話，言談中「看完了報」本身就不會具有情況屬特指的資訊。「看完了報」繼起的第

二事件「就睡」給第一事件提供情況發生的根據。Li & Thompson認為，該情況之所以被整體化是由第二個事件造成的，但是我們認為該情況被整體化是由情況本身的「報」引起的，而不是第二個事件引起的。繼起的事件只在於確定在指示時點中該情況本身是特指，和整體化的範圍無關，即和「受限」無關。可以視作整體化的根據，不是帶「了」的前句受後句的限制，而是情況本身帶著可被整體化的範圍或物件的緣故。而後句在全句中的語法功能是：在實際言談中將整體情況解釋為具體化了的特指，或將情況認識為未來要實現的假設。

為情況提供整體化範圍的成分，如果可以被視作特指，該成分在句中也可以表明情況在實際言談中具有合適的真值。這時沒有後句，句子也可以成立，例如，「他唱了什麼歌？」「他唱了夜來香。」

5. 「在」和「著」語法功能的異同

首先，「在」解釋情況的時點是情況外部時點（指示時點），而不是內部時點（事件時點）。在外部時點上，一個可被分為階段的情況中，「在」解釋的是情況的進行部分，就是說，「在」和「著」表達的語法意義不同。「著」是在情況內部時點中把情況內部全體（事件本身）解釋為連續的意義，而該句如果沒有其他方式表明情況在指示時點上具有特指資訊的話，就不能被看作具有合適的真值。而「在」所解釋的情況的過程部分，是情況外部時點上的，在一個被階段化了的情況中，「在」所表達的是不涉及情況的起始和終結，而只涉及情況過程的這一部分。由「著」表達的連續性涉及情況內部的全體，這種看法也許可以從如下的現象得到根據：表示情況同時發生的所謂偏正句中，「著」出現

在偏句中。就邏輯意義來講，偏句為正句所表達的情況提供發生的背景，而「在」沒有這種語法功能，這種現象也許是因為「著」把情況內部結構全體解釋為連續。例如「他吃著飯讀書」中，「吃著飯」表達的是把不可分解的「吃飯」整體解釋為連續，而不把「吃飯」分為起始、進行或終結等的階段，「在」表達的連續性是情況中的一個階段。假如一個情況給另一個情況提供發生的背景、提供背景的偏句，時間上就比正句的情況長久，這是很自然的解釋，因此我們認為，「著」出現在從屬句中可以給主句提供背景。但是「在」只解釋情況中動作的進行部分，因此該情況在時間上不夠長久，所以包含「在」的句子不能給另一個句子提供情況發生的背景。另外，還有一種現象足以證明「著」和「在」是不同的語法範疇：情況內部結構中本來就沒有動作進行和狀態持續之分，因為這些成分（即動作進行或狀態持續）是指示時點上產生的概念，觀察情況內部結構和指示時點無關。動作進行或狀態持續在情況內部結構中只表達連續性這個要素，「在」涉及的是情況外部時點，和「著」相關的則是情況本身的內部時點。

從上面的討論可以認定，「在」是在指示時點中把情況的過程部分解釋為進行，按照我們對動貌的定義來判斷，「在」不是動貌。

其次，「在唱著歌」表示動作進行，假如「著」表示狀態持續，而「在」表示動作進行的話，「在唱著歌」如何解釋為動作進行。對於同一個情況同時既解釋為動作進行，又解釋為狀態持續的話，會引起極大的混亂，因此「在」是表示動作進行的動貌的看法是不足為據的。

關於「在」和「著」語法功能的異同，我們的看法如下：

一、「著」把情況內部結構全體解釋為連續，而「在」是在情況外部時點上解釋情況中的過程部分，因此不能說：「他整天讀著書」，而是說「他整天在讀書」。因為「著」把事件本身解釋為連續，所以不太可能出現整天讀書的客觀事件，只能在指示時點上觀察該情況的連續性。「著」涉及事件本身，「在」則是和觀察事件的指示時點相關，和事件本身無關。

二、「著」所表現的連續性，在內部時點中不能辨別屬於動作進行還是狀態持續，判斷屬於動作進行還是狀態持續，由語境決定，「在」所表現的連續性也是語境決定的。

三、「著」解釋情況的時點是事件時點，「在」解釋情況的時點是指示時點，兩個詞彙解釋情況的層次是不同的。「著」用來說明情況內部的連續性，「在」用來說明情況在外部時點上的連續性。即「著」是把情況內部結構解釋為連續性的動貌，而「在」是在指示時點中把情況解釋為連續性，因而我們不能把「在」看作動貌。

6.1. 動作否定和狀態否定

動貌「了1」和「著」用「沒有」來否定時，「了1」和表示動作進行的「著」一定要被刪除，但是表示狀態持續的「著」不能被刪除。對於已被否定其存在的情況，去解釋該情況的內部結構如何，是沒有意義的，所以一般的語言交際中看不到。但是「過」「完」和「在」等是在外部時點（指示時點）中解釋情況的成分，當被「沒有」否定時，仍然出現在動詞後面，那是有原因的。對於動作進行過程，該過程在每一個時點上都需要維持「進行」的「動作」，因此在某一個時點上除去那個「動作」，

「進行」的便不復存在。但是對於狀態持續過程,「狀態持續」
一旦開始,就不需要維持「持續」的狀態,除去某一個時點上的
「狀態」後,仍然不能否認除去該狀態以前既存的「持續」的存
在。Hirtle(1967:26)認為動作和狀態的結構不同,如下:

> 動作:I＝i1＋i2＋i3＋.....＋in
> 狀態:I＝i1＝i2＝i3＝.....＝in
> (I)表示整體,(i1)表示第一個時點中(i)的存在。

從上面的說明可知,否定狀態持續時,應當否定「狀態持續」本
身的存在,所以狀態持續的否定形式是否定「狀態持續」本身的
存在,而不是在指示時點上否定「狀態」。漢語中,表達進行義
的方式可分為兩種:一是用動貌標識「著」表達;一是用貌相表
達。「V著」的句子裡隱含著預設或暗示,我們認為並不是有了
「著」才表現出來的,這種預設可能是「著」和「呢」共同的語
法功能。

　　6.2. 普通話和北京方言中「了1」和「著」把情況內部結構
全體解釋為整體或連續。這種整體和連續的意義屬於動貌範疇,
因而「了1」和「著」本身在情況外部時點中,不能提供該情況
具有合適真值的資訊。換句話說,就對當前情況的描述而言,
「了1」和「著」本身在情況外部時點中,對於當前情況,不能
提供情況的發生、發展過程,或終結等的言談資訊。而屬於貌相
範疇的「在」「完」「過」「下去」起來」等詞彙包含言談要素,
因而在情況外部時點中,可以表達該情況具有合適真值的信息。

# 徵引資料

Anderson, A.J. 1981. "Backgrounding and Foregrounding through Aspect in Chinese Narrative Literature," Palo Alto: Stanford Uiversity PhD dissertation.

Bendix, E.H. 1966. "Componential analysis of general vacabulary: The semantic structure of a set of verbs in English, Hindi, and Japanese," The Hague: Mouton.

Chen, Gwang-tsai 1979. "Aspectual features of the verb and the relative positions of the locative," JCL 6.76-103.

Comrie, B. 1976. "Aspect," Cambridge: Cambridge Univ Press Dowty, David. 1977. "Toward a Semantic Analysis of Verb Aspect and the English Imperfective Progressive," *Linguistics and Philosophy*.

Frege. 1949. "On Sense and Nominatum"（《論含義和指稱》），載於弗格爾（H.Feigl）和塞拉斯（W.Sellars）編輯的"Readings in Philosophical Analysis"（《哲學分析讀物》）。

Friedric. 1974. "ON ASPECT THEORY AND HOMERIC ASPECT," IJAL40.4, Pt2. Chicago Uinv Press.

Hirtle. "The Simple and Progressive" 從Lin. William. C. J 1979 "A Descriptive Semantic Analysis of the Mandarin Aspect—Tense System," A Thesis Presented to the Faculty of the Graduate School of Cornell Uiversity, 81頁中再引用。

Hopper, P.J. & Sandra A. Thompson. 1980. "Transitivity in grammar and discourse," Language 56.

Jakobson, Roman. 1957/1971. "Shifters, verbal categories, and the Russian verb" Cambridge: Russian Language Project, Department of Slavic Languages and Literatures, Harvard Uiversity.

Jeffrey C. Tung. 1986 "ON THE MEANING OF THE PARTICLE LE IN MANDARIN" 中文提要中央研究院第二屆國際漢學會議

Jespersen, Otto. 1924. "The Philosophy of Grammar," London: George Allen & Unwin.

Li & Thompson. 1976. "The meaning and structure of complex sentences with -zhe in Mandarin Chinese" JAOS 96.512-19.

Lin. William. C. J. 1979. "A Descriptive Semantic Analysis of the Mandarin Aspect—Tense System" A Thesis Presented to the Faculty of the Graduate School of Cornell Uiversity, 81頁。

Lyons, J. 1977. "Semantics," Cambridge: Cambridge Univ Press

Ma, Jing-heng. S. 1983. "A Study of the Mandarin Chinese Verb Suffix ZHE," 26頁中引用. 文鶴。

Mei, Tsu-lin 1979 "The Etymology of the Aspect Marker Tsi in the Wu Dialect" *Journal of Chinese Linguistics* Vcl. 7 Reichenbach, H. 1947. "Elements of Sysbolic Logic," New York: The Macmillan Co.

Rohsenow, J. S. 1978. " Perfect LE" 1977年美國語言學會暑期研討會,《中國語言學會議論集》,臺灣學生書局。

Spanos, G.A. 1979. "Contemporary Chinese uses of LE" JCLTA 14.2. 47-102 Smith, C.S. 1978. "The Syntax and Interpretation of Temporal Expressions in English. Linguistics and Philosophy."

Teng , Shou-hsin 1973. "Negation and aspects in Chinese," JCL 1. 15-37.

Thompson, J, C. 1968 "Aspects of the Chinese verb," *Linguistics* 38. 70-76.

梅廣恩師1978　《把字句》,文史哲學報27期,臺灣大學。

　　　1978　《國語語法中的動詞組補語》,《屈萬里先生七秩榮慶論文集》,聯經書局。

　　　1979　《現代漢語真的是一種sov語言嗎?》,《臺靜農先生八十壽慶論文集》。

湯廷池 1972　《國語格變語法試論》，海國書局。

—— 1988　《英語認知語法：結構、意義與功用（上）》，臺灣學生書局。

王　力 1946　（1982重刊本）《漢語語法綱要》，上海教育出版社。

—— 1947　《中國現代語法》，中國書局。

—— 1958　《漢語史稿》，科學出版社，北京。

呂叔湘 1980/1987《現代漢語八百詞》，366頁，商務印書館。

—— 1957　（1982版）《中國文法要略》，商務印書館。

—— 1984　增訂本《〈釋景德傳燈錄中〉在、著二助詞》，《漢語語法論文集》，商務印書館，北京。

朱德熙 1982　《語法講義》，商務印書館，北京。

—— 1990　《「在黑板上寫字」及相關句式》，《語法叢稿》，上海教育出版社。

陸儉明 1990　《變換分析在漢語語法研究中的運用》，湖北大學學報，哲社版（武漢），64-72頁。

—— 1988　《現代漢語中數量詞的作用》，《語法研究和探索》4。

賀　巍 1987　《漢語方言文稿集》，東京外國語大學。

康寔鎮 1985　《老乞大朴通事研究》（臺灣師範大學博士學位論
　　　　　　　文）。

涂紀亮 1988　《英美語言哲學概論》，人民出版社。

黃國文 1988　《語篇分析概要》，湖南教育出版社。

伍謙光 1988　《語義學導論》，湖南教育出版社。

左　欣 1991　《再論語用學對篇章分析的影響》，《湖南大學學
　　　　　　　報》（長沙，1991.12：51--57,62）。

趙元任 1968　《中國話的文法》，California Univ Press。

黃美金 1988　「Aspect」，臺灣學生書局。

Li & Thompson 1981　（1983中譯本），《漢語語法》，文鶴。

黎錦熙 1924　（1974重刊）《新著國語文法》，臺灣商務。

屈承熹 1976　（1983中譯本）《語言墾論集》，文鶴。

馬希文 1982　《關於動詞「了」的弱化形式[.lou]》，《中國語言
　　　　　　　學報》第一期。

——— 1987　《北京方言裡的「著」》，《方言》。

毛敬修 1985　《關於「v（c）了」中的「了」》，《天津師大學
　　　　　　　報》。

陳重瑜 1978　"The Two Aspect Markers Hidden in Certain
　　　　　　　Locatives"，237頁，1977年美國語言學會暑期研討會，
　　　　　　　《中國語言學會議論集》，臺灣學生書局。

趙陵生 1989　《表達句子中心資訊的手段——俄、漢詞序比較》，載於王福祥、白春仁編《話語語言學論文集》，1989，外語教學與研究出版社。

李遠龍 1991　《「動—補—賓」結構中三者相互依存的關係》，《湖南大學學報》（武漢），1991.5. 36-42。

劉月華 1988　《動態助詞「過2、過1、了1」用法比較研究》，《語文研究》第1期。

李獻璋 1950　《福建於法序說》，南方書局。

黃丁華 1958　《閩南方言的虛字眼「在」「著」「裡」》，《中國語文》2。

袁家驊1983　《漢語方言概要》，文字改革出版社。

劉寧生 1984　《大藏經中的「著」》。

───  1985　《論「著」及其相關的兩個動態範疇》，《語文研究》。

詹伯慧 1985　《現代漢語方言》，湖北教育出版社。

倪立民 1980　《談現代漢語時態助詞「著」的發展趨勢》，《杭州大學學報》，1980. 12。

陳　剛 1980　《試論「著」的用法及其於英語進行式的比較》，《中國語文》。

——— 1987 《試論「動—了—趨」式和「動—將—趨」式》，《中國語文》199期。

木村英樹 1983 《關於補語性詞尾「著zhe」和「了le」》，《語文研究》。

《永樂大典戲文三種》，華正書局，臺北。

王實甫《西廂記》，里仁書局，臺北。

《元人雜劇注》，世界書局，臺北。

太田辰夫 1987 《中國語歷史文法》中譯本，北京大學出版社。

——— 1957 《中國語法の發達》，《神戶外大論叢》。

梅祖麟 1988 《漢語方言裡虛詞「著」字三種用法的來源》，《中國語言學報》3。

——— 1981 〈現代漢語完成貌句式和詞尾的來源〉，《語言研究》I：65-77

李永明 1988 《臨武方言》，湖南人民出版社。

邢公畹 1979 《現代漢語和台語裡的助詞「了」和「著」》，《民族語文》2。

于根元 1983 《關於動詞後附「著」的使用》，《語法研究和探索》1，北京大學出版社。

俞光中 1987 《「V在N1」的分析及其來源獻疑》。

詹秀惠 1973 《世說新語語法研究》，臺灣學生書局，臺北。

張盛裕 1980 《潮陽方言的連續變調 2》，《方言》2。

趙金銘 1979 《敦煌變文中所見的「了」和『著』》，《中國語
文》2。

高名凱 1976 《國語語法》，洪氏出版社，臺北。

潘允中 1982 《漢語語法史概要》，中州書畫社。

黃景星 1980 "Aspect ET Temps en Chinois Moderne," These de
Doctorat de Troisieme Cycle, Paris VII.

潘維桂、楊天戈 1980 《魏晉南北朝時期「了」字用法》，《語
言論集》1。

范開泰 1984 《漢語「態」的語義分析》，*Journal of the Chinese
Language Teachers Association* Vol.XIX

石毓智 1992 《論現代漢語的「體」範疇》，《語言文字學》
1992. 12。

楊秀芳 1991 〈從歷史語法的觀點論閩南語「了」的用法〉，
《臺大中文學報》4。

張泰源 1986 《完成式「了」字的語義演變研究》，臺灣大學中
文研究所，碩士論文。

——— 1988 《助詞「了」的語法功能研究》，嶺南中國語文學
會編《中國語文學》15輯。

—— 1989　《否定完成式的來源研究》，臺灣大學《中國文學研究》3輯。

—— 1990　《漢語連續態研究》，嶺南中國語文學會編《中國語文學》17輯。

—— 1991　《從指稱觀點看「了1」和「了2」的意義屬性》，慶北大學校人文科學研究所，《人文科學》第7輯。

劉　堅　1992　《近代漢語虛詞研究》，語文出版社。

語料

《大正新修大藏經》

《齊民要術》

《王梵志詩》

《龐居士語錄》

《雪峰語錄》

《馬祖道一禪師語錄》

《臨濟語錄》

《靈祐語錄》

《良介語錄》

《文益禪師語錄》

《本寂語錄》

《文偃語錄》

《玄沙宗一禪師語錄》

《敦煌變文》

《敦煌曲子詞》

《祖堂集

《張子語錄》

《河南程氏遺書》

《默記》

《燕云奉使錄》

《朱子語類》

《張協狀元》

《西廂記》

《小孫屠》

《元雜劇》

《紅樓夢》

《朴通事諺解》

《老乞大諺解》

《離婚》

《柳屯的》

《微神》

《正紅旗下》

《駱駝祥子》

《二馬》

《偷生》

語言文字叢書　1000Z01

# 漢語動貌的歷史語法研究

作　　者　張泰源
責任編輯　呂玉姍
特約校對　林秋芬

發 行 人　林慶彰
總 經 理　梁錦興
總 編 輯　張晏瑞
編 輯 所　萬卷樓圖書股份有限公司
　　　　　臺北市羅斯福路二段 41 號 6 樓之 3
　　　　　電話 (02)23216565
　　　　　傳真 (02)23218698

發　　行　萬卷樓圖書股份有限公司
　　　　　臺北市羅斯福路二段 41 號 6 樓之 3
　　　　　電話 (02)23216565
　　　　　傳真 (02)23218698
　　　　　電郵 SERVICE@WANJUAN.COM.TW
香港經銷　香港聯合書刊物流有限公司
　　　　　電話 (852)21502100
　　　　　傳真 (852)23560735

ISBN 978-986-478-598-8
2022 年 1 月初版
定價：新臺幣 480 元

如何購買本書：

1. 劃撥購書，請透過以下郵政劃撥帳號：
   帳號：15624015
   戶名：萬卷樓圖書股份有限公司

2. 轉帳購書，請透過以下帳戶
   合作金庫銀行 古亭分行
   戶名：萬卷樓圖書股份有限公司
   帳號：0877717092596

3. 網路購書，請透過萬卷樓網站
   網址 WWW.WANJUAN.COM.TW

大量購書，請直接聯繫我們，將有專人為
您服務。客服：(02)23216565 分機 610

如有缺頁、破損或裝訂錯誤，請寄回更換

國家圖書館出版品預行編目資料

漢語動貌的歷史語法研究/張泰源著. -- 初版. --
- 臺北市 ： 萬卷樓圖書股份有限公司, 2022.01
　　面；　 公分. -- (語言文字叢書；1000Z01)

ISBN 978-986-478-598-8(平裝)

1.CST: 漢語語法

802.6　　　　　　　　　　　　　110022386